貧乏カレッジの困った遺産

ジル・ペイトン・ウォルシュ

セント・アガサ・カレッジは、ケンブリッジ大学屈指の貧乏学寮。その学寮《カレッジ》付き保健師《ナース》イモージェン・クワイのもとに、卒業生で国際的大企業の経営者の訃報が届いた。アルコール依存症の治療施設に入っていたところ、誤って崖から転落したという。だがその数か月前に、イモージェンは彼から、さまざまな相手に命を狙われていると打ち明けられていた。イモージェンはその死に疑念を抱いて調べはじめるが、事件はカレッジにとんでもない危険をもたらす……。『ウィンダム図書館の奇妙な事件』にはじまる、〈イモージェン・クワイ〉シリーズ第３弾！

登場人物

イモージェン・クワイ……………セント・アガサ・カレッジの学寮《カレッジ》付き保健師《ナース》

フランセス（フラン）・ブリヤン　……イモージェン宅に下宿する大学院生

ジョシュ………………………フランの恋人

サー・ジュリアス・ファラン……〈ファラン・グループ〉の会長

ルーシア・ファラン……………ジュリアスの妻

ロウィーナ・ホルウッド………ジュリアスの娘

マックス・ホルウッド…………〈ファラン・グループ〉の最高経営責任者。ロウィーナの夫

アンドルー・ダンカム…………〈ファラン・グループ〉の役員

ヘレン・アルダートン…………〈ファラン・グループ〉の人事部門の重役

ビル・マクネア…………………〈ファラン・グループ〉の財務部門の重役。ヘレンの夫

マーティン・ロビンズウッド卿……〈ファラン・グループ〉の社外取締役

フィオナ(フィー)……………………ジュリアスの個人秘書
ティモシー(ティム)・ランダム……〈ヘッドランズ〉を経営するジュリアスの主治医
エリザベス(リーザ)…………〈ヘッドランズ〉のメイド
ベン…………………………………イモージェンがパブで出会った老人
ロバート・デイカー…………………元デパート経営者
デリク・デイカー……………………ロバートの息子
サー・ウィリアム・バックモート……セント・アガサ・カレッジの学寮長
レディ・バックモート(B)…………ウィリアムの妻
ピーター・ウェザビー………………セント・アガサ・カレッジの会計係
マルカム・グレイシー………………セント・アガサ・カレッジの臨時会計係
カール・ジャナー
クライヴ・ホラックス } セント・アガサ・カレッジのフェロー
コリン・ランページ…………………セント・アガサ・カレッジの学生
マイケル(マイク)・パーソンズ……警部

貧乏カレッジの困った遺産

ジル・ペイトン・ウォルシュ
猪　俣　美　江　子　訳

創元推理文庫

DEBTS OF DISHONOUR

by

Jill Paton Walsh

貧乏カレッジの困った遺産

謝辞

セント・アガサのような架空の学寮《カレッジ》にも、それなりの本物らしさが必要です。カレッジ運営の詳細をあれこれ説明してくれた、ケンブリッジの多くの友人たちに感謝すべきでしょう。たえず助力と支援を惜しまなかった〈ホッダー&ストートン〉社の担当編集者、キャロリン・コーフィーにもお礼を述べなければなりません。そして今ではわたしの夫となったジョン・ロウ・タウンゼントには、いつも以上に大きな借りができました。

J P W

1

「ああ、ミス・クワイ……イモージェン！」ケンブリッジ大学セント・アガサ・カレッジの学寮長の声がした。「きみをつかまえられてよかった。ちょっと頼みたいことがあるのだよ」

イモージェン・クワイは〈泉の中庭《ファウンテン・コート》〉に面した仕事場のドアを閉め、短い階段の下の中庭におりると、笑顔でそちらへ歩を進めた。彼女はサー・ウィリアムが大好きで、二人のあいだには学寮長と学寮付き保健師《カレッジ・ナース》という立場を超えた、長年の温かい絆《きずな》が育《はぐく》まれていた。

「もちろん、どうぞ何なりと」イモージェンは言った。

「今度の木曜日にハイテーブル（カレッジの上級職員とその招待者のみが囲める大食堂の一段高くなったフロアの長テーブル）のディナーに参加してもらえればありがたいのだが」

イモージェンはこのカレッジでは上級職員なみの扱いを受けているものの、ハイテーブルで食事をすることはあまりない。たいていは自宅で下宿人のフランやジョシュと簡素な夕食を取っていた。

「じつは、これには秘めたる動機があって」サー・ウィリアムは続けた。「その夜はとりわけ、座をなごませてくれる見目麗《みめうるわ》しい女性がいると助かりそうなのだ」

「あら、お上手ですね」とイモージェン。当年とって三十五歳の彼女は、これまで少なからぬ男性の心をとらえてきたとはいえ、自分を美人だとはみなしていなかった。「それにハイテーブルでの会話は女らしい魅力より、ウィットに富んだ輝かしい才気で名高いはずでは？」

「今回は例外的なケースでね。ある裕福な重要人物をゲストに迎えるのだが、どうも扱いに手こずりそうなのだ。彼は文化的な話題にはあまり興味がないという話だし、カレッジ内のゴシップを面白がるとも思えない。せめて女性の愛らしい顔と声があれば、いくらか座がなごむだろう」

「それならロングランド＝スミス博士がいらっしゃるんじゃありません？　あるいはミセス・メイヒューとか」

「スー・ロングランド＝スミスは休暇年度《サバティカル》（通例七年ごとに与えられる半年か一年の休暇期間）でカレッジを離れているし、ベリンダ・メイヒューはブリストルで講演予定があるそうだ」

「じゃあ、わたしは補欠だったのね。屈辱を感じるべきかしら」

サー・ウィリアムはうろたえた。「申し訳ない。どうも近ごろは失言ばかりしているようで……」

「ご心配なく」とイモージェン。「喜んで出席させていただきます。何だか面白そう。その扱いにくそうな富豪って、どなたなんですか？」

「じつはこのカレッジの卒業生でね。きみも名前は耳にしているだろう。サー・ジュリアス・ファランだよ、〈ファラン・グループ〉の会長の。あの大規模な金融グループをゼロから築きあげた男だ。いつぞや誰かが〝乗っ取り王〟と呼んでいたがね。あちこちの会社を買収しては売り払い、巨万の富を築いたらしい。正直なところ、わたしはそれがいささか気になっているのだよ。たしかな技術でたしかな物作りをするために生身の人間を雇い、多くの生活を支えているような企業を、そこで働く人々の頭越しに売り買いするとは」

「サー・ジュリアスにあまり好意を抱いていらっしゃらないようですね」

「いやまあ、あまり早計に結論を下すべきではないのかもしれない。わたしはビジネスの世界には詳しくないのだからな。うちの新任の会計係、ピーター・ウェザビー——彼にはもう会ったかな？——によれば、ファランは一種の天才で、しばしば企業に望ましい圧力を加えるそうだ。あえて強烈な揺さぶりをかけ、まともに機能させるわけだよ」

「で、そのサー・ジュリアスがカレッジのディナーにやってくるわけですね？」

「ああ、ウェザビーの提案でな。ファランがここへ来るのは、わたしが学寮長になってからは初めてだし、当の本人も遠い昔に卒業して以来のことらしい。といっても、彼はカレッジで食事をする権利を持っているのだ。うちの修士号の取得者なら誰でも、必要な手続きさえすれば年に二回はここで食事ができるのだから。噂によれば、ファランは在学中の成績はあまりぱっとせず、やっとのことで三級の学位を取ったらしい。それでも学外ではせっせと業績をあげ、卒業時にはかなりの金を稼いでいたようだ。そしてほどなく、所定の納付金を納めて修士号を得たのだよ。その後はわたしの知るかぎり、このカレッジに興味を示したことはない。

ともあれ彼は今度の木曜日に、部下のアンドルー・ダンカムを連れてやってくるはずだ。むろん、アンドルーのことはきみも憶えているだろう。近年まれに見る、このカレッジきっての才能あふれる経済学者だった。だが彼は去ってしまった。フェローの座を放り出し、ファランの仲間に加わったのだ。おや、びっくりしたようだな、イモージェン」

「ええ、まあ、ちょっとだけ。アンドルー・ダンカムのことはよく憶えています——とてもよく。でもまた会うことがあるとは思わなかったので」

「たぶんきみもわれわれの多くと同様に、アンドルーは二度とここには顔を見せるまいと思っていたのだろう。あれほどとつぜん、ふいと出ていったのだから。だがこちらはそれを根にもったりすべきではないのだろうな。どうやら彼はすっかりファランの腹心の部下になったようでね。数日前に、あの大物がカレッジへ来ることをわたしに電話で知らせてよこし、うまい扱いかたをいくつか伝授してくれた。オフレコということでな。とにかくせっせとワインを飲ませ、にぎやかによもやま話をして、ファランの機嫌をそこねるような議論をふっかけたりはするなということだった。なにしろ、彼はへそを曲げると手に負えないから……」

「見目麗しい女性メンバーを用意しろというわけですね」

「やれやれ！」とサー・ウィリアム。「それはもうあやまったはずだぞ。一度でじゅうぶんだろう」

「これは見逃せない機会だわ」イモージェンは言った。「お招きありがとうございます。木曜日が楽しみだわ。それに、アンドルーと再会できるのも——ええと——興味深そう。わたしは彼にけっこう好意を抱いてたんです」

「きみはほとんど誰にでも好意を抱けるのだろう、イモージェン。じつに愛すべき資質だ。このフェローの大半はアンドルーに好意のかけらも抱いておらんぞ。むしろ裏切り者だと考えている。おっと、きみはもう帰宅するところだったのではないかね？　例のあの自転車を飛ばしすぎんようにな。われわれはきみを失うわけにはいかんのだ」

　イモージェンはチェスタトン・レーンに面した通用門からカレッジの外に出て、ニューナム地区の家へとペダルをこいだ。ケム川のほとりに並ぶ名門カレッジの裏手に広がる緑地帯は、こんな晩冬の寒々しい日でもうっとりするほど美しい。けれど、そのすぐわきの混み合った大通りを進むあいだは、もっぱら命を保つことに注意を集中せざるを得なかった。

　いくらか静かなニューナム・クロフト町に入ったときには、ほっとした。グランチェスター・ストリートの枝道のひとつに面したイモージェンの家は、日々の仕事からのありがたい避難所だった。いくら大好きな仕事でも、ときにはきつく思えるからだ。四旬節学期《レント・ターム》（一月から三月にかけての第二学期）に入って一週間目の今は、スポーツによる負傷がピークに達する時期だった。学部生たちは自分の身を守ることにひどく無関心なのだ。それにちょっとした不調の緩和や、甘える相手を必要とする者は常にあとを絶たない。しかもイモージェンは仕事以外にも、少々手に余るほどのボランティア活動に時間を割《さ》いていた。この午後も知人の猫に餌をやり、健康ではあるが気分が落ち込んでいる老婦人を訪問したあと、友人たちと電話で〈キルト愛好会〉の会合の日取りを決めることになっている。

家に着くと嬉しいことに、セント・アガサ・カレッジの院生で今ではイモージェンの親友でもある下宿人のフランがすでに帰宅して、冷蔵庫の残り物でランチをこしらえていた。

フランは不格好なチーズサンドと大きなトマトをふたつに切り分け、半分ずつイモージェンに渡してくれた。

「カレッジで何か耳寄りなニュースを聞いた?」フランは尋ねた。

「それがね、すごいことになったの。わたしは実業界の大立者《おおだてもの》をもてなす役目を仰せつかったのよ。サー・ジュリアス・ファラン。どんな人か知ってる?」

「噂は聞いたことがある。ちょっと悪辣《あくらつ》なタイプだと考えられてる人じゃない?」

「それはよくわからないけど。とにかくすごい大金持ちで、セント・アガサの卒業生なの」

「そしてカレッジの後援者になるかもしれない人たちは常に歓迎されるのね?」

「やだわ、フラン」イモージェンはぴしゃりと言った。「どうしてそんなさもしい考えを抱けるの?」じつは彼女自身もさきほど学寮長と話しながら、まさにそのさもしい考えを抱いていたのだが。

ともあれ、今はイモージェンの念頭にあるのはサー・ジュリアスのことではなかった。

「それより何と、アンドルー・ダンカムも来るのよ」

フランは興味深げに、さっと背筋をのばした。「アンドルー・ダンカム? 学部生のころに一時期、講義を聴きにいってたわ。みんな、あの人は天才だと思ってた。それに、これはわたしの誤解かもしれないけど……彼はあなたが以前しじゅう話題にしてたあのアンドルーじゃない？　つまりその……あなたと親しかった人」

「ええ、彼とは親しかったわ」とイモージェン。「たぶん親しすぎるほど」

「でもそれは彼がカレッジを去ったときに終わったのね？」

「わたしたちのあいだに何か〝それ〟らしきものがあったなんて、どうしてわかるの？　彼は友だちの一人だったのよ」

「誰も彼も、みんなお友だち」フランはわけ知り顔で言った。「そしてその一部は〝ただのいいお友だち〟でしょ。わたしはずっと、彼もそのくちだとにらんでたんだ。あなたは彼に好意を抱いてたんじゃない？」

ええ、そのとおりよ、とイモージェンは考えた。まさにそれがぴったりの表現だ。アンドルーには好意を抱いていただけで、恋をしてはいなかった。それでも彼は一年以上のあいだイモージェンの恋人だったのだ。

若いころの嵐のような情熱とはちがった。愛のためにすべてを捧げたあげく非情に見棄てられ、医師になる望みを断たれたばかりか、耐えがたい苦痛をこうむる元になったあの情熱的な恋とは。その恋で大やけどを負ったイモージェンは何年間もみじめな思いですごし、それを思うと今もみじめになる。もう二度とあんなことには耐えられそうもなかったし、どんな男性も信用できない気がした。このまま死ぬまで独りでいるのではないかと、当時は感じたものだ。

そうこうするうちに、イモージェンはセント・アガサ・カレッジでの仕事に就いた。そして数年後にアンドルーがやってきたのだ。彼女と同年輩の若い講師で、既婚だが離婚の手続き中だったアンドルーは、彼女に悩みを打ち明けた——いつもみんながそうするように。二人は似通った体験をしていた。彼もまた、長い情熱的な恋をしていた。ただし、彼の場合は結婚につながったわけだが、その結婚は悲惨なものだった。わずか数か月で妻はあっさり夫を棄て、彼に言わせれば、〝えらく大物ぶってはいるが知性のかけらもない〟男の元へ走ったのだ。

アンドルーとイモージェンは互いに慰め合い、その慰めはやがて男女の関係へとつながった。情熱的ではないものの、きわめて満足のいく関係だった。彼には肉体的にも、じゅうぶんうまくやっていけるだけの魅力があったのだ。アンドルーは巧みで思いやりのある恋人だった。二人は同居はせず、自分たちの関係を世間に公表する必要性も感じなかった。カレッジや家の近所で噂になっていたとしても、イモージェンの耳には達しなかった。どちらも、あまり相手にのめり込まないように注意していた。そうすれば、失望させられることもないからだ。

おおよそ一年後に、アンドルーがケンブリッジを離れて〈ファラン・グループ〉に加わるつもりだと打ち明けたとき、それで二人の仲も終わることがはっきりした。彼の言葉に謝罪めいた響きを感じ取ったイモージェンは、何もあやまる必要はないことを伝えた。いざアンドルーが去ってしまうと、予想以上に寂しく思えたものの、若いころの痛手とはまるでちがった。

その後、ふたたび独り歩きに慣れたイモージェンは、三十代なかばで子供のいない女性には残り時間が少ないことを痛感しながらも、日々の暮らしにまずまず満足していた。アンドルーとは今もクリスマスカードを送り合っている。

「しばらくまえにちょっと噂を聞いたんだけど」イモージェンはフランに言った。「彼にはすごくすてきな恋人ができたみたいよ。もしかしたら再婚するつもりかも」

「で、あなたは彼の幸福を祈るわけ？」

「いけない？　べつに何も悪いことをされたわけじゃなし」

しばらくしてフランが立ち去ったあとも、アンドルーのことが脳裏を離れなかった。では今や彼はファラン帝国でとんとん拍子の出世を遂げているわけだ。たぶん、山ほど稼いでいるのだろう。さぞ美人で洗練された恋人がいるにちがいない。

いつぞや誰かが、アンドルーは悪魔に魂《たましい》を売ったと言っていた。本当にそうなのだろうか？　彼と再会するのはなかなか興味深そうだ。それに、彼の魂を買った男と会うのも。

2

その日がくると、イモージェンはフランの助けを借りて慣れないメークをほどこし、一張羅のロングドレスにどうにか身をすべり込ませた。かなりぴたりとボディラインに添った、グリーンの絹のロングドレスだ。カレッジまで自転車で行くのには向かない服装だし、彼女の車は目下、ふたつ向こうの州の友人に貸し出されていたが、フランの彼氏のジョシュがおんぼろのシュコダ（チェコ製の車）で送ってくれるという。帰りは何時になるかわからないので、タクシーを使うことにした。いくらか左翼的な思想を持つジョシュは、イモージェンが資本主義の権化《ごんげ》と交わることに少々ショックを受けながらも、フランともども、間近で見たジュリアス・ファランはどんな感じか聞きたくてうずうずしているようだった。

カレッジに近づくと、どうやら誰かがこの大立者《おおだてもの》の来訪を嗅ぎつけたとみえて、正門前に小さなデモ隊が集まっていた。グローバル資本主義を糾弾するプラカードがちらほらとかかげられている。ジョシュは冗談めかして、すぐにも車を乗り捨ててデモに加わりそうなそぶりを見せたものの、チェスタトン・レーンに面した通用門のほうにまわり込んでくれたので、イモージェンは抗議の集中砲火を浴びずにそこからカレッジに入ることができた。いつも七時から七時半まで控え室で出されるシェリー酒を目当てに早めに来たのだが、室内にはもう学寮長と古参のフェローが数人、それに新任の会計係が顔を見せていた。

「じつはいまだに良心の呵責《かしやく》を覚えているのだよ」サー・ウィリアムはイモージェンに言った。「きみをこんなことに引きずり込んでしまったことにな。だがきみならきっと事態を改善し、必要とあればみなに文明人らしい礼儀を思い出させてくれるだろう。それに言っては何だが、今夜はじつに魅力的だぞ！」

イモージェンは学寮長がしきりにお世辞を並べているのに気づき、これは彼の愛すべき弱点のひとつだと考えた。けれど、お世辞にもそれなりの効果はあった。これまで少々びくついていたのに、とつぜん自信がついて、今夜の自分はどこに出ても恥ずかしくないほどきれいだと感じられるようになったのだ。

「むろん、バートン博士とサンダーランド教授は知っているな」サー・ウィリアムは続けた。「だがピーター・ウェザビーとは初対面ではないのかね？　ピーター、こちらはミス・クワイ、われわれが幸運にも与えられた、うちの学寮付き保健師だ」

「イモージェンです」イモージェンは言った。

それから、新任の会計係を興味津々で見つめた。彼の前任者は穏やかで思いやり深い老人だったが、会計士としてはいささか世知に欠け、カレッジの財政をかたむかせたというのがおおかたの評だった。彼が引退したときには、みなほっとしたものだ。そこへいくと、ウェザビーは見るからに厳格そうだった。背丈は平均よりも高めで、年齢《とし》は五十がらみだろう。小ざっぱりとした、隙のない装《よそお》いだ。歯切れのいい断固たる口調、小さな口ひげ、どこか軍人めいた雰囲気、それに冷ややかな目をしている。彼はイモージェンの姿に何ら感銘を受けていないようだった。

「あなたのご厄介にはならないようにしたいものですな」ウェザビーはちらりと笑みを浮かべて言い、学寮長のほうに向きなおった。

小さな控え室は人で埋まりつつあったが、こうした場に慣れた古参のメンバーたちには、集まりが悪く見えたようだ。

「出席率は低めのようですな」バートン博士が言った。「とくに若手のフェローが少ない」

「彼らはジュリアス・ファランと食事をともにしたくないのだよ」とサンダーランド教授。

「だが、そら」――部屋の入り口にあらわれたふたつの新たな人影を見て、教授は言い添えた――「かの〈恐怖の二人組〉のお出ましだ」

学寮長がふり向いた。「なるほど、どう見てもあの二人だ。やれやれ。ボイコット組に入ってくれるよう願っていたのだが」

「残念ながら、彼らはうんざり顔でここにいる」とバートン博士。「いやな予感がしてきたぞ」

イモージェンは〈恐怖の二人組〉をよく知っていた。どちらも比較的新参のフェローで、カレッジきっての過激主義者だ。ただし個性は対照的だった。カール・ジャナーは弁舌も物腰もよどみなく、服装にはどこかダンディズムが感じられる。見かけによらず明晰な頭脳の持ち主ではないかとイモージェンは踏んでいた。かたやクライヴ・ホラックスは痩せぎすで青白く、まばらなニンジン色の髪と甲高い声をしており、いかにも嫌味っぽい感じだ。どちらもおそらく二十代の後半だろう。

「それにしても、われらが著名なるゲストはどこなのだろう？」とバートン博士。「彼があらわれるのはたしかなのですか？」

「正直なところ、あらわれなければ大助かりだよ」学寮長は言った。

サー・ジュリアスは、往年の学寮の厳格さが記憶に焼きついているのか、カレッジではなく〈ガーデンハウス・ホテル〉に宿を取っていた。結局、彼が控え室に着いたのは、ディナーの参加者たちが大食堂に呼ばれる五分前のことだった。〝寝返った〟元フェローのアンドルー・ダンカムも一緒で、如才《じよさい》なく大物ゲストの一歩あとにつき従っている。まぎれもなく、今夜の主役の登場だった。ドアの近くにいた者たちはいっせいにあとずさり、学寮長が片手をのばして進み出た。

ジュリアス・ファランは六十代後半の、大柄な、でっぷり太った男だった。その風貌にはどうにもしっくりしない、真新しい修士用の学衣《ガウン》を着けている。イモージェンはかねがね思っているのだが、学衣というものは昔の痩せこけた貧しい学者たちに合わせて作られたもので、太めの人間が着ると必ず少々滑稽《こっけい》に見えてしまう。とはいえファランは貫禄たっぷりで、まさに実体どおり――常にその場を支配することに慣れた権力者に見えた。ただし、いくらか盛りをすぎている感じだ。大きな、肉付きのいい顔は危険なほど赤らみ、両目の下がたるんでいる。それでも、小さな両目は鋭い。

彼はのっけから機嫌が悪かった。

「あの正門前の示威行動は、わたしに敬意を表するためのものなのでしょうがね。あまり好ましい歓迎方法とは思えませんな」

「こちらとしては、平和的なデモをとめることはできないのです」と学寮長。「かりにできたとしても、放っておくでしょうな。彼らには鬱憤《うっぷん》を晴らす権利がある。暴力沙汰にはならんはずですよ」

「そう願いたいものだ」サー・ジュリアスはそれでも徐々に態度をやわらげ、シェリー酒のグラスを受け取りながら続けた。「ともあれ感謝しますよ、学寮長。これほど久方《ひさかた》ぶりに母校を訪ねたわたしを快く迎えてくださって」

「それはもう、われわれみなにとって喜ばしいことですからな」今度ばかりは真っ赤な嘘ではあるが、学寮長は礼儀正しく言った。

「こちらのウェザビーがぜひ一度訪ねろと言うのでね」とサー・ジュリアス。「それに部下のダンカムも。じつにすばらしい考えだ。とっくに自分で思いつくべきでしたよ」

そこで学寮長が数名の古参フェローとイモージェンを紹介すると、サー・ジュリアスはつかのまじっと値踏みするようにイモージェンに目を向けた。

そうしてざっとお決まりの挨拶が交わされたあと、サー・ウィリアムが先頭に立ってディナーの会場へと歩を進め、自分の右側の席に着くようサー・ジュリアスに合図した。イモージェンは学寮長の左側の席を示され、古参のフェローたちと会計係がそれぞれ上座《かみざ》の席に着いてゆく。〈恐怖の二人組〉を含む数人の新米フェローたち、それにアンドルー・ランカムがその下手《しもて》に連なった。

学寮長と主賓の会話は、初めのうちこそ少々ぎごちなかったが、まずまず順調に進んでいった。学寮長はこれまで幾度となく答えてきた質問に、またもや熱心に答え続けた。主として、高等教育機関が抱える積年の課題についてだ。たとえば大学当局やカレッジの独立性を脅《おびや》かす国家の政策や、大学の運営資金について、さらには、フェローの選任と学部生の入学許可の規準について。それに対してサー・ジュリアスは陳腐ではあるが、どこのハイテーブルでも許容されそうな意見を述べた。いわく、英国の一流大学が世界の指導的立場《プレミアリーグ》にとどまるには、干渉されない自由な立場が必要だ。そのためにも、できるだけ優秀な将来性のある若者たちをどこからでも見つけ出し、入学させるべきである……。ジュリアス・ファランのような男なら、大学も財界のリーダーたちに企業として経営させるべきだと主張してひと波乱起こしそうなものだが、イモージェンがうすうす期待していたような騒ぎにはならなかった。

そのいっぽうで、サー・ジュリアスはたえず空のグラスを前方へ押しやり、カレッジの上等なクラレットのお代わりを注がせていた。そして食事が進むにつれてしだいに緊張を解き、気さくに思い出話にふけりはじめた。本人の記憶によれば、学生時代の彼は凡庸ではあったが、それなりに楽しくすごしていたようだ。何度かちょっとした不品行で罰金を食らったこと、カレッジのボート部の三軍選手だったこと、ニューナム・カレッジやガートン・カレッジの少なからぬ若い女性たちと関係を持ったことなどが次々と語られた。あまり講義には出席せず、勉強もしなかったのはたしかで、おそらくそのせいで成績はさんざんだったが、それがその後の人生で害になることはなかったという。

やがてデザートと上等な食後のワインが出されると、サー・ジュリアスはイモージェンに目を向け、何やら興味深げにじっと見つめた。そして彼女の経歴と職務について尋ねたあと、このカレッジは彼女がいることを幸運に思うべきだと意見を述べた。

「現にみんな」学寮長が答えた。「幸運に思っていますよ――たえずね」

テーブルの下手の会話は、それほどなごやかではなかった。イモージェンの席からはごく一部しか聞き取れなかったが、何やら非難がましい言葉が飛び交い、しだいに怒りが露《あら》わになっていた。その怒りの大半はアンドルーに向けられているようだった。とりわけカール・ジャナーの豊かなバリトンとホラックスのキンキン声が耳につく。アンドルーはかつての同僚たちに裏切りを責められているのだ。豊かな才能を資本家たちに売り渡し、甘い汁を吸っていることを。アンドルーは冷静沈着に反論しているが、あきらかにそんな目に遭うのは嬉しくなさそうだった。

ディナーが終わると学寮長が感謝の祈りを捧げ、一同を率いて上級職員用の談話室へと移動した。そこではポートワインとマデイラ酒とフルーツがテーブルに並べられ、室内の椅子はいつもどおり、みなが三、四人のグループに分かれて気楽に話せるように配置されていた。〈恐怖の二人組〉が本領を発揮したのは、そこでのことだった。二人は巧妙にすばやく、自分たちの同志を集めたグループにサー・ジュリアスを引き入れた。

そしてすかさず、カール・ジャナーが攻撃の口火を切った。「サー・ジュリアス」彼は言った。「あなたが最初の富を築かれたのは、まだ学部生だったころですよね」

サー・ジュリアスは相手の魂胆《こんたん》に気づかず、疲れたような笑みを浮かべた。「ああ。それは誰でも知っていることだ。わたしの名が新聞に載るたびに持ち出されるエピソードだよ」

「その富をどうやって築かれたのか、お尋ねしてもかまいませんか?」

「それもまた、広く知られていることだ。わたしはヨークシャーの工業地帯出身の貧しい若者で、ここでは奨学金を受けていた。そこで初年度の給付金から百ポンドほどひねり出し、大きな古家《ふるや》をローンで買ってほかの学生たちに貸したのさ。それが利益をあげたので、いくつかほかの事業に手を広げ、徐々に大きくしていった。どうってことはなかったよ。成功の秘密を訊かれるたびに言っていることだがね。必要なのはいくばくかの才能と、不断の努力を積むことだ。それで結果は自然とついてくる……」

「たしか、あなたが受けていたのは国家奨学金で、当時はけっこう気前よく支給されてたんじゃなかったかな。大学を実業界でのキャリアの踏み台にするのは、納税者たちの金の適切な使用法だと思われますか?」

「給付金の使途に制限はつけられていなかった」とサー・ジュリアス。「わたしはかなり有用に使ったつもりだ」

新参のフェローの一人がポートワインかマデイラ酒はどうかとすすめにまわってくると、サー・ジュリアスはマデイラ酒を選んだ。カール・ジャナーは尋問者さながらの様子で身を乗り出した。

「ともあれ、あなたは卒業時にはすでに富豪になっていた。そして間もなく、最初の企業買収をやってのけたのでは?」

「ああ、そうだ」とサー・ジュリアス。「なぜそんなことばかり尋ねる? どれもこれも周知の事実だぞ。何かほかのことを話せんものかね」

「あなたが最初に手に入れたのは、〈お手軽融資《ローン・イージー》〉とか称する金融会社だった。そこは貧しい人々に高利で金を貸していたんですよね?」

「そうした市場に適したレートで貸していたのさ」

「高利貸しだ！」クライヴ・ホラックスが合いの手を入れる。

サー・ジュリアスは何も答えなかったが、今では苛立《いらだ》ちをあらわにしていた。

カール・ジャナーが続ける。「その後、あなたは〈ウエストミッドランズ・エンジニアリング〉社を買収し、数週間のうちに四千人の社員を解雇した」

「さもなければ倒産していたはずだ」

「ところがあなたはその会社を売って、五百万ポンド近い利益を得ている！」

カールは質問するというより、断言するような口調になっていた。あきらかにしっかり予習をしてきたのだ。その後も彼は種々の不動産取引、政党への寄付、競争相手の買収あるいは市場からの排除について尋ね続けた。

ふたたびマデイラ酒がまわってくると、サー・ジュリアスはお代わりを受け入れた。このころには、さらに怒りをつのらせていた。

「もうこんな話はたくさんだ！」彼は言い放った。「わたしはここへ尋問を受けにきたのではないぞ！」

アンドルー・ダンカムがカールに言った。「そういう質問は書面にしてもらえないかな？サー・ジュリアスは喜んで回答するはずだ。今ここで口にするのは場違いだよ」

カールはかまわず続けた。「あなたが所有する会社の一部は、われわれの仕事とわれわれの経済を犠牲にして安価なものを輸入している。しかも通販のコールセンターをアジアの国々に置いて、英国内なら考えられない低賃金で第三世界出身のスタッフを雇用している」

ついにサー・ジュリアスは怒り狂って立ちあがった。「彼らは母国の規準からすれば申し分ない賃金を得ているはずだ！」と断固たる口調で言い、「こちらは彼らに生活の糧《かて》を与えているんだぞ！　さあ、もうこんな話は終わりにしてもらおう！」

彼はいつしか声を張りあげていた。室内のほかの会話がぱたりとやみ、誰もが耳をそばだてた。その静寂を破って、クライヴ・ホラックスの甲高い耳ざわりな声が響いた。

「つまり、人種差別的な搾取《さくしゅ》についての話をだな？」

サー・ジュリアスはいよいよ顔を真っ赤にして、どうにか口を開こうとしている。

会計係のピーター・ウェザビーが腹立たしげに大声で割り込んだ。「恥を知れ！　よくも客人にそんな態度が取れたものだな？」

「サー・ジュリアスは客人じゃない」とカール・ジャナー。「彼はこのカレッジの一員ですよ」

「学寮長！」サー・ジュリアスは部屋の反対側のサー・ウィリアムに訴えた。「どうにかこんな騒ぎをとめられんのか？」

サー・ウィリアムは椅子から腰を浮かせたまま、あきらかに途方に暮れていた。カレッジの学寮長は企業の経営者とはちがう。基本的には対等な集団の代表者にすぎず、あれこれ命じる権限はあまりないのだ。ましてや命令に従わせる力などなきに等しい。学寮長はためらった。

イモージェンはしばらくまえから、サー・ジュリアスの真っ赤な顔色に危惧を抱いていた。彼は今ではぜいぜい息をはずませ、見るからにストレスをつのらせている。それ以上余計なことは考えず、イモージェンは行動に出た。病棟看護師だったころの経験から、毅然たる態度がいかに効果的かはわかっていた。

　彼女は部屋をずんずん横切り、〈恐るべき二人組〉に近づいた。

「いい加減になさい、二人とも！」と彼らに向かって言った。「この人に心臓発作を起こさせたいの？」

　つかのま、ぎょっとしたような沈黙がただよった。

　それから、「余計なお世話だ、イモージェン！」とクライヴ・ホラックス。

　だがカールのほうは、落ち着きはらって椅子の背にもたれた。「いいだろう。もう言うべきことは言わせてもらったよ。こんなことを続ける必要はない。さあ、クライヴ、これ以上時間を浪費するのはやめよう！」

　二人はもったいぶってドアから出ていった。学寮長が部屋の向こうからサー・ジュリアスに歩み寄る。

「申し訳ない」学寮長は言った。「どうかいつもこの調子だとは思わないでいただきたい。あんな騒ぎはおそらくカレッジ史上初のことだし、もう二度と起きないように願うばかりですよ。よければこの空いた席にミス・クワイとわたしが着かせてもらい、もっと愉快な話をしましょう」

　だがサー・ジュリアスは気持ちをやわらげようとはしなかった。「いや、けっこう。もうたくさんだ。アンドルー、〈ガーデンハウス〉に電話して、わたしの車と運転手をこちらへまわさせてくれるか？　それと学寮長、どこか近くにトイレがあるかな？　どうも気分がすぐれなくてね」

「すぐそこの、〈泉の中庭〉にひとつあります。あちらのドアを出て、階段をおりたところに。だがどうか足元に気をつけて」

サー・ジュリアスはたどたどしい足どりで部屋を横切った。少々酒がまわっているようだ。中庭まではほんの三段おりるだけだが、それでも多すぎた。彼はよろめき、驚愕の叫びをあげたかと思うと、手足をぶざまに広げて階段の下に倒れ込んでいた。学寮長とバートン博士が駆け寄って抱き起こしたが、サー・ジュリアスは右足を地面につくことができず、一人では動けないようだった。

「ああ、何と！」学寮長がうめいた。「まったくろくでもない夜だ！　またもや、イモージェンがいてくれることを神に感謝しなければ！　彼女はどこだ?」

「ここです」イモージェンは答えた。


五分後、サー・ジュリアス・ファランはイモージェンの小さな診療所の椅子のひとつに腰かけていた。イモージェンは彼に鎮痛剤を与え、捻挫した足首――すでに腫《は》れあがりはじめている――の手当てにかかったところだった。

「この冷湿布を患部に当てますね」彼女は靴とソックスを脱がせたサージュリアスの足をひざに乗せていた。「そのあと三十分ほどしたら、包帯を巻きます。骨折はしていないはずですが、必ず医師の診察を受けてください」

「そのつもりはない」とサー・ジュリアス。彼の思考力は彼の肉体ほど飲酒の影響を受けていないようで、たしかに今ではしらふも同然だった。「ただでさえ、さんざんわずらわしい目に遭ったんだ。あんな無礼な若造どもに責めたてられただけでも災難なのに、今度はこれ……あの階段は危険きわまる代物《しろもの》だぞ。カレッジを訴えてやりたいぐらいだよ。訴えられても当然だろう」サー・ジュリアスは大声で笑い、痛みに顔をゆがめた。「だがきみはよくやった」彼は続けた。「気に入ったよ。よければいつでも仕事をやろう。アンドルーの例にならって、わが〈ファラン・グループ〉に加わってはどうだね？」

まるで合図に応えるようにコツコツとノックの音がして、アンドルーが姿をあらわした。〈泉の中庭〉になじみのある彼は、イモージェンの仕事場のこともよく知っていたのだ。

「具合はどうですか、ジュリアス？」彼は尋ねた。

「どうにか生き延びそうだ。この若いレディとは知り合いかね？」

「それはもう、よく知っていますよ」とアンドルー。

「今しがた、彼女に仕事のオファーをしたところだ」

「仕事ならもうあります」イモージェンは言った。「それより、立ちあがろうとするのはやめてください、サー・ジュリアス。もうしばらく休んでいただかないと」

「処置がすんだら言ってくれ。外に迎えの車が来ているよ」アンドルーが言った。「かなり大きめのやつだから、問題なくジュリアスを乗せられるはずだ。あのデモ隊も解散したし」

イモージェンがアンドルーのためにもうひとつ椅子を捜し出し、その後しばらく三人は無言ですわっていた。サー・ジュリアスは鎮痛剤で痛みがおさまり、うとうとしはじめたようだった。

イモージェンはあらためてアンドルーをしげしげと見た。最後に会ってから一年しかたっていないのに、ずいぶん感じが変わっていた。豊かな黒髪には白いものが交じり、それがまたよく似合っている。ほっそりとした知的な顔は、いくらかふくよかになっていた。学衣は車の中に置いてきたようだが、シャツのカラーやネクタイにはしわひとつなく、スーツは仕立ても生地もセント・アガサではめったに見られないものだった。どうやら彼は学者からビジネスマンへと巧みに変貌を遂げたようだ。だがちらりと彼女に目を向けてうっすら笑みを浮かべると、とつぜん彼女が慣れ親しんだあのアンドルーの面影がのぞいた。

イモージェンは思わずにっこり微笑み返したあと、厳しく自分をいましめた。彼はもうこちらの人生にはかかわりのない、過去の人なのだ。


サー・ジュリアスは結局のところ、眠りに落ちてはいなかった。気づくと分厚いまぶたの下の鋭い両目で彼ら二人をじっと見ていた。酔いはおおむね醒めたものの、いくらか動揺しているようだった。

「あの二人の阿呆どものことは気にしていない」サー・ジュリアスは言った。「彼らはわたしを暗殺したりはせんだろう。危害を加えることすらできないはずだ。だがそら、世間にはわたしを殺すことも厭《いと》わず、チャンスさえあればそれを実行するはずの者たちがいる。わたしのような生き方をしてきた人間は、どうしても敵を作ってしまうものだからな。それも本物の敵――わたしの頭を銃で吹き飛ばすか、もっとありそうなのは、背中に短剣を突き刺そうとしている者たちだ。しかもその一部は決して遠くにいるわけじゃない。こちらは常に警戒していなければならん」

「そんなお話は真に受けないことにします」イモージェンは言った。「今はショックを受けてらっしゃるんですよ」

「これはあくまで本気で言っているんだ」とサー・ジュリアス。「アンドルーに訊いてみるといい。さいわい、わたしは信頼できる人間を少しは周囲に集めることができた。だがわたしが保険会社の人間なら、ジュリアス・ファランの命への保険証書は発行しない」

「その話はもうやめましょう」アンドルーが言った。礼儀正しく「黙れ」と命じるような口ぶりだった。

だがサー・ジュリアスは黙ろうとしなかった。「いや、ミス・クワイ――今後はイモージェンと呼ぶことにしよう――はたいそう口が堅いはずだ。仕事柄、そうならざるを得んのだろうな、イモージェン？　これでも人を見る目はあるから、きみが信頼できる人間なのはわかっているぞ。そして」サー・ジュリアスは力を込めて言い添えた。「わたしの命は安全とは言えない。敵はみな狡猾《こうかつ》だ。いずれそのうちにわたしがバスに轢《ひ》かれたという記事を読んだら、この言葉を思い出してくれ！」

「そのお言葉は忘れるようにします」イモージェンは言った。「あなたは今夜はふつうじゃないんですよ、サー・ジュリアス。さて、では足首に包帯を巻きましょう。それと、パラセタモールをもう少しさしあげますから、あとはホテルに帰ってお寝《やす》みになってください。明朝にはぜひとも医師の診察を受けて、深刻なダメージがないことを確かめるようにおすすめします」

しばらくのちに、イモージェンはタクシーで家へと向かいながら、サー・ジュリアスがあの最後の言葉を述べたときの張りつめた口調を思い浮かべた。あのときは〝忘れるようにする〟と答えたが、忘れられるはずはない。ただし、今夜の出来事についてはフランとジョシュにいろいろ報告するとしても、サー・ジュリアスに妙に口の堅さを見込まれたおかげで、あの件だけは話せそうになかった。

3

翌朝、サー・ジュリアスは秘書の手を介さず自らイモージェンに電話をよこし、少々弁解がましい親しみのこもった口調で、彼女に足首の手当てをしてもらった礼を述べた。すでにサー・ウィリアム・バックモートにも電話して、謝罪の言葉を交わしたという。どうやら両者は昨夜の種々の出来事を――まるで何ひとつ起きなかったかのように――忘れ去ることで意見が一致したようだ。サー・ジュリアスとセント・アガサ・カレッジの関係はどちらにとっても貴重なもので、それは今後もより快い形で継続されるはずだった。

そのあと意外にも、サー・ジュリアスは毎月第一木曜日にシティ（国際的な金融・商業の中心地となっているロンドン市内の特区別）の〈ファラン〉の本社ビルで開かれる役員会のランチにイモージェンを招待した。いわく、仕事の話は抜きのたんなる最高幹部の懇親会で、ゲストがいれば歓迎される。彼女にとっても興味深いかもしれないし、出席してもらえれば彼の仕事仲間たちもきっと喜ぶだろう。次回は来週の木曜日だ。

イモージェンは丁重に礼を述べ、すぐに辞退はしなかったものの、仕事がたまっているので返事を保留させてほしいと訴えた。そうして受話器を置くやいなや、アンドルーから電話がかかってきた。彼もまた昨夜の気まずいなりゆきについて謝罪した。

「何だか責任を感じてるんだ。ぼくがすすめなければサー・ジュリアスはあそこにはおらず、あんなことにはならなかったんじゃないかとね」

「あなたみたいに聡明な人なら、そんな考えかたはまるでナンセンスだとわかるはずよ」イモージェンは言った。「もしもあれやこれやが起きなければ、こんなことにはならなかった。もしも〈恐怖の二人組〉がしつこく攻撃して逆上させなければ、サー・ジュリアスはあの階段をころげ落ちたりはしなかった……。でも彼はどのみちころげ落ちてたのかもしれないわ。あるいはオフィスを出たあと車に轢《ひ》かれていたかもしれない。あなたのせいじゃないわよ、アンドルー」

「もちろんきみの言うとおり、ぼくが悪いわけじゃない。ただの〝ああしてさえおけば……〟っていう感覚さ。気にしないでくれ。じつを言うと、イモージェン、きみと話したくて電話したんだ」

「もう話してるけどね。さあどうぞ」

「だから電話じゃなくてさ。じかに会って相談したいことがあるんだよ。近いうちにランチでもどうかな?」

「いいけど……何についての相談?」イモージェンは用心深く尋ねた。

「一部はぼくの〈ファラン・グループ〉での仕事に関する相談だ。このままここで働き続けられるかわからないんだよ。すべてはジュリアスしだいだし、彼のことが気がかりでね、理由は会ったときに話すけど。それに個人的な悩みもあって、きみにならほかの誰より気楽に相談できそうなんだ」

「今の彼女と話し合うよりも気楽に?」

「それも問題の一部なんだよ。彼女とはもう終わりかけててね。誰か理解してくれる相手と話す必要があるんだ。それがきみというわけさ。だからできれば昔のよしみで……」

「わたしたちは過去にはもどれないわ、アンドルー。あの関係は終わったの。でも悩みを打ち明ける相手が必要なら、いつでもわたしがここにいる」

「それは幾多《いくた》の学部生たちが保証してくれるさ」とアンドルー。「ぼくは今でも何かあればきみに相談したくなるんだ。例のきみならではの才能のなせるわざだな」

イモージェンはじんとした。結局のところ、アンドルーにはずっと好意を抱いてきたのだ。かつての親密な日々が走馬灯のように脳裏をよぎった。

「それはいいけど」彼女は言った。「ランチといえば、サー・ジュリアスが役員会のランチにわたしを招待したことは聞いてる？」

「それは知らなかったな。ジュリアスはけっこう衝動的に行動するから。でも嬉しいよ。きみは招待を受けたんだろう？」

「じつはちょっと時間稼ぎをしたの」

「だったら、ぜひイエスと答えろよ。行けばきっと面白いし、〈ファラン〉がどんなところか少しはわかるだろう。ぼくも出るはずだから、あとで一緒にお茶でも飲もう。今すぐ予定表に書き込んどいてくれ」


「それで、あとは彼にまかせたの」イモージェンはフランに話した。

「ったく！」フランは嘆いた。「ときどき、あなたを一人で出歩かせちゃいけないような気がする。あなたは垣根の踏み越し段を見れば必ず、脚の悪い犬を抱きあげて踏み越えさせてやりたくなるのよね。それが何の得になるっていうの？」

「まあ、あんまり得にはならないわね」イモージェンは認めた。「でもアンドルーはいろいろ困ってるみたいだし、知らんぷりはできないでしょ」

「どうしてできないの？　あなたは彼に何の借りもないのよ。男たちときたら！　とにかく気をつけて。まんまとよりをもどさせたりしないようにね」

「それはもうはっきり言ってある。どのみち、彼がそうしたがるとは思えないしね」とイモージェン。

「彼の結婚生活が破綻したとき、あなたは彼に正気を取りもどさせてやった。ところがその後、彼はあなたを棄てて……」

「アンドルーはわたしを棄てたわけじゃない。カレッジを棄て去ったのよ」

「同じことだわ、実質的には。とにかく彼は逃げ出してさっさとほかの相手と関係を結び、それもまた破綻しかけてる。ほら、〝一度目は不運かもしれないが、二度目は馬鹿みたい〟ってやつよ」

「少々不正確なオスカー・ワイルドの引用ね」とイモージェン。「まあそう冷たいことを言わないで、フラン」

「あなたのせいでわたしの冷笑的な面が出ちゃうのよ」

「それにわたしはサー・ジュリアスのことがちょっと気になってるの」イモージェンは言った。「昨夜の彼は何だか限界に近づきつつあるみたいだった。ストレス過剰と高血圧のあらゆる徴候が見られたし、たしかにお酒も飲みすぎよ」

「救いがたいわ」フランはぼやいた。「不治の、見境ない人助け熱、それがあなたの病名よ。たぶん死ぬまで治らないわね」

ロンドンでは常にやりたいことがいくつもあり、おまけにその日は天気も上々だった。イモージェンの予定表には旧友とのコーヒーブレイク、美術展、とうてい手の出ない高級品のウィンドーショッピングを少々、といったことが書き込まれていた。

十二時半にようやく、イモージェンはシティの目的地に着いた。〈ファラン・グループ〉の社屋は古めかしい名の——ただし今では、味気ないモダンな高層ビルが立ち並ぶ——細い谷間のような通りに面していた。傘下の企業のほかにいくつか銀行の支店が入ったそのビルは、いかにもそれらしく見せようと最善を尽くした感じの建物だった。ドアの上には控えめなローマン体の大文字で社名が表示され、建物正面《ファサード》の下部はママレード色の斑点が入った淡いチーズ色の花崗岩《かこうがん》で仕上げられている。ロビーにはコツコツとヒールの音が響く深緑色の大理石が敷き詰められ、受付のデスクは頑丈なマホガニーで造られていた。

受付で氏名を告げて五分ほど待つと、フィオナと名乗るしゃれた服装の若い女性があらわれ、イモージェンをエレベーターへと導いた。フィオナは魅力的——どころか、目の覚めるような美人だった。どう見ても本物の金髪、巧みに整えられた髪型、ブルーグレイの瞳、しみひとつない艶やかな肌。それに親しみと優越感が絶妙に入り混じった雰囲気だ。彼女はイモージェンとエレベーターで上階へあがり、カーペットが敷かれた短い廊下を進むあいだに、自分はサー・ジュリアスの個人秘書なのだと説明した。

長年の経験で相手の表情やしぐさからちょっとしたヒントをつかむことに慣れているイモージェンは、ほとんど無意識のうちに頭に刻み込んでいた——フィオナはサー・ジュリアスの部屋のドアをほんの形ばかりノックしただけで開けたし、雇い主への話し方もどこか馴れ馴れしい感じだ。

サー・ジュリアスの部屋はオフィスというより広々とした居心地のよい書斎に近く、ソファと二脚の肘掛け椅子が置かれ、壁際にはずらりと書棚が並んでいた。その片隅に、事務的な書類がいっさい置かれていない巨大なデスクが鎮座している。サー・ジュリアスは重々しい足どりで進み出てイモージェンを椅子のひとつにすわらせ、招待に応じてもらった礼をおごそかに述べた。

彼はほんのしばらくまえの晩に赤ら顔で苦しげに息を切らし、よろよろと彼女の仕事場へ運び込まれた男とは別人のようだった。勝手知ったるここでは、まさに部屋全体を支配している。身にまとったスーツもおよそ一着のスーツに可能なかぎり、肥満した体形をみごとにカバーしていた。それに彼はイモージェンに会えて喜んでいるようだ。

「不自由なく歩かれているようでほっとしました」イモージェンは言った。

「ああ、捻挫は治ったよ、きみの手当てのおかげだ」

「じゃあ医師の診察は受けられなかったんですね?」

「ああ、受けなかった。いつもできるだけ医者には頼らんことにしている。われわれ人間は、たいていのことから自然に回復するようにプログラムされているのではないかね? わたしは自然にまかせるのが好きなんだ」

イモージェンはサー・ジュリアスの赤らんだ顔色にあらためて気づき、一瞬、最近血圧を測ったか尋ねたい思いを押し殺した。彼はあきらかにしらふだったが、両目がわずかに充血し、ほんのかすかに何かの芳香——ウィスキーだろうか——をただよわせている。

サー・ジュリアスは続けた。「残念ながら、セント・アガサでの一夜はいささか不運なものだった。とはいえ、サー・ウィリアムとの関係は修復したつもりだよ。彼とのつながりは今後も発展させたいものだ」

イモージェンはそれについてはコメントをさし控えた。

「学寮長と会えたのを除けば」サー・ジュリアスは続けた。「正直いって、あの夜のせめてもの収穫はきみと知り合えたことだろう」

イモージェンは今度も黙って受け流した。

「だから今日ここで再会できたのは個人的に喜ばしいことだ。だがきみは頭のいい女性だから、これには何か魂胆《こんたん》がありそうだと気づいたのではないかな？　このまえわたしが仕事のオファーを口にしたのは、一時の気まぐれじゃない。本気できみをここに迎えたいと思っているんだ。つまり、この〈ファラン・グループ〉に」

イモージェンは肝をつぶした。あんな話は真に受けていなかったのだ。「わたしはカレッジでの仕事にとても満足しています」彼女は言った。

「うちでは人事部門にちょっとした強化が必要でね」サー・ジュリアスはかまわず続けた。「近ごろは〝人的資源〟と呼ぶものらしいが、要は従業員たちの福利厚生とかいったことだ。その点、きみにはまさにわたしの求める資質が窺《うかが》えた。例の二人組に対処したさいの果敢な決断力、それに保健師としてのあきらかな手腕だ――相手への思いやりのある接し方、おそらくは天与の才とおぼしき洞察力。それらの下には、真に必要な場合だけわずかに顔をのぞかせる鋼《はがね》のような強さがある。当たっているかな？」

「さあ、自分では答えようがありません」とイモージェン。

「カレッジはきみにいくら払っているのかね？」サー・ジュリアスはだしぬけに尋ねた。

不意を衝かれて、イモージェンはありのままに話した。

「ではその三倍出そう。業績しだいで、上乗せしてもいい」

「せっかくですが……」イモージェンが切り出すと、サー・ジュリアスは押しとどめた。

「すぐに返事をもらう必要はない。考えてみてくれ。きみをこの昼食会に誘ったのは、主な経営陣に会ってもらうためだ。決意を下す助けになるだろう」

こうしてしばらくのちに、あまり優雅ならざる会議室で食前のシャンパンのグラスを手に、イモージェンはいずれ仕事仲間になるかもしれない一群の人々に引き合わされたのだった。

六人の男性に、女性が一人だけ。その女性と男性のうちの五人が中年で、七人ともスーツ姿だ。サー・ジュリアスはまず最初に、やや年輩に見える男性——ロビンズウッド卿をイモージェンに紹介した。

ロビンズウッド卿は長身痩軀《そうく》、端整な顔立ちで、六十歳を超えたぐらいだろうか、小ざっぱりとした、わずかにウェーブのかかった銀色の髪をしている。彼はイモージェンに礼儀正しく会釈して、彼女のセント・アガサでの仕事にしかるべき興味を示し、学寮長夫人のレディ・バックモートとは旧知の仲なのだと言った。その他、さりげなく口にされた二、三の言葉から、たいそう華やかな経歴が窺えた。かつては主要国への大使を歴任し、今では種々の大企業の役員としてその才能を発揮しているようだ。だがそれ以上会話を深める間もなく、サー・ジュリアスが彼のとなりの人物にイモージェンの注意を向けた。

こちらは長身で堂々たる体格だが、太りすぎてはいない男で、年齢《とし》は四十代のなかばといったところだろう。豊かな黒髪、ふさふさの眉。深くくぼんだ両目はわずかに黒ずんでいる。たくましい体形がいかにもパワフルな権力者らしい感じで、その点はどちらかといえば、サー・ジュリアスをしのいでいる。二人が並んだところは壮観だった。

「こちらはマックス」サー・ジュリアスが言った。「マックス・ホルウッドだ。彼はうちの最高経営責任者でね。わたしの娘婿でもあるのだが、それは今の役職とはいっさい関係ない」

「つまり、この役職に任命されたほうが先なので」とマックス。低い、朗々たる声だった。

「例のミス・クワイだよ、マックス、このまえ話した」

「ええ、よく憶えています」マックスはイモージェンに探るような目を向けた。その容赦ない視線にイモージェンはふと居心地の悪さを覚えた。「たしかセント・アガサ・カレッジにおられるのですよね、ミス・クワイ？　それでは、ええと、何とお呼びすればいいのかな？　教授、それとも博士？」

愛想のよい口調だが、イモージェンは嫌がらせに気づかないほど鈍くはない。マックスは彼女の立場や身分を重々承知しているはずだった。だがそれを認めるだけの価値もない相手とみなしているわけだ。

「わたしの名前はイモージェンですから」彼女は言った。「そう呼んでいただいてかまいません。仕事は学寮付きの保健師です」

「それはさぞかし、重要なお役目なのでしょう」とマックス。今度も表向きは親しげだが、どこか恩着せがましい、見下すような口調だ。彼は部屋の入り口に目を向けた。「今日はセント・アガサの代表者が勢ぞろいのようですね。ジュリアスはここに分校でも作るつもりかな」

イモージェンはまだ言葉を交わしてはいないものの、アンドルーが室内にいることに気づいていた。けれど、新たに姿を見せた人物には驚かされた。

「ミスター・ウェザビーだわ――うちの新しい会計係の」

「そう。彼はここの社外役員なんですよ。そういう仕事はさほど時間を取りませんからね。彼がカレッジの会計係を主たる職業とすることに、われわれは何の異存もありません。むしろカレッジとつながりができたことを喜んでいるんです。さてと、ではヘレンをご紹介しましょう」マックスは室内で唯一の女性役員のほうにイモージェンを導いた。「こちらはヘレン・アルダートン。わが社の人事部門の責任者です」

イモージェンはぎくりとした。自分はついさっき、ヘレン・アルダートンの担当分野の仕事をオファーされたのだ。サー・ジュリアスはその件をとくに誰かと相談したふしはなかったが……ヘレンはわたしを潜在的なライバルとみなすだろうか?

マックスが歩み去るのを横目に、イモージェンはおずおずと笑みを浮かべた。ヘレンはにこりともしなかった。ひいでた大きな額、細いあご、黒っぽい髪と瞳の痩せた女性で、顔一面に不満げなしわがくっきりと刻まれている。

「あなたは学問の府からやってきたのね」ヘレンは言った。

「ええ、たぶん。でも、べつに学者じゃありません」イモージェンはまたもや自分の職業を告げた。

「それを聞いて嬉しいわ」ヘレンは言った。「どうも学究肌の人たちとはそりが合わなくて。そういう人たちは大勢知ってるし、一緒に仕事もしてきたけど、プライドばかり高くて地に足がついてないのよね」ヘレンは周囲を見まわした。今のところ、こちらの声が届きそうなところには誰もいない。彼女は続けた。「まあ、保健師なら少なくとも現実世界の住人だわ。この〝男の牙城〟へようこそ。わたしは何と、ここへ嫁入りしたのよ。ほら、あれが夫のビル・マクネア。ビルはジュリアスにとって便利な男なの。さもなければ、ジュリアスはわたしなんか追い出してたはずよ。わたしのことはとうにお見限りだから」

その苦りきった口調にいささかぎょっとして、イモージェンは明るく言った。「でもあなたはさぞ興味深い仕事をなさってるんでしょう?――とても責任の重い」

「それは言えそう。ただし、権力をともなわない責任よ。しじゅう上層部から口を出されてばかりのね」しばしの間があったあと、「ねえ、あなたがなぜここにいるのかは聞くまでもないわ。ジュリアスはあなたの使い心地を試しているの。たぶん、どのみちわたしが近いうちに出ていくことを知っているのよ」

「こちらはそんなつもりは……」イモージェンは言いかけたあと、サー・ジュリアスがもどってくるのに気づいて言葉を切った。

次はヘレンの夫、ビル・マクネアに簡単に紹介された。財務部門の担当役員だというビルは、小柄だが強靭《きょうじん》そうな、鋭い顔立ちのスコットランド人だった。早口で弁が立ち、頭の回転も速そうだ。

最後に引き合わされたのは、マーケティング部門の責任者のレスター・ハンコックだった。彼は長ったらしい込み入ったジョークを口にして、途中でイモージェンに楽しんでいるかと尋ねながら、返事も待たずに先を続けた。少々冴えないオチにたどり着いたころには、すでにサー・ジュリアスはテーブルへと歩を進め、みなが着席しはじめていた。

イモージェンは会議室でのランチに何を期待すべきなのか見当もつかずにいたのだが、あんがい豪華なものだった。最初の一品はキジの胸肉の燻製《くんせい》、続いて平豆の緑のベッドに乗ったスズキのオーブン焼き、デザートは洋ナシのヘレネー風と、各種チーズの盛り合わせだった。ワインはシャトーヌフ・デュ・パプからはじまって、魚料理にはプイィ・フュイッセ、デザートにはソーテルヌ。その後、まだ飲める者たちにはテイラーの一九八六年産のポートワインが注がれた。

サー・ジュリアスのとなりの主賓席に腰をおろしたイモージェンは、その場の主《あるじ》に気に入られている者ならではの快感を覚え、ふと考えずにはいられなかった――あのヘレン・アルダートンの辛辣《しんらつ》さは生来の性格なのか、それとも潜在的なライバルへの敵意から生じたものなのだろうか？　ともあれ、こちらもせいぜい用心しなければ。攻撃的で他人を食いものにする実業家としてのサー・ジュリアスの評判を忘れてはいけない。

だがサー・ジュリアスは当面、その種の役割を演じてはいなかった。彼はサフォーク州にある田舎の屋敷について話し、週末はできるだけそこでくつろぎたいのだが、思うほど頻繁には帰れないのだと打ち明けた。大の自慢である庭も、なかなか自分で手入れをする暇がない。いっぽう結婚して二十五年になる彼の妻は、ロンドンがあまり好きではないという。話題はさらに、一人娘のロウィーナへと移った。

「そう、例のマックスと結婚した娘だ」サー・ジュリアスは言った。「今は二人の幼い息子と、われわれの田舎屋敷のすぐとなりの村に住んでいる。だがあいにくマックスもわたしも、あまり家族とすごす時間が取れなくてね。仕事中毒とでも呼ばれそうなありさまだよ」

「それはあなたの話でしょう、ジュリアス」マックスがテーブルの向こう側から言った。「わたしはちがいますよ。ここにいるあいだはせっせと働き、それ以外は仕事のことは忘れる」彼はイモージェンに向かって言い添えた。「ジュリアスはまさに仕事中毒でね。わたしが少しはゆっくりしろと言っても、まるで耳を貸そうとしないんです」

おどけた口調だが、どこか棘《とげ》のある言いかただ。イモージェンは話題をそらそうと、サー・ジュリアスに孫息子たちのことを尋ねた。どうやら彼は孫たちに愛情を抱き、誕生日やクリスマスには気前よくプレゼントをするものの、彼らのことをあまり知らないようだった。

その後はしばし、テーブルの少し離れた席から、ほかの役員と何やら言い争っているらしいヘレン・アルダートンの声が聞こえた。ロビンズウッド卿がすかさず割り込み、長らく外交畑で生き抜いてきた者ならではの如才《じょさい》なさで難なくことをおさめた。やがてみなが食事に注意を集中するにつれ、室内に穏やかな、くつろいだ空気が広がった。イモージェンはそのなごやかなうわべの下に渦巻く緊張感に気づいたが、サー・ジュリアスはまったく意に介していないようだった。まだ昼だというのに、賢明とは思えないほど多量のワインを飲んでいる。それはマックスも似たり寄ったりだったが。

昼食会はだらだらと長引いたりはしなかった。もとより、そういうことは想定外なのだ。常勤の役員たち――マクネア夫妻とハンコック――にはそれぞれ片づけるべき午後の仕事があり、マックスはオフィスで人と会う約束をしていた。二人の社外役員、ロビンズウッド卿とウェザビーは、ウエスト・エンドまでタクシーに相乗りするとかで、肩を並べて姿を消した。サー・ジュリアスはイモージェンと握手して、ここまで足を運んでもらったことに温かく礼を述べ、近いうちに連絡してほしいと言うと、重い足どりで自分の部屋へと向かった。

ランチのあいだは話す機会のなかったアンドルーが、ようやく彼女のかたわらにやってきた。

「今日はもう仕事にはもどらないつもりだよ」アンドルーは言った。「それにまだ天気も上々だ。コヴェント・ガーデンまでぶらぶら歩いて、お茶でも飲もう」

4

「さてと」アンドルーは言った。「これできみも〈ファラン・グループ〉の実態を垣間見たわけだ。もちろん、あの役員会は氷山の一角にすぎない。しかしあれがぼくの仕事仲間で、きみもジュリアスのオファーを受け入れれば一緒に働くことになる面々だ」

「でもほんとにちらりと見ただけだから」とイモージェン。「まだまだわたしの知らない事情が山ほどあるはずよ」

「ああ、たしかに。じゃあ少し補足させてくれ。まず、ジュリアスとマックスについて。これはきみもすでに気づいてるはずだけど、ジュリアスは老いたライオンみたいな存在だ。長年あのグループを率いて、常に天才的な経営手腕を発揮してきた。瀕死の企業を安値で買って再生させたり、華々しい取引をまとめたり、一発勝負で莫大な利益をあげたり——その手のことなら、ジュリアスの右に出る者はいなかった。そのうえ、しじゅう女遊びをする暇とエネルギーまであったんだ」

「でもサー・ジュリアスはずいぶんまえに結婚したんでしょ？」

「ああ、そうさ。ルーシアとね。彼女は常に夫がどんな男か心得ていた。彼らは別々に生活しているが、今でも夫婦仲は良好みたいだよ。じつはルーシアも役員の一人なんだけど、会議にはあまり顔を出さず、役員会のランチで見かけることもない。まあ彼らはそれなりに愛し合ってるんだろう」

「サー・ジュリアスはロウィーナとかいう娘さんの話をしていたわ。彼女が夫婦の絆《きずな》になってるんじゃない？」

「いや、それはない。ルーシアはジュリアスの二人目の妻なんだ。ロウィーナの母親は一人目のアンのほうだよ。まだ存命で、ロウィーナの家に同居している。ジュリアスがナイトに叙せられたのは離婚後のことだから、〝レディ・ファラン〟と言えばルーシアだけど。ジュリアスはロウィーナを溺愛《できあい》してて、たぶん孫たちのことも愛してるけど、彼らをどう扱えばいいのかよくわからないみたいだ。生来の父親タイプじゃないからね。ボールを蹴飛ばしまわったりするのは得意じゃないんだよ」

「で、マックスは?」

アンドルーは眉をひそめた。「ああ、マックスか。マックスは若きライオンだ、もうさほど若くはないけどね。来年で四十六歳になる。彼は十五年かそこらまえに、ジュリアスに見出されたんだ。ジュリアスは彼をいわば自分の分身とみなしたのさ——タフで、頭の回転が速く、決断力があり、一度つかんだものは決して放さない。それに肉体的にもパワフルで、敵にはまわしたくないたぐいの男だ。といっても、当のジュリアスだって決してやわなほうじゃない。若いころには一時期、ナポリでギャングまがいの一団とかかわってたらしくてね。路上の喧嘩騒ぎで男を刺して、何か月かイタリアの刑務所に入っていたとかいう話だ。そのことは〈ファラン〉のウェブサイトに載ってる経歴にはいっさい書かれていないはずだけど。

とにかく、ジュリアスは会社の将来を見すえてマックスを雇い、異例の速さで昇進させた。そしてマックスとロウィーナが出会って互いに好意を抱いたと見るや、強力に後押しして結婚させたのさ。権力を一族の内部にとどめるという考えが気に入ったんだろう。マックスのほうも同様だった——その〝一族〟に自分が含まれるかぎりはね。いずれジュリアスは引退してマックスが跡を継ぐという、暗黙の了解のようなものがあったんだ」

「それは今でも変わらないわけ？」イモージェンは尋ねた。

「要はそこなのさ。ジュリアスは六十八歳になり、まだマックスを信頼してはいるものの、この期《ご》に及んで自分は本当に引退したいのか決めかねている——少なくとも、ぼくはそうにらんでるんだよ。それとはべつに、グループがマックスのもとでうまくやっていけるのかという問題もある。ジュリアスは他人の性格と能力を見抜くのがすごく得意なつもりでいるが、マックスを選んだのは失敗だったのかもしれない。ひとつには、マックスはギャンブラーだからね。カジノが好きとかいう意味じゃなく、ビジネス上のギャンブラーだ。彼なら大きな成功のために大きなリスクを取るだろう。ジュリアスは決して危ない橋は渡らなかった。勝つとわかってなければ賭けなかったんだよ。残念ながらマックスが支配権を握れば、何か途方もないプロジェクトにすべてを賭けて会社をつぶしかねない。だがマックスは一刻も早くジュリアスを追い払って権力を手中におさめたがっているんだ」

「彼にはそうすることができるのかしら——サー・ジュリアスが引退したがらなくても」

「簡単にはいかないだろう。あの会社はジュリアスが設立し、株の多くを握ってる——四十パーセント近くをね。それはロウィーナのための信託財産になってるけど、主な受託者であるジュリアスがまだ自由に使えるんだ。残りの株はおおむね大手の銀行や投資会社が保有し、その他大勢の小口の株主はじつのところ数にも入らない。何かよほどの窮地に陥れば、大手企業の連中が結託してジュリアスを引きずりおろすことも可能だろうが、彼らもできればそれは避けたいはずだ。だから酒を控えて正気でさえいれば、ジュリアスは安全なはずだよ」

「酒を控えて、というのは――つまり……？」

「そういうことだ。きみもいくつか徴候に気づいただろう？　ジュリアスは二、三年前からどんどん酒量が増えて、酒に呑まれかけてるんだよ。とにかくストレスまみれで被害妄想になり、少々自信を失ってるようだ。本人は決して認めようとしないけど、年齢的な衰えも感じてるんじゃないのかな。ずいぶん無茶をしてきたから」

「たしかに、あまり健康そうには見えないわ。主治医は誰なの？」

「ああ、ティム・ランダムと言ってね。ジュリアスの長年の友人だ。ぼくはじかに会ったことはないけど、もちろん話には聞いている。彼とルーシアはジュリアスを〝保養〟と称する矯正治療に行かせたがってるんだ。ランダムはそういうことには詳しい、というより、それが本業なのさ。金持ちのアルコール依存症患者のための、一見ホテルのような海辺の治療施設を経営してるんだ。ジュリアスは行くのを渋ってる。自分は依存症だとは思えないし、忙しすぎて無理だとか言って。もともと、あまり医者には頼らない主義なんだよ。だが彼もルーシアとランダムには一目置《いちもく》いてるし、この場合は二対一の勝負だ。彼のほうが折れてもぼくは驚かないね」

「そんな中であなたはどういう立場なの、アンドルー？」

「正直いって、イモー、かなり危うい立場だよ。要するに、ぼくはジュリアスの子分なんだ。彼がマックスの反対を押し切って入社させた男で、マックスとすれば〈ファフン・グループ〉に経済学者が必要だとは思えなかったのさ。ジュリアスはきみを気に入ったようだが、ぼくのことも気に入ってくれてね。カレッジの三倍の給与を出すと……」

「あら！」とイモージェン。「わたしもそう言われたわ」

「しかも本を書く時間をたっぷり与え、研究にも援助を惜しまないというんだぞ。こちらはちょうど、大学生活にいささか嫌気がさしていた。どうやら教授にも、学寮長にもなれる見込みはなさそうだったしね。それでジュリアスに誘惑されて、落ちたのさ」

「今はそれを後悔してる？」

「その方向に進んでる」

「道義的な意味で？」

「必ずしもそうじゃない。ジュリアスはぼくの意に反することはいっさいさせようとしないからね。こちらがときどき経済欄に載るようなレポートを出せば、それで彼は大満足なんだ。ひと財産築いてナイトに叙せられてから、ちょっと生き方を変えたのさ。尊敬される人間になろうとしてるみたいだ。だがマックスのほうはひたすら成功を追い求め、品行なんて気にもかけない。ぼくはジュリアスとならやっていけるけど、マックスのために働くのはいまいち気が進まなくてね。ほかにもいくつか個人的な理由があって、いずれは逃げ出すしかなくなるかもしれない」

「たしか電話では、恋人との仲がどうとか言ってたわよね、アンドルー。あのときの話からして、そのことを訊いてほしいのかしら？」

「ああ、訊いてもらえて嬉しいよ。それにまだ気づいてないのかもしれないが、きみはもう彼女に会ってるはずだ」

イモージェンは目を見開いた。「そうなの？　本当に？」

「彼女はジュリアスの個人秘書《PA》なんだよ。たぶん彼の部屋まできみを案内したんじゃないのかな」

「フィオナのこと？」

アンドルーはうなずいた。

「すてきな人じゃないの、アンドルー。あれにくらべたら薔薇《ばら》の花も色を失うわ。ただし、素朴な英国娘《イングリッシユローズ》ってタイプじゃなさそうだけど」

「すてきな人なら行いもすてきなはずだがね」とアンドルー。「彼女はすてさどころじゃない。恐るべき真実を聞かせてやろうか」

「どんな真実？」

「彼女はジュリアスと火遊びしはじめたのさ」

「まさか、アンドルー。サー・ジュリアスは彼女の二倍ぐらいの年齢《とし》よ」

「じっさいには三倍ぐらいだよ。彼は七十歳近いんだから。彼女は二十五歳だ」

「どのみちサー・ジュリアスなんて！　あんながさつな大男の！」イモージェンは身震いした。

「あんな人と寝るところを想像してみて！」

「むかつくだろ？　困ったことに、ぼくにはフィオナが彼に撫でまわされてるところが想像できてしまうのさ。正直いって、彼らのどちらにも吐き気をもよおすよ」

「信じがたい話だわ。だって、本人をまえにして言うのは何だけど、あなたはハンサムな人よ。頭もいいし、人並みに優しい。あれから腕が落ちたのでなければ、ベッドの中でも最高の相手だわ。サー・ジュリアスはあなたにないどんな取り柄を持ってるの？」

「金さ」とアンドルー。「腐るほどの大金だ。ぼくだってけっこう稼いでるけど、ただの雇われ人だからな、オーナーとはちがう。ジュリアスはきみやぼくには想像もつかない、けた違いの大金を持っているのさ」

「でもアンドルー、それがあなたの早合点じゃないって言い切れる？　個人秘書ならボスと少しは親密になるはずよ、一緒に仕事をしているうちに」

「この種の親密さじゃないはずだ」

「二人は公然の仲なの？　あなたとフィオナはもう別れたわけ？」

「二人は公然の仲じゃないし、フィーとぼくは必ずしも別れたわけじゃない。だけど、以前の関係にひびが入ったどころじゃないんだよ。こちらは何が起きてるのか百も承知だし、フィオナのほうもぼくにばれてることに気づいてる。かたやジュリアスは彼女がぼくにばれてるのを承知のうえで浮気してるのを知っているけど、誰も何ひとつ口には出さないんだ。フィーはロンドン市内に——ぼくのフラットからほんの数本離れた通りに——フラットを持っていて、そこを手放すつもりはない。彼女もジュリアスも過去に山ほど恋愛経験がある。フィーが少しでも彼に愛情を抱いてるとは思えないけど、ジュリアスのほうは彼女に夢中みたいだ。もちろん、いつなんどきルーシアが断固たる態度に出るかわからないし、ジュリアスが心臓発作か何かを起こしても不思議はないわけだけど」

「あんまり調子がよさそうじゃないものね」とイモージェン。「それでも彼が心臓発作を起こすように願うのは感心できない。そういえば、このまえカレッジの医務室にいたとき、サー・ジュリアスはいろいろ敵がいるとか言ってたわ。誰かに突き飛ばされてバスにでも轢《ひ》かれかねないとか。あれはどこまで真に受けていいものなのかしら？　ほんとにチャンスがあれば彼を殺しかねない人たちがいるの？　ただの冗談とは思えない口ぶりだったけど」

「たしかにジュリアスには敵がいる」アンドルーは言った。「危険きわまりない敵がね。たとえばロバート・デイカーって男は、ジュリアスに汚い手で事業をつぶされたと思い込んでる。それを根に持って、いつだかじっさいにジュリアスを脅しつけたほどだよ。それにビル・マクネア――きみもついさっき会ったはずだが――彼はずいぶんまえに〈ファラン〉が低所得者向けの融資会社〈サブプライム・フィナンシエール〉を買収したとき、ジュリアスの仲間に加わったんだ。それ以来、グループの発展に貢献してきたのに、戦利品の大半をジュリアスにさらわれたと考えているのさ。どちらも表向きはにこやかに接しているが、ビルが内心怒り狂ってることは誰でも知っている。彼は抜け目ない投資家であると同時にペテン師なんだ。ぼくならあんなやつはぜったい信用しないよ。それに彼の妻のヘレン・アルダートンは、〝袖にされた女〟だ。一時はジュリアスの愛人だったけど、飽きられてしまってね。今では彼を猛烈に憎んでる」

「へえ、驚いた！」イモージェンは目を丸くした。「実業界がそんな無法地帯《ジャングル》だとはねえ」

「だがそうなんだ。そしてジュリアスは捕食動物さ。じつのところ、もしも彼を車道に突き落としたがってる者たちの行列があれば、ぼくはその先頭に立ってるのかもしれない」

「やだ、アンドルー。そんな馬鹿なこと言ってないで、あなたはフィオナと腹を割って話し合うか、それでなければ彼女を失ったことを認めるべきじゃない？　美人なのはけっこうだけど、世間にはほかにも魅力的な女性がたくさんいるわ」

「フィオナはたんに顔がいいだけじゃない。ぼくは彼女をよく知ってるんだ——知らなくてもいい、余計なことまでね。彼女はダイヤモンドみたいにきらびやかで強いのさ。ある意味、それが魅力の一部なんだよ。だけどじつはもう一人、フィーとはちがう意味で心を惹かれかけてる女性がいるんだ」

「まあ。あなたには驚かされるばかりよ。名前を聞けば、わたしにも何か思い当たるふしがありそうな人？」

「ロウィーナさ。ジュリアスの娘の。ロウィーナは優しくて、すごく音楽好きで、一目でフィオナとは正反対のタイプだとわかる人だよ。まだ三、四回しか会ったことがないけど、ぼくには本当にぴったりの相手かもしれない。ジュリアスみたいな男の娘だとは信じられないほどさ。だがあいにく、彼女はとうていぼくの手には入りそうもない。マックスと結婚してるんだから。しかもマックスは死ぬほど嫉妬深いときた」

「ああ、アンドルー、アンドルー……あなたが多感な人なのはずっとわかってた。だからあなたがロウィーナにそんな想いを抱いてるのなら、幸運を祈るしかないわ。ただし、またまた無惨にしくじって助けを求めにこないでね」

ケンブリッジにもどると、イモージェンはサー・ジュリアスに丁重な手紙を書いて温かいもてなしへの礼を述べ、残念ながら仕事の件は受けられないと伝えた。

そうして、セント・アガサでの生活は続いていった。まだまだ寒い春の学期らしく、ラグビー部員が数人、ボートとホッケーの選手が一人ずつ、ちょっとした怪我の手当てを受けにやってきた。切り傷、捻挫、打撲傷といったたぐいのものだ。

イモージェンは風邪や消化不良を訴えてきた者たちには薬と同情を分け与え、ときおり羽目をはずして体調を崩した者たちがあらわれると、あまり同情はせずに薬だけを渡した。年輩の教師が寮の自室で倒れて病院へ運ばれたさいには救急車に同乗し、ほどなく意識を取りもどした彼が自分はどこも悪くはない、大事な仕事があるのだから今すぐカレッジへ連れもどせと文句を言うのに辛抱強く耳をかたむけた。

そうかと思えば、学部の女子学生が無分別にも院生と疑似結婚の協定を結び、せっせと炊事洗濯をして夫婦間の慰安を与えたあげく、博士論文の執筆に集中したいからと別れを告げられ、打ちのめされるという事件もあった。以前にもそんなケースを目にしていたイモージェンは、相手の若者を大いに軽蔑した。彼がセント・アガサの学生なら説教のひとつもしてやるところだが、さすがにシドニー・サセックス・カレッジに乗り込んで騒ぎを起こす気にはなれない。そこで女子学生に分別くさい助言をしたものの、シンプルで確実な治療薬がひとつしかないのはわかっていた――時の経過だ。

いっぽうケム川では、セント・アガサのキャンパスじゅうが沸き立つ一幕があった。春季ボートレースでトップグループの中ほどにいたカレッジの第一ボートが、調整手《ストローク》コリン・ランページの目覚ましい活躍で四度のバンプ（先行するボートに舳先をぶつけ、順位をあげること）に成功し、四つも順位をあげたのだ。来学期の五月祭（毎年、年度末試験が終了した五月末か六月初旬に開かれる、ボートレースや舞踏会がある大学祭）のレースでは、セント・アガサの代表チームはすでに一九二三年以降では最高の五番手の位置につけている。その四日間のレースで今回と同じ四度のバンプを達成すれば、セント・アガサは今年度の〈川の王者〉になるわけだ。期待はいや増し、学寮長をはじめとするカレッジのあらゆるメンバーがかつてない熱意を示して、川沿いの小道までヒーローたちの活動を見守りに出かけたほどだった。

イモージェンのほうは相変わらず多忙をきわめ、〈ファラン・グループ〉の件についてはろくに考える暇がなかった。ふと、例のアンドルーの恋愛問題は――何か進展があったとすれば――どうなったのだろうかと、愛情と苛立《いらだ》ちの入り混じる思いで考えたりもしたものの、彼から連絡はなかったし、こちらから尋ねるのは差し出がましいような気がした。少々意外だったのは、もうアンドルーとよりをもどしたくないのはたしかなのに、そのくせ未知のロウィーナにちょっぴり嫉妬を感じているのに気づいたことだ。サー・ジュリアスについてもときおり考えた。あの屈辱的な夜の彼の悩ましげな顔や、彼の恐怖について。それに、あの美しいフィオナとの信じがたい火遊びについても。彼は忌《い》むべき怪物なのか、哀れな老人なのか、あるいはその両方なのだろうか。

まだどちらとも決めかねていたイモージェンがある朝、新聞を取りあげると、サー・ジュリアスの死が報じられていた。

5

その記事は一面に載っていたが、あまり目立たない場所にざっと経緯が記されているだけだった。こんな具合だ――

金融グループ会長、崖から転落死

火曜日にイーストハム・オン・ザ・シー付近の高さ百フィートの断崖の下で発見された遺体は、ファラン金融グループの創立者で会長のサー・ジュリアス・ファランのものであることが昨夜あきらかになった。警察によれば、近隣のホテルに夫人と滞在中だったサー・ジュリアスは、深夜に一人で岬へ散歩に出かけて転落死したものと見られる。犯罪の疑いはない。

地元の住民たちによれば、現場では三年前にも同様の死亡事故が起きたにもかかわらず、周囲にフェンスを設置してほしいという要望は無視されていた。

「警告の札すら立てられなかったんだぞ」イーストハムのレッジ・スミザーズ氏は語った。「こいつは起きるべくして起きた事故だよ」

サー・ジュリアス（享年六十八）は金融業界で多彩な経歴を持ち、いくつか民事上の紛争にも登場している。かつてある閣僚が同氏を〝金《かね》の池に棲むピラニア〟と呼び、抗議を受けて〝どてつもない大魚〟と発言を修正する一幕もあった。晩年のサー・ジュリアスは、種々の慈善事業の支援者としても知られていた。

（死亡記事：十七面、ビジネス上の影響：二十三面）

イモージェンは大いに動揺した。それでなくとも知人が急死すればショックを受けるものだが、意識の奥底にひそんでいたサー・ジュリアスに関する——それにアンドルーの種々の悩みに関する——懸念がどっと脳裏によみがえったのだ。

思わず電話に手をのばして〈ファラン・グループ〉の番号にかけてみたが、サー・ジュリアスの死去にともない本日は交換台を閉鎖させていただきますという録音メッセージが聞こえただけだった。アンドルーの自宅や携帯も、やはり留守番モードになっていた。イモージェンは彼の電話にメッセージを残してふたたび新聞を取りあげ、コーヒーが冷めるのもかまわずページをめくった。

サー・ジュリアスの追悼記事は死亡欄のいちばん上に、一段半のスペースを割《さ》いて掲載され、二十年近くまえのものとおぼしき故人の写真が添えられていた。その記事ではまず最初に——真偽は定かでないことを認めた上で——彼の才能が早くから発揮されていたことを示す小学校時代のエピソードが紹介されていた。個別包装の駄菓子を一ポンド分まとめて買い、それをバラ売りして二倍の金を手にしたというのだ。また中等学校時代には、当局の介入で中止されるまで、金に困った学友たちに年率千パーセント近い金利で小口の短期融資をしていたという。利発な少年だったジュリアスは国家奨学金でケンブリッジ大学に進学したが、その死亡記事では〈彼が目立っていたのは講義と種々の学校行事にたえず欠席していた点ぐらいで、もしも可能なら、学位検定試験も間違いなくさぼっていたことだろう〉と皮肉られていた。卒業後はイタリアへ渡って大金を稼いだが、その詳細は明かされていない。

その後、と死亡記事はさらに続いた――しだいにスケールを増したジュリアス・ファランの金融事業は次々と大当たりして、中年になったころには資産が何十倍にも膨れあがっていた。その間《かん》にさまざまな方面から非難を買った彼は、何度か労働者や学生のデモ隊と衝突し、一度は窮地から強引に脱出しようとして重傷を負ったほどだった。しかし後年は社会的体面を重視するようになり、評判の劣る事業を売却して慈善団体や政党に気前よく寄付を贈り、ナイト爵位を授与された。そうして財界でも認められる存在となったが、以前の悪評を完全に払拭するには至らなかった……。記事の末尾には、遺族として二人目の妻ルーシアと、前妻とのあいだに生まれた一人娘が挙げられていた。

ビジネス欄には、サー・ジュリアスの死去が伝えられた直後は〈ファラン金融グループ〉の株価が下落したものの、ほどなく十二分に回復したことが記されていた。今後はロビンズウッド卿が会長に就任する模様だが、引き続き最高経営責任者の座にとどまるマックス・ホルウッドが実質的な権限を握るものと見られた。経済欄の編集委員はマックスが従来のファラン社の伝統に沿った攻撃的な戦略を取り、グループの収益を向上させるものと見ていた。

その夜、アンドルーが息せききって返事の電話をかけてきた。

「朝からずっと、てんやわんやだったんだ」アンドルーは言った。「緊急の役員会が開かれてね。会長にはロビンズウッドが就任するが、じっさいの経営に関しては事態が落ち着くまでマックスが全権を託される。ほかにもぼくには気に食わないことが多々あって、個人的にはどうもあやしい雲行きだ。ともあれ明日はイーストハムにマックスと足を運ぶ予定だよ。ジュリアスの精神状態について証言することになるかもしれない」

「そもそもサー・ジュリアスはロンドンから遠く離れたイーストハムなんかで何をしてたの？」

「検死審問がすんだら何もかも話すよ、イモー。とにかく今は少し休んで、明日にそなえておかないと」

翌日はたまたま、イモージェンにとっても多忙な一日だった。いつもどおりの痛みや悩みやちょっとした怪我への対応に加えて、学部生の一人がパブ帰りの二人組のちんぴらにからまれた前夜の不快な事件の余波をこうむったのだ。その学生はこてんぱんに殴られてアデンブルック病院へ搬送されたあと、片目と身体のあちこちがあざになった哀れな姿でイモージェンの元へ送り込まれてきた。もっとひどいことにならなかったのは不幸中のさいわいだったが。

その翌日、アンドルーが電話で一部始終を話してくれた。検死審問の評決は予想どおり——事故死だった。

「きみはこのまえ、ジュリアスがイーストハムで何をしてたのか不思議がっていたよな」とアンドルー。「手短に言えば、彼は〈ヘッドランズ〉——このまえ話した金持ち向けのアルコール依存症治療施設——で断酒していた、というか、していたはずだったのさ。ティム・ランダムとルーシアの監視のもとに、しぶしぶそこに滞在してたんだ。ランダムは近ごろは〈ヘッドランズ〉の経営にほとんど専念しているんだよ。医師として治療を続けてるのは、ほんの一握りの裕福な高齢の患者たちだけでね。ルーシアのほうは、妻としての務めを果たしていたわけだ。ただしジュリアスは偽名で滞在していた。そんなところにいるのが世間に知れれば、まずいことになりかねないからな」

「だいたいの事情はわかったわ——たぶん。サー・ジュリアスはこっそり逃げ出したのね？」

「ああ。ほかのみんなが就寝したあと施設を抜け出し、岬の小道をぶらついて崖から足を踏みはずしたのさ。ぼくらも現場の写真を見せられたけどね。容易にありうることだ。じっさい、ちょっと見ただけで気分が悪くなったほどだよ。ところどころが波に浸食された、ほとんど垂直に切り立った崖で、その下は断層だらけの岩場なんだ。検死では当然ありそうな損傷が見つかった。遺体の身元を確認させられたルーシアとランダムは、さぞかしこたえただろう。ほかの暴力が加えられた痕跡はなかった。そしてこれが重要な点だが、イモー、検死の結果、直前に大量のアルコールを摂取していたことが判明したんだよ。泥酔するほどではないにせよ、確実に判断力が低下するぐらいの分量だ。そこから、評決は必然的な結果になったというわけさ」

「でもアンドルー、サー・ジュリアスはどうやってお酒を手に入れたの？　その手の施設にバーはないでしょうに」

「もちろんない。アルコール類はすべて厳禁だ。じっさい、あそこの利用者はいつでも予告なしに部屋を調べられることに同意する必要があるらしい。だが世間には悪知恵の働くやつらがごまんといてね。一種の密輸というか、地元の連中があの手この手でこっそり酒を持ち込み、高値で売ってることがわかったのさ。彼らが来ると、施設のあちこちの窓からかごが垂らされるなんて噂まで耳にしたほどだ」

「そんなことをするのはサー・ジュリアスらしくない気がする」

「ともかくどんな方法であれ、彼は命取りになるほどの酒を手に入れた。飲酒が文字どおり、転落の元になったのさ。しかしね、イモー、彼はあんな過去の持ち主だし、ぼくもこれまでいろいろ言ってきたけど、いざこうして死なれてみると、自分があの不良爺さんをけっこう好きだったことに気づいたよ」

「それは見当がついてたわ。わたしもけっこう、サー・ジュリアスが好きだったような気がする。彼も以前よりはまるくなったんでしょうね――といっても、不正に得た利益を返したという話は聞かないけど」

「寂しくなるよ」アンドルーは言った。「じつのところ、ぼくはジュリアスのいない〈ファラン〉にはあまり長くいられそうにない。マックスはぼくが好きじゃないし、こっちも彼が好きじゃない。信頼もできないしね。このまえも、ぼくはぜったいマックスを信頼する気にはなれないと言っただろ？」

「いいえ、あれはビル・マクネアについての話だった」とイモージェン。

「まあ、どっちも逆立ちしたって信頼する気にはなれないさ。たとえ片手で逆立ちできてもね。それにきみたちの会計係、ピーター・ウェザビーもだ。この世に幽霊みたいに不気味なやつがいるとすれば、彼がそうだ。影のように音もなくあらわれては消える。鳥肌がたつよ。ちなみに、ウェザビーとマックスとマクネアは昨日、ジュリアスの部屋に長々とこもって彼の書類を調べあげていた。ぼくはまるでお呼びでなかったよ。そりゃあ今はマックスが責任者だから何でも好きなようにできるわけだし、あれはたんに見苦しくないように整理してただけなのかもしれない。それでもやっぱり、奇妙に思わずにはいられないよ。あそこには何か彼らが人目にさらしたくない書類でもあったんだろうか？」

「それよりわたしが気になるのは」イモージェンは言った。「バスが走る車道に落ちるのと、崖から落ちることとの類似点。どちらも単純で疑いを招かない殺害方法の典型みたいに思えるわ。巧妙な一突きでことはすむ。凶器も、毒薬もいらず、番狂わせもない」

「相手のほうが賢くなければね。彼はとっさに反撃に出て、きみの試みを阻止するかもしれないぞ。それどころか、逆にきみをバスのまえか崖下に突き落とすかもしれない」

「こちらにそこそこ体力があれば、まずそうはならないはずよ。相手の不意を衝くわけだから。それにもしそのとき被害者が酔っ払ってたら……？」

「いや、イモージェン、あり得ない。飛躍しすぎだ。そんなことができた人間はルーシアからランダム、あるいはたまたま通りかかった宿無しぐらいのはずだが、そのいずれにも動機がない。

そりゃあマックスが現場付近にいたのなら、ぼくもきみの説に魅力を感じただろうさ。彼はひどいろくでなしで、何でもやりかねないからな。だがありそうもない話だよ。なあイモージェン、きみは何度かよき助言をしてくれた。今度はこちらに助言させてくれ。ジュリアスは亡くなった。その件はもう終わり。忘れてしまうことだよ」

ところが、それで終わりにはならなかった。カレッジの校旗の問題があったのだ。セント・アガサのハイテーブルではそれが議論の的《まと》になっていた。このカレッジには著名なメンバーや大物後援者の死を悼《いた》んで半旗をかかげる習慣がある。サー・ジュリアスは――好むと好まざるとにかかわらず――カレッジのメンバーの一人だったが、彼は著名だったのか、それともたんに悪名高かったのか？　彼は後援者として知られてはいない。たとえあの不幸な訪問のあとでその気になったとしても、寄付を手配する時間などろくになかったはずだ。

議論は短く、結果は満場一致だった。セント・アガサ・カレッジはジュリアス・ファランのために校旗を掲揚しない、というものだ。だが彼の葬儀には誰かが母校を代表して参列すべきでは？

その任務には、誰もが著《いちじる》しい熱意の欠如を示した。サー・ジュリアスの仕事仲間だった新任会計係のピーター・ウェザビーがどう見ても適任のはずだが、彼はすでに、ファラン社の役員である自分がカレッジの代表まで兼ねるのはいかがなものかと表明していた。ほかにも数名のフェローたちが打診されたが、みなどうにか理由をつけて辞退した。そこでついに、レディ・Bという愛称で知られる学寮長夫人のレディ・バックモートが——過去にもこうしたさいには何度かしてきたように——救いの手をさしのべた。ルーシア・ファランとは何かの慈善活動で会ったことがあるから、自分が葬儀に参列すると申し出たのだ。そしてこれまた過去に何度かしてきたように、レディ・Bはイモージェンにも同行して車の運転を分担してほしいと言ってきた。

イモージェンは〝ノー〟という言葉をめったに使わない。そんなわけで、ある晴天の水曜日、彼女はレディ・Bとサフォーク州のひなびた小村、ウェルバン・セント・メアリへと出かけていった。サー・ジュリアスとレディ・ファランは二十年ほどまえに、その村の広々とした美しい旧牧師館に移り住んだのだ。ファラン夫妻は足しげく礼拝に通うほうではなかったものの、サー・ジュリアスは多額の寄付をほどこし、ほとんど一人で十五世紀のみごとな教会堂を荒廃から救ったという。おかげで牧師自身は新興住宅地の片隅のつましい家に住むことになったが、サー・ジュリアスに心から感謝しているようだった。葬儀はすべてが伝統にのっとって進められ、遺体は教会の墓地に埋葬される予定で、故人の善行が記された墓碑もすでに発注ずみだった。

イモージェンとレディ・Bが着いたときには堂内は人でいっぱいで、すぐ横の駐車場には大型車がずらりと並び、そのうち数台は運転手付きの豪華なものだった。サー・ジュリアスは多くの敵を持っていたかもしれないが、彼に最後の別れを告げにゆくべきだと感じるような友人・知人も大勢いたのはあきらかだった。

葬儀ではロビンズウッド卿がしめやかなテナーで、続いてマックス・ホルウッドが力強い実務的なバリトンで、それぞれ「今こそ名高き男を称えよう」ではじまる〈シラの書（旧約聖書の外典）〉の一節と、人間の才能に関する〈マタイによる福音書〉の寓話を読みあげた。主人の金を二倍に増やした男の話は、こう閉めくくられる――「主人は彼に言った、『よくやった、忠実なるよき僕《しもべ》よ。少しの務めに忠実だったおまえに、今後は多くのことをまかせよう。主《あるじ》の喜びをともにするがよい』」

イモージェンは新聞の死亡記事を思い出し、まさにあの駄菓子のエピソードの拡大版だと考えた。彼女とレディ・Bは身廊《ひつぎ》にそっと身をすべり込ませていたので、主な会葬者たちの姿はろくに見えなかった。けれど棺が運び出されて小さな葬列が墓地へと進みはじめると、ルーシア・ファランがレディ・Bとイモージェンにも加わるように身ぶりで合図した。おかげでイモージェンはサー・ジュリアスの寡婦《かふ》を観察する機会を与えられ、彼女の義理の娘のロウィーナにも興味津々で目をこらした。

ルーシア・ファランは長身で姿勢がよく、昔ながらの埋葬の辞が述べられるあいだも表情ひとつ変えずに、威厳たっぷり、身動きもせずにたたずんでいた。泣いてはいないが、この場にふさわしい重みをただよわせている。いっぽう、娘のロウィーナは青ざめた顔で両目を見開き、内心の感情を露《あら》わにしていた。卵形の顔で、黒っぽい髪は――こちらから見えるかぎりでは――わずかにカールしている。イモージェンはそんなロウィーナの姿に好感を覚えた。周囲の者たちが棺の上に土を投げ入れはじめると、ロウィーナの両目からは涙がとめどなく流れ落ち、やがて牧師が儀式の結びの言葉を述べはじめた。

「わたしたちは兄弟ジュリアスを全能の神の手にゆだね、その肉体を大地におさめます。土は土に、灰は灰に、塵《ちり》は塵に。彼が主に祝福されて御許《みもと》に召され……」

そのとき、墓穴を囲む小さな集団をかき分けて興奮しきった様子の男が飛び出してきた。赤い髪をふり乱した、だらしない身なりの若者だ。彼は牧師をぐいと押しのけて墓穴の縁にたたずむと、一瞬、棺の上に飛びおりそうな気配を見せた。それから、棺に向かって大声でわめいた。「胸糞悪い悪党め！　地獄へ堕《お》ちやがれ！」

あたりにしばし、衝撃が広がった。若者はすでに持てる力を出し尽くしたのか、胸を波打たせてあえぎながら突っ立っている。と、マックス・ホルウッドがさっと彼につかみかかった。若者は抵抗し、つかのま二人は激しく揉み合った。だがマックスのほうがはるかに力が強く、若者を手荒く墓穴から引き離すと、数ヤード離れたところで立ちどまり、若者を突き倒して地面に押しつけた。

数人の参列者たちがおずおずとそちらへ向かいかけたが、ようやく立ちなおった牧師が口を開くと、彼らは墓のそばにもどった。

牧師はよく通る澄んだ声で言った。「こんな事態はついぞ見たことも、聞いたこともありません。しかし亡骸《なきがら》を大地におさめる神聖な行為は本来、あのような邪魔立てを超越したもので、何ら影響を受けたりはしないはずです。ゆえに先を続けるとしましょう。兄弟ジュリアスが主に祝福されて御許に召され、光り輝く御顔《みかお》を仰いで主の恩寵《おんちょう》に包まれんことを。主よ、彼になおいっそうの支えと安らぎを与えたまえ。アーメン」

式は最後まで終わってはいなかったが、イモージェンは静かにその場を離れ、まだ侵入者を押さえつけているマックスのほうに足早に歩を進めた。相手の若者は二十歳ぐらいだろうか、すっかり戦意を失っている。

マックスは「逃げようなんて、間違っても考えるなよ」と釘を刺し、彼から手を放した。

若者はやっとのことで立ちあがり、不平がましく言った。「こいつに怪我をさせられたんだ！」

イモージェンは進み出た。「わたしはナースなの。傷を見せて」

若者は彼女に赤くなった手首を見せたあと、シャツを引きずりあげてわき腹のあざを披露した。どれも深刻なものではなく、あまり同情する気にはなれなかった。

「命に別状はないはずよ」イモージェンはぴしゃりと言い、マックスに向かって続けた。「たいした怪我じゃありませんけど、たしかにあなたは彼をずいぶん手荒く扱っていましたね」

若者は今ではマックスを凝視していた。

「おまえのことは知ってるぞ」若者は言った。「いつかあのろくでなしファランと一緒にいるのを見た。あいつの家で。ほかの二人も一緒だった。おまえたちもみんな、そろって崖から落ちりゃよかったんだよ。あいつと一緒に地獄で朽ち果てりゃいいのさ！」

「こいつは頭がどうかしてるんですよ」マックスがさげすむように言った。「だが問題は、当面どうするかだ」

「牧師様に訊いてみましょう」とイモージェン。「それまでのあいだ」マックスは言った。「こいつはここにいてもらいます」

若者がマックスの顔につばを吐きかけた。マックスは今にも彼を殴り倒しそうなそぶりを見せたが、イモージェンが「やめて！」と緊急用の声をあげて立ちふさがると、しぶしぶ引きさがった。

いつの間にか儀式が終わり、牧師は軽食が用意されているはずの旧牧師館へと会葬者たちを追いたてているようだった。彼らが何やら憤然《ふんぜん》と言葉を交わしながら三々五々に立ち去ると、牧師はマックスとイモージェンと囚人が待っている場所へとやってきた。するとすぐに、彼がこの若者をよく知っていることがわかった。

「デリク！」牧師は言った。「よくもあんなまねができたな。神を冒瀆《ぼうとく》する、恥ずべき行為だぞ！　主よ汝《なんじ》の罪を赦《ゆる》したまえ。今のところ、わたしは許せそうにないがね」牧師はマックスに向かってごく簡潔に、「申し訳ない」と言い添えた。

デリクは弁解がましく訴えた。「黙ってられなかったんだ。あんなことをしてきたやつをみんなで褒めたたえるなんて！」それから、とつぜん虚勢をみなぎらせて言った。「おれはやったぞ、そうだろ？　みごとにやってのけたんだ！　やつらに色を失わせてやった！　ちょうど新聞記者もいたしな、姿が見えた。きっとあれは記事になる」

「ほんとに記者が来てたんですか？」マックスが尋ねた。

「さきほどまで地元の週刊紙の下《した》っ端《ぱ》記者が来ていましたが」牧師は答えた。「教会堂の戸口で参列者の氏名をメモして姿を消しました。おおかた、式が終わるまですわっていたくなかったのでしょう。おかげで特ダネを逃したわけだ」

デリクはがっくりした顔になった。

牧師はマックスに目を向けたまま先を続けた。「だから少々運がよければ、この件は公《おおやけ》にはならんはずですよ。あなたのほうも、あまり騒ぎを広げたくないのでは？」

「おっしゃるとおりです」とマックス。

「では当面、この若者を放していただければありがたいのですが」

「あなたがそうおっしゃるのなら、牧師、もちろんけっこうです」マックスは答えた。「あきらかにあなたのほうが事情をよくご存じのようだ。この男はわたしを知っていると言うが、こちらはさっぱり心当たりがないのですよ」

牧師は若者に言った。「さあデリク、わたしの目に映らんところへ行ってくれ。そして死者の思い出と、きみが傷つけたすべての人々にひざまずいて詫びる気になるまで、二度とわたしのまえにあらわれるな。それと、もうレディ・ファランをわずらわせるでないぞ。さもないと今度は警察沙汰になるだろう」

「さっさと失せろ」マックスがつけ加えた。「尻でも蹴られたくなければな！」

デリクは瓶から抜かれたコルク栓のようにすっ飛んで姿を消した。

牧師が言った。「デリクのふるまいはたしかに、常軌を逸した許しがたいものです。どう見ても不満をコントロールできなくなっているようだ。彼が何らかの助けを得られるようにしてやらなければ。なにしろ、その不満にはいちおう根拠があるのですからな。デリクはジュリアス・ファランが父親の人生を破壊して、彼自身の将来まで台なしにしたと信じているのです」

「で、その父親というのは誰なんですか？」マックスが尋ねた。

「ロバート・デイカーですよ」

「ああ」とマックス。「それでわかったぞ。あの男はジュリアスをひどく恨んでいたからな。だがデイカーの身に起きたのは避けがたいことだったんですよ。彼は負けた、それだけの話だ。たんに人生の敗者の一人なんです。それはともかく、デイカー一族がこのあたりに住んでいるとは知りませんでした」

「いや、彼らが住んでいるのは五十マイルも離れた町です。だがデリクはインターネットでサー・ジュリアスがこの村に居をかまえていることを調べ出し、ときおりここへあらわれて騒ぎを起こしてきたのですよ。ここ数か月はいよいよひどくなるばかりでね。ファラン夫妻は彼に接近禁止命令を出すように求めることもできたはずだが、サー・ジュリアスはそれを望まなかった。ともあれ、そのサー・ジュリアスも亡くなって埋葬されたのですからな。今日のあの出来事を最後に、デリクが少しは道理をわきまえて馬鹿なまねをやめることを願わずにはいられません」

「それがあいつの身のためです」とマックス。「ジュリアスは気弱になっていたが、今後はもういっさいふざけたまねは許されない」

「残念ながら、今回の件は村じゅうで噂になるでしょう」牧師は言った。「さあ、そろそろほかの参列者たちと合流したほうがよさそうですぞ。あまり騒ぎにならんように、わたしもできるだけのことをしましょう」

イモージェンにも人並みの好奇心はある。「デイカー親子は何をそんなに恨んでるのかしら?」牧師が一足先に行ってしまうと、彼女はマックスに尋ねた。

「ああ、あれこれ勝手に想像して腹を立ててるんですよ」それ以上の質問を許さない口調でマックスは言った。「ではわれわれもみなと合流したほうがよさそうだ」


あの墓地での一件さえなければ、葬儀後の供宴がしばしばそうであるように、その日の集まりも快いものだったろう。どれほど故人との別れが辛くても、こうしたさいには命の貴さにあらためて気づき、それが今後も続いてゆくことに勇気づけられるものだ。それに、中にはジュリアス・ファランの死を心から悼む者もいたとはいえ、参列者の多くは彼とそれほど懇意だったわけではない。むしろほかの旧交を温めるよい機会だった。

レディ・Bはロビンズウッド卿とは旧知の仲で、かつてはセント・アガサに在籍したアンドルーのこともよく知っていた。それに〈ファラン〉の役員たちの多くは、昼食会で会ったばかりのイモージェンを憶えていて挨拶してくれた——ピーター・ウェザビーだけは彼女など眼中にない様子で、二度もすぐそばを通りすぎていったが。旧牧師館の大きな客間のそこここで、徐々に憂《うれ》いの影が薄れて会話が活気づき、室内のほとんどの者たちが楽しみはじめていた。

だがイモージェンの好奇心は満たされないままだった。自分には多くの敵がいるというサー・ジュリアスの言葉を思い出し、なぜか今も心が騒いでいた。やがて部屋の隅でアンドルーに出会うと、彼女はさきほど牧師が言ったことを話して尋ねてみた。

「いったいデイカー親子に何があったの？」

アンドルーは口の重いマックスとはちがい、即座に答えた。

「ちょっと庭に出よう。こいつはみんなに聞かせるような話じゃないからな」

二人は客間のフランス窓から、旧牧師館のごみひとつない芝生の庭へと踏み出した。

「デイカー一族の件は、ジュリアスが改心する以前の話でね」アンドルーは切り出した。「ロバート・デイカーはイースト・アングリア地方の……ええと、たしかチューズデイ・マーケットとかいう町で、親から受け継いだ事業を経営していた。彼が三代目のオーナーで、今はもうほとんど見かけないような、小さな地元の百貨店を経営してたんだ。それほど儲かってたわけじゃないけど、目抜き通りに立派な店をかまえて、ほかにも町のあちこちに支店があったらしい。ジュリアスはそれをまるごと買い取ったんだ。だが店の経営に興味があったわけじゃない。彼にとってはただの不動産取引だったのさ。その後、すべての店をたたんで資産を売却すると、購入時の費用を差し引いて数百万ポンドの利益が出た。典型的なジュリアスの〝大当たり〟だ。だが、そんなことになるとは予想もしていなかったデイカーのほうは、従業員たちを裏切ってみなを失業させてしまったように感じたのさ。彼自身も大金を手にはしたものの、仕事を失った。以来ずっと、その怒りを糧《かて》に生きてるんだよ」

「それであの足首をひねった夜にサー・ジュリアスが言っていた、何をするかわからない敵の一人だというわけね？」

「ああ、そうだ。デイカーはいつだか〈ファラン〉のオフィスに押し入ってジュリアスを脅したんだよ。何と、大声で罵詈雑言《ばりぞうごん》を浴びせて。ぼくの知るかぎりでも、彼はジュリアスを誹謗《ひぼう》する手紙をそこらじゅうの人間に送りつけていた。それでもジュリアスは訴えようとはしなかった。過去の汚点を人目にさらしたくなかったのさ——とくに、いっぱしの名士になってからはね。だがきみも知ってのとおり、最近はとみに神経をとがらせていた」

「それじゃ、デリクのほうは？」

「ぼくもデリクのことは今日初めて知ったんだ。どうやら、彼は親の不満をそのまま受け継いだようだな。あの親にして……ってところだ。妄想に取りつかれてる。人格障害なのさ」

「人格障害の若者なんて、そうそういるものじゃないわ」イモージェンは考え込んだ。「わたしにはデリクが危険なタイプだとは思えない。むしろ弱い人間なのよ。それでも今日は、なけなしの勇気をふり絞ってあの墓地での一幕を演じたんでしょうね。ひょっとすると、以前にも勇気をふり絞ってさらにドラマチックなことをしたのかも」

「なあおい、イモー。そのちっちゃなおつむの中がまる見えだぞ。きみはまだこう自問してるんだ——ジュリアスは崖から落ちたのか、はたまた突き落とされたのか？　そんな考えは現実的じゃないと思うがね」

「ただの直感よ」イモージェンは言った。「でも直感っておかしなものでね。要は、必ずしも意識的じゃない種々の思考が複雑に絡み合ったものなの。わたしはこれまでもすごく直感に助けられてきた」

「もし本気でジュリアスの件は殺人だと思ってるんなら」とアンドルー。「何人か容疑者を教えてやれるよ。たとえば、ティム・ランダムとルーシアだ。彼らは現場から目と鼻の先の〈ヘッドランズ〉にいた。二人はぐるだったのかもしれない。ルーシアは莫大な金を相続する立場だったはずだしね」

「ドクター・ランダムは今日はここに来てるの？」

「さあ、どうかな。ぼくは彼の顔を知らないんだ。でもたぶん来てないよ。もしも来てれば、埋葬式のとき家族と一緒にいたはずだ。例の施設の運営やら、古なじみの患者の診察やら、いろいろあって顔を出せなかったんじゃないのかな」

「フィオナも見かけなかったわ」イモージェンは指摘した。

「ああ、彼女はロンドンの基地にいるのさ。誰かが留守を守らなきゃならないからね。それにどのみち、彼女とジュリアスの関係はルーシアもよく知っていたから、ここへ来るのはちょっと気まずかったんだろう。ともかく容疑者の件にもどると、ぼくの一推しはマックスだよ。彼は非情だ。以前から〈ファラン・グループ〉を支配したがっていたが、今や望みをかなえたわけだ。それは動機としてどうかな？　唯一ひっかかるのは彼があの晩、イーストハム付近にいたと考える理由がないことだ」

「根拠のない憶測はやめろとか言ってたくせに、今度はあなたがそれをしてるわ」とイモージェン。

「一本取られたな。じゃあ問題の件のあきらかな事実を要約すると——ジュリアスは酔っ払って施設を抜け出し、岬をぶらつくうちに崖から落ちた。それだけだ。だが正直なところ、ぼくもだんだん殺人説を信じる気になってきたよ。マックスのことはよく知ってるけど、彼はくそ野郎、それも非情なくそ野郎だ。人殺しだってしかねない。しかもロウィーナと結婚してるんだ。それだけでこっちが彼を殺してやりたいほどさ。おっと、ロウィーナがルーシアのそばを離れたぞ。ちょっと彼女と話しにいきたいんだ」

その後の十五分間、イモージェンは部屋の向こうの張り出し窓の中に立つアンドルーとロウィーナにときおり目をやりながらすごした。彼らは長々と話し込んでいた。何を言っているのかは聞こえなかったが、二人の表情に互いへの好意が見て取れるのではなかろうか？　いや、そうでもないのかも。父親の葬儀を終えたばかりのロウィーナは、とても火遊びなどする気分ではないだろう。だがレディ・Bがそろそろケンブリッジへもどる時間だと言いにやってきたときにも、二人はまだ話し込んでいた。マックスのほうは室内のどこにも見当たらなかった。

翌日、イモージェンはケンブリッジの警察署に勤める旧友のマイク・パーソンズに電話した。マイクはこれまでたびたびイモージェンに悩み事を相談し、仕事上も彼女の助力でいくつか成果をあげて、巡査部長から警部に昇進していた。よき警官の常として、彼は同僚や友人たちばかりか、敵のあいだにも幅広いネットワークを持っている。

「きみのためならいつでも規則破りをするよ、イモージェン」マイクは明るく言った。「ああ、イーストハムで崖から落ちた男については読んだ憶えがあるし、たまたまあそこの署には古い友だちがいるんだ。何かうさん臭い裏がありそうか尋ねてみよう。はっきり言って、ありそうもない話だけどね」

一時間後にマイクは返事の電話をかけてきた。

「問題なし、公明正大そのものだ」彼は言った。「何の謎も、疑いの余地もない。すでに調査は完了し、ファイルはしまい込まれた。これで気がすんだかい?」

「あら、ええそうね。安心したわ、マイク。ほんとにありがとう。これでもうあのことを考えるのはやめられそう」

けれど、まだやめられなかった。完全には。

6

ベリンダ・メイヒューはイモージェンと同年代の強く賢い女性だが、少々働きすぎだった。彼女はセント・アガサ・カレッジの特別研究員で古典文学の講師をしている。三人の幼い子供がいて、考古学者の夫はしばしば家を留守にするので、ベリンダの人生は公私の緊急事態や時計とのたえざる格闘だった。それでもどうにか陽気に対処してはいるものの、気楽なおしゃべりは手の届かない贅沢で、体調を崩す余裕すらないとあって、イモージェンと話す機会はめったにない。

しかし、チャンスがめぐってきた。ある日、ベリンダが気がかりな学生の私的な問題について相談しに医務室へやってきたのだ。その件が解決したあとも、コーヒーを一杯飲むぐらいの時間はあった。ただし、めずらしくベリンダは陽気ではなかった。

「わたしの特別研究員の資格は今年度まででね」ベリンダは言った。「どうやら更新されそうもないみたい」

イモージェンはショックを受けた。フェローたちの学問上の声価にはけっこう通じているので、ベリンダが彼女の専門分野では傑出した学者であることを知っていたのだ。それに、学部生たちが日々教えを受ける教師をどう思っているかについても、イモージェンは最新のたしかな情報を持っている。ベリンダは同僚たちにも学生たちにも好意と敬意を抱かれているはずだった。

「いったいどうして……？」イモージェンは言った。

「ああ、例の財政難のせいよ。セント・アガサが学内屈指の貧乏学寮なのは知っているでしょ？　しかもわたしたちはあの親愛なるハニウェル博士がどれほどひどい財政運営をしてるか気づいてなかったの。彼はさんざんまずいときにまずい投資をしたうえに、収支がじっさいよりもよく見えるように帳尻合わせをしてたのよ。不誠実だったわけじゃない——たんに力不足で楽天的すぎたの」

「まあたしかに、ハニウェル博士は最高の会計係だとはみなされてなかったわ。でもそれほどひどいことになってるとは知らなかった」

「残念ながらほんとにひどいことになってたし、今もそう」ベリンダは言った。「そしてそこへあの新しい会計係が雇われた。ピーター・ウェザビーよ。彼は手ごわい男だという噂だったけど、まさに評判どおりだわ。カレッジの財政に関してほぼ全面的な支配権をゆだねられ――それが採用時の条件のひとつだったらしくてね――今や彼がこのカレッジを運営してるようなものよ。おかげで、わたしたちには容赦なき日々が訪れたわけ」

「ミスター・ウェザビーのことはあまりよく知らないの」イモージェンは言った。「たまに中庭を横切ったり、カレッジに出入りしたりするところを見かけるぐらい。あちらはときによって『おはよう』と挨拶したり、ただ黙って会釈したりよ。わたしが誰かは知ってるはずなんだけど、話しかけてくることはない」

「わたしにも同じよ」とベリンダ。「彼はしじゅうロンドンへ行ってるし、ここにいてもいつも忙しそう。人間らしくふるまう暇すらないんでしょうよ。誰かがこのまえ、〝笑顔の下にナイフを隠し持ったやつ〟とか呼んでたわ。それはわたしへの態度にも当てはまりそう。あまり笑顔は見せないけど、きっとナイフだけはふるう気よ。すでに執事と料理長を呼びつけて、食事のコストを二十パーセントも切り詰めろと指示したそうだから」

「それじゃ人気者にはなりそうもないわね」イモージェンは言ったあと、あらためて尋ねた。「もしほんとに資格を更新できなかったら、ほかのカレッジで研究員になれそう？」

「あやしいものね。ざっと見まわしたかぎりじゃ、今はどこも空きがないみたい。ほかの大学を当たってみる手はあるけど、子供たちの学校や、ヒューがしじゅういないことを思うと、引っ越さなきゃならないなんてぞっとする。ねえ、イモージェン、これにはほんとに参ってるの。わたしは自分の研究テーマが大好きで、セント・アガサも、教え子たちも大好きなのよ。自分はこの仕事をするために生きてるんだと思えるし、ここがわたしのいたい場所なの。でも、あんまり自己憐憫《じこれんびん》にひたらせないで。もっとひどい目に遭ってる女性は数えきれないほどいるのよね」

「誰かさんの考えが変わって、あなたがここにいられますように」イモージェンは言った。

「そうはなりそうもないけどね」ベリンダはコーヒーの残りを飲みほした。「ほかにも犠牲者が出るかもよ。何人かびくついてる人たちがいるの。不安と落胆がそこらじゅうに蔓延《まんえん》してる」

「わたしもクビになるんじゃないかしら」イモージェンの脳裏に新たな、ありがたくない考えが浮かんだ。「どこかほかのカレッジの保健師に仕事をかけもちさせればいいんだもの」

「あら、まさか。あなたの仕事はセント・アガサでいちばん安全よ。みんな何があってもあなたを手放すものですか。あなたのことが大好きなの。ごく当然のことだけど。あらやだ、急がなきゃ。そろそろジョアナを学校へ迎えにいって、何かランチをこしらえて、ジェームズを歯医者へ連れていかないと」

セント・アガサ・カレッジのフェローたちの士気は低下していた。学部生の中にも一種の浸透作用で先輩たちの不安が伝わってはいたが、おおむね彼らはほかのことで頭がいっぱいだった。年度末試験が目前に迫ると、まだ卒業予定のない者たちでさえ、自分はどんな学位を取得し（ケンブリッジでは最優等をはじめとする数段階の学位が授与される）、その後はどんな仕事に就けるのだろうと気になりはじめる。そして、いずれは返さなければならない恐ろしい負債のことが心配になるのだ。それでもほとんどの場合は、本来のあふれんばかりの若さで悩みを吹き飛ばしてゆく。

　五月祭のボートレースでセント・アガサが〈川の王者〉になることへの期待も相変わらず高かった。主力の練習を視察した自称専門家たちは、セント・アガサの代表チームの力強いオールさばきに目をとめ、物知り顔でうなずき合った。春季のレースでチームを大躍進へと導いた整調手《ストローク》のコリン・ランページは、五月祭の大会でも間違いなく同様の働きをするものとみなされていた。

　だが最終学期がはじまって三週間もすると、カレッジ内の消息筋は不安を抱きはじめた。コリン・ランページがちょくちょく練習をさぼるようになったのだ。しかも許しがたいことに、理由も告げずに休んで謝罪すらしないという。前代未聞のことだった。まともなボート選手は決してそんなまねはしないものだ。同じ学科の学生たちによれば、コリンは勉強も怠けがちで、個人指導の授業を休み、小論文を提出しなくなっていた。生活指導係が注意しても、鼻であしらわれる始末だった。

　いっぽう、誰かがある朝——ボートの練習があるはずの時間に——コリンがロンドン行きの列車に乗り込むのを目にしていた。そこでほかの誰かが彼を尾行して、いったい何をたくらんでいるのか調べるべきだと言い出した。さすがにそれは倫理にもとるとか、実際的ではないとかいう理由で退《しりぞ》けられたが。

フランとともにイモージェンの目下の家族となっているジョシュは、ほかのカレッジに所属しているのだが、フランへの忠誠心からセント・アガサ・チームの熱狂的なファンになっていた。最初の三年ほどは新参者として、威張りくさったコーチ陣に怒鳴られて小さくなっていたものの、今ではそんな身分を卒業し、いっぱしの顔役になっている。川沿いの小道を自転車で危なっかしく走りながら、選手たちに大声であれこれ指示を出し、自分自身や周囲の邪魔者たちを危険に陥れるわが物顔の熱狂的ファンの一人だ。そんな彼が夕食後にイモージェンのキッチンでコリンの不行跡を猛然と非難していたとき、電話が鳴った。アンドルーからだった。

「ケンブリッジへ向かってるとこなんだ」アンドルーは言った。「今夜はきみの家に泊めてもらえるかい?」

「アンドルー! ずいぶん急な話ね。何があったの?」

「いろんなことがあったのさ。あとで話すよ」

「そうね……いいわ、泊めてあげる」

「よし。じきに着くはずだ。車はフェロー用の駐車場にとめられるんだよな?」

「公式には、どう見てもだめ。でも許してもらえるかもね。守衛たちはあなたを憶えてるはずだから」

電話を切ってキッチンへもどると、フランが言った。「じゃあ、アンドルーが来るのね。何だか面白そう。ジョシュとわたしはパブに行くことにする。邪魔はしないわ」

「そんな意味深な目つきはやめて」とイモージェン。「いったい何の用事かわからないけど、あなたの考えてるようなことじゃないのはたしかよ。彼は困惑しきった口ぶりだった」

あんのじょう、イモージェンの家に着くなりアンドルーが発した最初の言葉はこうだった。

「いやはや、イモー、きみが泣き言を聞く準備をしてくれてるといいけど」

「その手の準備ならいつでもＯＫよ」とイモージェン。「さあ、どうぞ」

「いくつか聞かせたいニュースがあるんだよ。深刻な――というより、悲惨と言ってもよさそうな話ばかりだけど、なかなか興味深いやつもある。まずは悲惨なほうから話すよ。ぼくはマックスに解雇された」

「まあ、アンドルー、気の毒に。なぜ？」

「ええと、理由はちょっと恥ずかしいことでね。マックスのデスクダイアリーをのぞいてるところを見つかったんだ」

イモージェンはショックを受けた。「そりゃあ誰でも自分の予定表を他人にのぞかれたら嬉しくはないはずよ。でもどうしてそんなことに？　あなたはなぜマックスの予定表なんかのぞいたの？　何が見つかると思ったの？」

「まあ待てよ。一度に三つの質問に答えたりはできない。きみは憶えてるかわからないけど、このまえ、ジュリアスが亡くなった翌日にマックスとビル・マクネアとピーター・ウェザビーがジュリアスの部屋で書類を調べあげてたことは話したよな？　ぼくはそれが気に食わなかったんだ——たんに自分が呼ばれなかったからじゃなく、何かこっちの知らない厄介事が明るみに出ようとしてるんじゃないかと思ってね。それに、例のきみの疑念もずっと気になってたし」

「あのときはほとんど笑い飛ばしてたのに」とイモージェン。

「わかってる。でもマックスが自分の勝利を楽しんでるのを見れば見るほど、きみの考えはあんがい非現実的じゃないように思えてきたのさ。マックスは喉から手が出るほどすべての支配権をほしがっていたから、それを手にするためなら何でも——殺人すら厭《いと》わなかったんじゃないかとね。そして今や彼は権力に酔い、威張り散らして、相手かまわず指示を出している。あげくの果てに、フィオナまで受け継いだんだ」

「フィオナを受け継いだ？　どういう意味？」

「やんわり言えば、フィオナが彼に乗り替えたのさ。長くはかからなかったよ。彼女にとってジュリアスは何の価値もなくなった、死んでしまったんだから。今や金と権力を握ってるのはマックスのほうだ。金のあとを追え、というのがフィオナのモットーなのさ。金を追いかけてぼくからジュリアス、そしてさらに次へ進もうとしてるんだ。マックスはご満悦だよ——あちこち連れ歩ける美女を手に入れて、なおさら有頂天になっている。そこらじゅうの社交場で彼女を見せびらかすつもりなのさ、ジュリアスならそうはいかなかっただろうけど」

「でもマックスだって結婚してるはずよ。ロウィーナと」

「ああ。だがそれは歯止めにはなりそうもない。彼は以前にもロウイーナを裏切ってるんだ。あんなすてきな人を。彼女がマックスみたいなろくでなしに縛りつけられてるなんて、もったいないよ」

「それにしても奇妙な偶然ね」イモージェンは言った。「今日はついさっきも似たような話を聞いたばかりよ。べつのある人物が支配権を手にしてそれを濫用してるって。うちの新任の会計係よ、誰かはあなたも知っているでしょ」

「もちろん。ウェザビーだろ。彼はマックスたちとジュリアスの部屋から出てきたとき、何やら満足げな薄笑いを浮かべていたよ――ほら、わかるかな、クリームを平らげた猫みたいな笑みだ。なあイモージェン、もしも彼らがグルになってるとしたら？　何だか話してるうちに、いよいよ疑念が膨らんできたぞ」

「まだ問題の予定表については話してくれていないわ」

「そうだったな。ええと、つい数日前のことだ。ぼくはしばらくまえから取り組んでる東欧との貿易に関する論文を仕上げようと、ほかのみんなの帰宅後も仕事をしていた。それでたまたまふらりとマックスの部屋に入ってゆくと、デスクの上に開いたままの予定表がのっていたんだ。そこでふと思いついたわけさ――もしもこの中に何か、ジュリアスが亡くなった日にマックスがどこにいたかわかるようなことが書かれていたら？　日付は憶えていた、偶然ぼくの結婚記念日だったから。あとはあまり考えずにその日のページを開いてみたら、何と〈夜間〉の欄に一言、〝J・Fと面会〟と書かれてたんだ。J・Fというのは当然、ジュリアス・ファランを意味するものだろう」

「それだけじゃ、たいした証拠にはなりそうもないけど」イモージェンは言った。

「ああ。だがちょっと待ってくれ。マックスはジュリアスが〈ヘッドランズ〉にいることを知ってたはずだ。するとあそこで彼と会う約束をしたか、ひょっとすると、ジュリアスがこっそり抜け出してどこかで会うことになってたのかもしれない。いずれにせよ、マックスは例の事故とやらが起きたころ現場付近にいたみたいじゃないか。だけど、ほかの証拠を探す暇はなかった。とつぜんマックスがあらわれたのさ。何か忘れものを取りにもどってきて、ぼくのしていることを目にしたんだ。彼は怒り狂ったよ」

「当然でしょ。で？」

「一瞬、ぶん殴られるかと思ったよ。そのあと、マックスが徐々に自制を取りもどしていくのがわかって、ついに彼はごく静かに、『ここから出ていけ。明日の朝また会おう』と言った。そして翌日、ぼくを呼び出し——わざわざ人をよこして呼びつけたんだぞ、ジュリアスがいたころはそんなことはしなかったのに——そしてこう言った。『きみの任期はあとどれぐらいかな？』ぼくは一年ぐらいだと答えた。すると、『きみにはもうここにいてほしくない。辞表を書いてデスクを片づけたまえ。契約終了日までの給与は全額支払う』ときた。だからぼくは出ていったんだ。じつのところ、願ってもない展開だった。どのみちこちらはマックスの下で働くよりは辞めようかと考えてたんだからね。おかげで、ぼくは失業してここにいるけど、銀行には十万ポンド近い金があるってわけさ」

「おめでとう！」とイモージェン。だがその少々皮肉な響きにアンドルーは気づかなかった。

「しかもこれで自由にマックスを追いつめられるぞ！」アンドルーは続けた。「それできみに助けてほしいんだ」

「でもそのまえに、アンドルー、お互いの考えを理解しておく必要がありそう。わたしはマックスやほかの誰かを追いつめることには興味がないの。サー・ジュリアスのことが気になっていたから、彼がどんなふうに最期を迎えたのか知りたくてならないだけ。あとはどうでもかまわないのよ」

「そりゃあ、ぼくのしたことは自慢できないさ」とアンドルー。「だがもうすぎたことだし、この件は最後まで追及するつもりだよ。近いうちにロウィーナに会いにいって、できればあの日マックスが何をしてたのか聞き出したいと思ってる。それと、これで〈ファラン・グループ〉とは手を切ったわけだから、カレッジにもどろうかと思ってね。そのことでサー・ウィリアムと話したいんだ」

イモージェンは内心、カレッジにもどるのは口でいうほど容易ではなさそうだと思ったが、アンドルーを失望させる気にはなれずに、「じゃあ、さしあたり」と切り出した。「そのスーツケースを持って。あなたのためにタオルを何枚か用意して、今夜の寝床へ案内するわ」

「ひょっとして」アンドルーは期待をにじませた。「昔のよしみで……」

イモージェンのほうも、しばらくまえには彼が着くのを待ちながら、どうしようかと考えていた。けれどももう迷いは消えていた。

「あなたには予備の寝室を使ってもらうわ」彼女は言った。

翌朝、アンドルーとイモージェンがコーヒーを飲んでいると、ガウン姿のフランがあらわれた。

「昨夜はよく眠れましたか、アンドルー？」フランはただならぬ興味を込めて尋ねた。

「ああ、とてもよく」アンドルーは予備の寝室を割り当てられたことには触れずに答えた。

「今日は何をするつもりなの？」

「朝のうちに学寮長に会いたいと思ってるんだ。ひょっとすると、またきみたちみんなの仲間入りをするかもしれないぞ」

だが半時間後に、彼は落胆した様子で学寮長宿舎からもどってきた。

「サー・ウィリアムはすごく好意的だったよ」アンドルーは言った。「ぼくがカレッジを離れたことも快く許してくれた。だけどこちらの考えてることを聞くと、いくらか用心深くなってね。まあ、そうならざるを得なかったんだろう。じきに出かけなくてはならないが、もっときちんと話し合う必要がありそうだ、明朝また来てもらえるかね、と言っていた」アンドルーは顔をしかめた。「そんなわけで、きみさえよければもう一晩泊めてもらうことになりそうだ」

イモージェンは思わぬつまずきに遺憾の意を示し、必要なだけ泊まってくれてかまわないと言った。

「いや、もう一日だけのはずだよ」とアンドルー。「あとは当面、きみの邪魔はしないつもりだ。遠からず、恒久的にセント・アガサにもどってくるかもしれないけどね。ほら、ぼくはほんとにあの古めかしいカレッジが恋しくてならなかったんだ。ここには、ジュリアスの金では補いきれない何かがあるんだよ」

その日は穏やかな好天で、アンドルーは朝いちばんの失敗にもかかわらず、すぐに上機嫌になった。携帯電話でどこかに連絡したあと、彼はイモージェンに言った。「さあ何もかも放り出して、田舎へドライブに行こう。とっておきの誰かさんに会いに」

「ロウィーナに?」

「大当たり」

「もちろんわたしもロウィーナに会いたいわ。でも何もかも放り出したりはできない。十一時に医療相談の予約があるし」

「あの仲良しのブリジットに代わってもらえよ。学寮付き保健師の秘密結社は、こんな天気のいい日に急場の助け合いをするためにあるんだろ?」

「人の生活習慣をやけによく憶えてるのね。でもたしかにブリジットにはいくつか貸しがあるから、今日の仕事を代わってもらえそうか訊いてみる」

ブリジットが承知してくれたので、二人は午前中のなかばには車でケンブリッジをあとにしていた。

「このまえ葬儀のときに通った道だわ」ややあって、イモージェンは気づいた。

「ああ。ロウィーナはウェルバン・オール・セインツ——ルーシアとジュリアスの屋敷のすぐとなりの村に住んでいるのさ。ほら、彼女はジュリアスの秘蔵っ子だったからね。ジュリアスが心から気にかけていたこの世で唯一の人間だ。彼女はきっとコーヒーを飲ませてくれるよ。

そのあとこちらは海岸まで車を飛ばして、ちょっと調べてみたらどうかな？——例の犯罪現場を」

「あるいは事故現場をね」とイモージェン。

「それはあの夜、何が起きたかによるな。だがぼくは考えれば考えるほど、犯罪のように思えてきたよ」

「ロウィーナのことは葬儀のときに見かけて、感じのいい人だと思ったわ。一人だけ本気で悲しんでるみたいだった」

「そりゃそうだろう。彼女はジュリアスの最愛の娘だったんだから。それにたぶん、彼を心から愛していた唯一の人間だ」

「彼女はあなたに連れがいることを知ってるの？」

「その可能性は話したし、きみが誰かも話したよ。ぜひどうぞ、ということだった。ロウィーナは優しい人なんだ。いや本当に」——ちらりと流し目を送ってよこし——「チャンスさえあれば、ぼくは彼女とのっぴきならない関係になりそうなのにな。彼女があの悪党と結婚してるのが残念だよ」

「ほんとに惚れっぽいのね、アンドルー。昨夜は何やら愛情深げにわたしを見てたのに」

「当然さ。きみへの愛情はずっと変わらない……」

「たとえ断続的でもね」

「そうでもないぞ。きみには忠実だったつもりだよ、シナラ、ぼくなりに（一九三二年に映画化された、ロバート・ゴー

「あら、引用ごっこはやめて。（ア・ブラウン原作の夫の浮気がテーマの小説をもじったせりふ）」そんなことしたって埒《らち》があかないわ。それより、ロウィーナはなぜ母親の家から少しだけ離れた村に住んでるのか話して」

「ルーシアは彼女の母親じゃない、義理の母だよ。ぼくに言わせれば、ほんのお義理の母親さ。ルーシアは情の薄い人でね。二人はそこそこうまくやっているけど、ほとんどそれだけだ」

「たしか、ロウィーナがいるのはウェルバン・オール・セインツ村だと言ったわね。葬儀があった村はウェルバン・セント・メアリじゃなかった？」

「ああ。どっちも地元の教会から名前を取ったのさ。晴れた日には互いに隣村の教会の尖塔を拝めるそうだ。ジュリアスは娘と新しい妻をもっと近づけたかったが、あまり近すぎてもどうかと思ったんだろう。彼はルーシアと結婚したあとあの旧牧師館を買い、ロウィーナには結婚祝いとして〈ストーンゲイツ荘〉を買ってやったんだ。マックスにとっては、もっけのさいわいだったわけさ。ロウィーナを〈ストーンゲイツ荘〉に閉じ込めて子育てをさせておき、自分はロンドンで仕事中心の生活を続けながら、〈ライラック荘〉で息抜きの女遊びができる。〈ライラック荘〉というのはハーフォードシャーにあるマックスの別荘で、妻とはたまに週末をすごすだけなんだ」

「ロウィーナはそんな仕打ちに耐えるしかないの？」

「マックスはすごく威圧的で、暴君と言ってもいいほどだからね。それにジュリアスもある意味、同じぐらい威圧的だった。ロウィーナに関しては、感情的な支配者だったんだ。あんな二人が相手じゃ、彼女には端《はな》から勝ち目はない。過保護の子供時代、名門寄宿学校での数年間、さらに一年間のスイス留学を経て、十九歳で父親が選んだ相手と結婚したのさ」

「別れるわけにはいかないのかしら？」

「ロウィーナは離婚しようとはしないだろうな。子供たちのことを考えなくちゃならないし、同居してる母親のこともある。ルーシアに地位を奪われた、ジュリアスの最初の妻のアンだ」

その後しばらく、二人は無言でドライブを続けた。ケンブリッジ郊外の住宅地と村々を通り抜け、中央分離帯付きの高速道路をしばらく走ると、あとは細い脇道をたどって静かな田園地帯の奥深くへ入っていった。最初に通りかかったのはウェルバン・セント・メアリ村で、左手に教会と旧牧師館が見えた。イモージェンはふと興味を覚え、そこからウェルバン・オール・セインツ村までの所要時間を計ってみた。ほんの五、六分だった。道端の〈歩行者専用道路〉の標示に気づいて目をやると、野原の中を小道がのびており、ふたつの村をつなぐ近道になっているようだった。

〈ストーンゲイツ荘〉は、第一次世界大戦後に建てられたとおぼしき疑似チューダー様式の邸宅だった。なかなか魅力的な堂々たる建物で、いかにも豊かな感じがにじみ出ている。広い砂利敷きの私道がカーブを描いて家の正面の駐車スペースへとつながっていた。

車からおり立ったアンドルーとイモージェンは、家の中から穏やかなもの悲しいピアノの旋《せん》律《りつ》が聞こえてくるのに気づいた。

「きっとロウィーナだ」アンドルーが言った。「けっこう上手だろ？」

「ものすごく上手よ。それにすごくすてきな曲。モーツァルトかしら?」

「いや、ちがうな。シューベルト。たぶん、彼の即興曲のひとつだ。賭けるかい?」

「賭けは苦手なの。それにたぶんあなたの当たりよ」

「まあそうだな。とにかく最後まで聴こう」

二人はピアノの音が途切れるまで玄関のポーチにたたずんでいた。そのあと、アンドルーが呼び鈴を押すと、家の中のどこかでジリジリとベルが鳴り響いた。

ほどなくロウィーナ・ホルウッドが戸口にあらわれた。イモージェンは葬儀のさいに少しだけ姿を見たきりだったので、もっと近くで観察できて嬉しかった。

ロウィーナは三十歳近いはずだが、それより若く見え、華奢《きゃしゃ》で背丈も高くはなかった。青白い顔をして、両目は黒っぽく、くせのある巻き毛が肩に垂れかかっている。服は白いシャツに淡い黄褐色のスラックス。経験豊かなプロの目で見ると、痩せてはいても、虚弱ではなさそうだ。むしろ針金のように強靭《きょうじん》なタイプかもしれない。けれど——イモージェンの経験からすると、しばしば男性の保護本能に強く訴えかける——いかにも傷つきやすそうな雰囲気がある。じっさい、今もアンドルーの中でその本能がうごめいているのが見て取れた。

「いらっしゃい、アンドルー。どうぞ入って」ロウィーナは言いながら、首をかたむけて頬にキスさせた。

アンドルーはイモージェンを紹介した。

「ようこそ、イモージェン」とロウィーナ。「いろいろお話は聞いていたのよ。お会いできて嬉しいわ」

「ご親切にありがとう」

「アンドルーのお友だちなら、わたしにとってもお友だち。陳腐なせりふに聞こえそうだけど、本当よ。アンドルーが連れてくる人はみんな感じがいいの。あちらの客間へどうぞ」

　そこは長さが三十フィート近くもある部屋で、家具は多くないが、どれも見るからに上質な年代物だった。部屋のいっぽうの隅には、ブロードウッド（英国の老舗メーカー）のピアノが置かれている。ロウィーナはそちらに歩を進め、鍵盤の蓋を閉めた。

「さっきあなたが弾いていたメロディを聞いて」イモージェンは言った。「てっきりモーツァルトの曲かと思ったら、アンドルーがあれはシューベルトだって」

「アンドルーの言うとおり、シューベルトよ。短調の即興曲のひとつ」

　アンドルーが言った。「これまで気づかなかったけど、ロウィーナ、あなたはすごく上手なんだね。プロの演奏家になるべきだったな」

「あら、まさか。あの曲をプロが弾くのを聴けば、すぐにちがいがわかるはずよ」ロウィーナは気恥ずかしげに言った。「コーヒーを淹《い》れてくるわね」

「彼女はほんとにピアノがうまいよな」ロウィーナが部屋から出てゆくと、アンドルーは言った。「どんどん上達してるみたいだ。もちろん子供たちが学校に入って、自由に時間を使えるようになったこともあるんだろう。初めてここへ来たころは、この家を好みの感じにするのにかなりの時間を費やしたらしくてね。そっちのほうも、なかなかみごとなものだ。あとで帰るまえに、ざっと見せてもらえるかもしれないぞ。だがその仕事をやり終えた今じゃ、彼女は暇を持てあましてるんだ」

「子供たちが家を離れたんなら、何か仕事に就けばいいのに」

「それはマックスが許さないだろう。彼にとっては、ロウィーナは展示物の一部なのさ。美しい家にいる美しい妻。ときおり週末に客を招いたりディナーパーティを開いたりするときのために、ロウィーナが必要なんだ」

「じゃあボランティア活動をすればいいわ」

「どうも彼女は村人たちから少々敬遠されてるみたいなんだよ。ジュリアスのせいで。ジュリアスはせいぜい控えめに言っても、議論の余地のある男だ——いや、だった、からね。どちらの村でも、彼がそばにいるのを喜ばない人間は多かったんだ。彼がいなくなった今ではいくらか気持ちが変わったかもしれないが」

そのあとみなでコーヒーを飲むあいだも、アンドルーはマックスへの嫌悪を隠しきれずに、イモージェンには少々辛辣《しんらつ》すぎるように思える言葉を何度か口にした。それに対してロウィーナは、すかさずマックスの弁護をするでも、自分の境遇への不満を漏らすでもなく、淡々たる口調で応じている。それでもついに、「ねえ、マックスはわたしの夫なのよ」とアンドルーをやんわりたしなめた。

アンドルーは話題を変え、彼女の母親はどうしているか尋ねた。

「母は部屋にいるわ」とロウィーナ。「近ごろは自分の部屋からろくに出ないの。ずっと具合がよくなくて」

「何か心臓に問題があるんだったよね？」

「ええ。徐々に悪化して症状が進むタイプのね。でも今はまずまず安定してるみたいで、ドクター・ランダムは当面、手術は必要なさそうだって。薬をどっさり飲んでどうにかなっているけど、あまりあちこち動きまわれないの」

「ドクター・ランダム？」イモージェンは興味を引かれて尋ねた。「お父様の主治医だった人かしら？」

「ええ。彼は長年の家族ぐるみの友人で、もうほとんど引退してるんだけど、昔なじみの母のことは診てくれてるの。母は彼を信頼しきっていてね。ちょくちょく訪ねてもらうと、安心できるみたいなの。ティムが遠くへ行ってしまうたびに、やきもきしているわ。さてと、どうかしら――よければイモージェンに家の中と庭をざっとお見せして、そのあとここで一緒にお昼でもどう？　特別なごちそうじゃなく、何か冷蔵庫に入ってるありあわせのもので」

「それはすてきだ」とアンドルー。「なあ、イモージェン？」

だが家の見学は実現しなかった。ほどなく外の砂利道をザクザクと進んでくるタイヤの音がしたからだ。

「マックスよ！」ロウィーナが叫んだ。「予告もなしに帰ってくるなんて。考えてもみなかった！」

その表情から、彼女が口では隠そうとしていたことがありありと窺《うかが》えた。あれは恐怖の表情だ。ロウィーナが玄関へ飛んでゆくと、残された二人は顔を見合わせた。イモージェンはいささか戸惑っていた。

「これは厄介なことになるぞ！」とアンドルー。

「私道のあれは誰の車だ？」マックスが尋ねている。

やがてマックスがずんずん部屋に入ってくると、アンドルーは立ちあがって、「ぼくのですよ」と答えた。

「アンドルー！　こんなところでいったい何をしてるんだ？　それにミス・クワイも」

「ただの友好的な訪問です」とアンドルー。

マックスは彼の真正面に立ちはだかった。アンドルーよりも三インチほど背が高く、はるかに筋骨隆々としている。それにかなり不機嫌そうだ。

「わたしの留守中にわたしに隠れてわたしの妻にただの友好的な訪問か？　しかもわたしに解雇された直後に？　いったい何のつもりだ？」

「あなたに知らせておくべきだったということなら、あやまります」アンドルーは答えた。

「たまたま急に思いついたので」

「わたしにどんなひどい仕打ちをされたか言いつけにきたのか？」マックスはさげすむように言った。「それとも、わたしは間抜けな亭主というわけか？　この訪問にはもっと深い意味があるのかな？」

アンドルーは語気を強めた。「マックス、こちらの行動をいちいちあなたに説明する必要はないはずですよ。ぼくは自由の身なんだし、それを言うならロウィーナもだ」

イモージェンは危険を察知し、ここは介入すべきだと考えた。そこで事実を少しだけ修正して言った。「わたしたち、海辺でのんびりすごしにいくところなんです。そうしたらアンドルーがとつぜん、ついでにわたしをロウィーナに紹介できたらすてきだと思いついたらしくて」

「それでわたしが、中でコーヒーでもどうかとお誘いしたの」ロウィーナが続けた。

マックスはさっと片手をふって妻を黙らせたが、徐々に自制を取りもどしているのが見て取れた。しばしの重苦しい沈黙のあと、彼はわざとらしいほど礼儀正しく言った。

「なるほど、ミス・クワイ。よくわかります。だがよりにもよってこんなとき、アンドルーがあなたをここに連れてくるのは少々奇妙に見えることにお気づきでしょう。それで二度とそんなことのないよう、彼に注意をうながしたのですよ。クビにした従業員までわが家でもてなすいわれはないのでね」

「もう失礼したほうがよさそうよ、アンドルー」イモージェンは言った。

だがマックスが冷静になるにつれて、アンドルーのほうは怒りをつのらせていた。「そういう態度はどうかな、マックス」彼は言った。「どう考えてもロウィーナはこんな馬鹿げた干渉を受けずに、誰でも自由に招き入れてコーヒーをふるまえるはずですよ」

イモージェンはすばやく口をはさんだ。「アンドルー、やめて！」

マックスが言った。「いい加減にしろ。こちらは妻と話し合いたい大事な用件があって、ぐずぐずしている暇はないんだ。ミス・クワイがきみに賢明な助言をしてくれているようじゃないか」

「じゃあ失礼、ロウィーナ」アンドルーは言った。「また会いましょう」

彼が悠然たる足どりで部屋から出てゆくと、イモージェンはあとに続いた。

家の外に出ると、アンドルーは言った。「やれやれ、みじめもいいとこだ。正直いって、出がけに尻でも蹴飛ばされるんじゃないかと思ったよ」

イモージェンはなだめた。「彼はただのいじめっ子よ。そんなにむきにならないで。それにロウィーナの立場も考えてあげて。また会いましょうなんて……あなたはそのつもりなんだろうけど、マックスはよくは思わないはずよ」

「まったく、ぼくはとんだ馬鹿者だ！」アンドルーは認め、車に乗り込むまえにしばしためらった。「マックスは彼女を殴りつけると思うかい？　中へもどってもういちど対決すべきかな？」

「いいえ」とイモージェン。「マックスは彼女を殴りつけたりはしないはずよ。自分の所有物とみなしてる女を傷つけたりはしないわ。彼は暴力的だけど、その暴力はべつの形を取るんじゃないかしら。どんな形かはわからないけど、彼女を苦しめるでしょうね」

「やっぱり彼女をあいつから引き離すしかない」アンドルーは言った。

7

「雲行きのあやしい一日の幕開けね」イモージェンは言った。「いろいろ考えさせられることばかり。何だか、わたしたちが考えてたはずのこととはちがってきたみたい」

「それこそまさに、ぼくが考えてることさ」とアンドルー。「きみはたった今、マックスの本性を目にしたんだ。あいつは残忍きわまるろくでなしで、何でもやりかねないんだよ。ジュリアスのことが邪魔になれば、平然と排除するはずだ。やっぱり気の毒なジュリアスはあいつに殺《や》られたにちがいない。あんな大男に突き飛ばされたら、ひとたまりもないさ」

「待って！」イモージェンは言った。「弱い者いじめの暴君と殺人者のあいだには大きな隔《ギャッ》た《プ》りがあるわ」

「いきり立ったときのマックスを見れば、そうは思えないがね。ぼくらはこれで二度も――葬儀の日とついさっき――あいつの凶暴さを目にしたわけだ。ぼくならそんなギャップはやすやすと飛び越えられるぞ。特大の予感がするんだよ。きみは直感を信じるんだろ、イモー。この直感も信じてみてくれ」

「悪いけど、アンドルー。わたしは何かがおかしいような気がするだけで、まだそれ以上はっきりしたことは言えないの。だからこうして、あなたとイーストハムへ向かってるんじゃない？」

　しばしの間があった。

「アンドルー、あなたはほんとに本気でロウィーナに恋してるのね？」

「もちろんそうさ。きみがそんなことを訊くとは驚きだぞ、イモー。いつもぼく自身よりよくぼくのことをわかってるみたいだったのに」

「それについてはノーコメントよ。でも彼女は初恋の人でも、二番目でもないわけでしょ」

「それを言うなら、三番目でも四番目でもないさ。だが恋は数じゃない。今度はべつなんだ。ジェニーとは情熱にまかせた恋、フィオナとは純粋にセックス目当ての——いや、それほど純粋でもないか。だがたしかに、セックスが中心の関係だった」

「じゃあわたしとは？　好意から？　慰めを求めて？　習慣のなせるわざ？」

「そんな言いかたはやめろよ、イモー。ぼくがきみを愛してることはわかってるだろ？　これまでも、これからもずっと愛しているよ」

「ある意味ではね」

「たぶん、いい意味でさ」

「誰もがそう考えるわけじゃないでしょうけど、まあいいわ。わたしたちにはそれが正解だったのかもしれない。でもロウィーナはべつなのね？」

「ああ、そうだ」

　またもや、しばしの間。

「彼女と知り合ってどれぐらいになるの、アンドルー？」

「〈ファラン〉に入社した直後からだよ。ジュリアスとルーシアが旧牧師館でガーデンパーティを開いてね。当然、ロウィーナも顔を出していた。それであれこれ話して、互いに好意を抱いたのさ。ぼくは野原の小道を通って彼女を〈ストーンゲイツ荘〉まで送り、一時間後にもどるときには彼女のことで頭がいっぱいになっていた。いい年をして、青臭い若造にもどったみたいにね。それ以来、想いはつのるばかりだったよ。

彼女とはあまり会う機会がなかったし、今はまだ——もしかしたらこの先もずっと——恋人同士ってわけじゃない。それでもぼくは互いの想いに気づいているし、彼女のほうもそうだと思う。ほら、ときおり誰かと出会った瞬間に互いの心がパズルのピースみたいにぴたりと嚙《か》み合うのがわかって、すごく満足することがあるだろう？　ええと、ロウィーナの場合もそんなふうだったけど、何かもうちょっと自然な感じなんだ。まるで接《つ》ぎ木《き》みたいに、自然の命じるままにつながり合おうとしてる感じかな。それにもちろん、彼女が大の音楽好きなのも最高だ。ぼくも音楽には目がないからね」

「まあ、アンドルー。あなたはどうしようもないロマンティストね。でも彼女をマックスから引き離すのは容易じゃなさそう」

「マックス！」アンドルーは運転席で身をこわばらせた。「マックスか！」煮えたぎる怒りが新たにこみあげているのが傍目《はため》にもわかるほどだった。「あの胸糞悪い下衆《げす》野郎め！　殺人なんて……ちょっとでもチャンスがあれば、こっちがあいつを殺してやるところだよ！」

「アンドルー！」イモージェンはぎょっとして言った。「ほら、あそこに一時停止所がある。車を入れて！　しばらくわたしが運転するから、こっちの席に移って気を静めて。いいわね？　気を静めるの。海辺ですてきな一日をすごすことだけを考えて」

イーストハムは、うらさびれた町だった。南北どちらにもかなり遠くまでほかに行楽地がないこともあり、ヴィクトリア時代には人気の海水浴場で、入江の北端にはいくつかホテルが立ち並んでいたという。当時はそこそこ金のある行楽客が鉄道で次々と運ばれてきたので、海辺の遊歩道や桟橋が造られ、公園にはローンボウリング用の芝地や小さなゴルフ場まで併設された。その後もゲームセンターがふたつと映画館、無数の民宿が続いた。ところがやがて、車と手ごろな航空機の旅行が大打撃をもたらした。町の時代遅れの安っぽい娯楽では、地中海のビーチには太刀打ちできなかったのだ。中には郷愁を覚える人々もいるのだろうが、今ではどう見てもうらぶれた感じだ。

アンドルーとイモージェンが着いたときも、目抜き通りは閑散としていた。二人は難なく駐車スペースを見つけ、通りで出会った人々に片っ端から〈ヘッドランズ〉について尋ねた。だがみなにぽかんとした顔をされるばかりなので、やむなくその周辺で唯一の本物らしいパブをのぞいてみた。〈漁師の旗亭《フィッシャーメンズ・アームズ》〉というその店には一人だけ年輩の客がおり、残りわずかなビールの一パイント入りグラスを抱え込むようにしてすわっていた。彼は二人と話したがっているようだった。

てるさ」

「〈ヘッドランズ〉かい？」老人は言った。「そりゃ、〈ヘッドランズ〉のことなら誰でも知ってるさ」

「しかし、誰もそのことを話す気はなさそうでしたがね」とアンドルー。

「ここらの人間はあそこのことを話したがらんのさ。あんなものは、どこかよそにあればよかったと思ってるんだ」老人は二人に興味深げな目を向けた。「〈ヘッドランズ〉はいささか特殊と言えそうな客を相手にしているからな。だがそれだけで嫌うのはおかしな話だよ。あそこのおかげでこの町もいくらか潤《うるお》ってるし、少しは仕事にありつける連中もいる。といっても、あまり自慢できる仕事じゃないが」

「なるほど。で、そこへはどう行けばいいんですか？」とアンドルー。

優先順位がちがうでしょうに、とイモージェンは考えた。せっかく老人が話したがっているのなら、どんどん話させるべきなのだ。

「一杯おごらせてもらえる？」イモージェンは言った。

「そりゃありがたい」老人はビールの残りを飲みほし、グラスを渡してよこした。

アンドルーは忍耐のかたまりのような顔でカウンターへ向かい、一パイントのお代わりを持ってきた。

イモージェンは明るく言った。「あなたの名前を教えて」

「ベンだよ。それ以上は必要ない。ここらの者はみんなおれを知ってるからな。あんたの名は？」

「イモージェンよ」

「変わった名前だな」

「親にもらった名前なの。こちらはアンドルー」

「アンディかい？」

「いや、アンドルーです、アンディじゃなく」アンドルーはしかつめらしく言った。

イモージェンは彼のわき腹を小突き、先を続けた。「じゃあこれでみんな知り合いってわけね、ベン。で、ここの人たちはどうして〈ヘッドランズ〉のことを話したがらないの？」

「まあ、いろんな噂があって、みんな町のためにならないと思ってるのさ。あそこが地元じゃ何て呼ばれてるか知ってるかい？　〈禁断の塔〉だ」その意味が相手の脳裏に染み込むまで、老人はしばし言葉を切った。「なぜかはわかるだろう——そこへ行こうっていうんなら」

アンドルーがさらに激しい忍耐をにじませて言った。「それじゃ、どうすれば行けるのか教えてもらえませんかね」

「車で行くつもりなら、町の外までもどって右手の小さな脇道を見つけるしかないだろう。それが〈ヘッドランズ〉へ通じてる、クロスカントリーのコースみたいな道だ。あるいはその気があれば、すぐそこの遊歩道の先に駐車して、崖の上の小道を歩いていくこともできるぞ。〈ヘッドランズ〉はまさにその名のとおり、岬に建てられてるのさ。ここから一マイルかそこら行ったところにな」

「ありがとう」アンドルーは言うなり、動き出そうとした。イモージェンは彼を押しとどめ、老人に向きなおった。

「あの崖はすごく切り立っているわね」

「それで有名なのさ。あんな崖はイングランドのこの界隈《かいわい》にはふたつとない」

「さぞ危険なんでしょう？」

「危険なのは崖じゃなく」老人は答えた。「馬鹿な人間どもさ」

「そういえば、しばらくまえにもここで死亡事故があったとかいう記事を読んだ気がする」

「ああ、そうそう。〈地獄の崖っぷち〉って呼ばれてる場所でな。名前は思い出せないが、何とかいう有名人が死んだらしい。だがもちろん、そいつは酔っ払っていたのさ。外に出すべきじゃなかったんだよ」

「かなりのスキャンダルになったんでしょうね？」

「ああ、そうとも。町にはいい迷惑だ。あの施設の連中は、患者たち――まあ、あそこじゃそう呼んでるが、いくら金持ちだって要はただのアル中だ――を自由に出歩かせたりはしないと言っている。だがおれもほかのみんなも、その患者たちが敷地の外をうろついてるのを何度も目にしてるんだ。地元の人間は彼らに会いたくないから、もう崖の上を歩かない。偏見と呼びたきゃ呼べばいいさ。ただし、おれと相棒のチャーリーは気にしなかった。晴れた日にはよく二人で岬へのぼったよ。途中に風の当たらない、小ぢんまりした洞穴みたいなくぼみがあって、煙草を一服しながらおしゃべりできるんだ。そのあとここへおりて、一杯やったりもしたっけ」

ベンは二杯目のビールを驚くべき速さで飲みほしていた。「だがもうチャーリーはいない。

小金を手にして、町からさっさと出ていったのさ。若いやつらもみんな出ていっちまう。ここにはめぼしいものはひとつもないからな」

そこでアンドルーが割り込んだ。「地元ではその死亡事故について、何か疑いが持たれていましたか？　ほんとに事故だったのか疑う人もいたのかな？」

「そいつは知らんが、現場にはフェンスが張られたよ」老人はそう答え、いぶかしげに続けた。「なぜそんなことを訊く？　何のつもりだ？　あんたら、サツか何かじゃなかろうな？」

イモージェンはいささか苛立《いらだ》った。あのままベンに話を続けさせれば、うまいことさらに情報を引き出せたかもしれない。だがひとたび警察という考えが浮かんだら、もうその望みはなさそうだ。じっさい警官があらわれたかのように、老人の話し好きな態度は消え失せていた。

イモージェンはにっこり笑ってベンにいろいろ教えてもらった礼を言い、アンドルーと車のほうにもどりはじめた。ふと首をめぐらすと、老人がじっと二人の姿を目で追っているのが見えた。

「ねえ、歩いていかない？」イモージェンは言った。「すごく気持ちのいい日だもの」

「だがぼくらはあのホテル——というか、自称何とか施設——へ調査をしにいくんだぞ。車で乗りつけたほうがいいんじゃないのか？　こんな服装で歩いていったら、ただの通りすがりのハイカーか何かに見えそうで……」

「心配は無用よ、アンドルー」ちょっぴり意地の悪い口調でイモージェンは言った。「あなたのその名門校出身者ならではの発音がメルセデスの穴を埋めてくれるわ。さあ、行きましょう」

遊歩道は少し先の曲がり目で終わり、そこからは歩行者専用の小道がくねくねと崖の上まで続いていた。てっぺんに着くと、ひときわ高くそびえ立つ〈ヘッドランズ〉の威容が見えた。あきらかにかつてはイーストハムとその周辺きっての高級ホテルだったのだろう。その向こうには、さらに二、三マイル離れたもうひとつの岬が、まばゆい陽光にうっすらかすんで見えていた。


申し分のないさわやかな天気で、水面には真っ白な綿雲のおぼろな影が点々とただよい、海は淡い灰緑色から深い群青色まで無数の色彩を帯びている。イモージェンはその光景から目を離すことができずに、うっとりしながら崖の小道を進んでいった。

「気をつけないと今度はきみが足を踏みはずすぞ」アンドルーが警告した。「それにぼくらにはするべき仕事があるんだ。例の件が起きた場所を見つけないと」

「あら、聞いてなかったの？　さっき話したあの老人は、現場にはフェンスが張られたと言ってたわ。それ以上の手がかりはないはずよ。それにあなたもちょっとだけ地面から目を離す気になれれば、あの海を見て。一秒ごとに変化してるわ。それにあの雲──『あらゆる夏の日が水面《みなも》をそぞろ歩いてゆく』──これは引用よ」

「オーデンの詩だな？」

「ご名答」

「だがルール違反だぞ。今はまだ夏じゃない」

「そんな杓子定規《しゃくしじょうぎ》な異議は却下。どのみち、今はまだ夏じゃなくてもいずれは夏になるのよ。『夏はめぐる（中世イングランド発祥の輪唱歌）』――これも引用」

「却下だよ、理由は引用者の鼻持ちならない独りよがりだ」

「いつものあなたにもどってきたわね、アンドルー。よかった。でもお願いだから、ちょっとあの海を見て」

　二人はしばし立ちどまって海を眺め、ふたたび緩い斜面の上へとのぼりはじめた。崖の縁にはいくつか波にけずり取られた切れ込みがある。やがて遠くのほうに、くだんのフェンスが見えた。間違いない。まだ新しい、高さ三フィートほどのフェンスで、その気になれば難なく乗り越えられそうだ。侵入を防ぐというより、躊躇《ちゅうちょ》させるためのものだろう。フェンスの外側は見るからに危険な断崖絶壁だ。小道はそこから安全な距離を置いて崖の内側を進んでいる。

　見るとフェンスには、引きちぎられたビラの残骸が釘で留めつけられていた。真っ二つに裂けて踏みしだかれた残りの部分が小道に落ちている。おおかた崖に近寄るなという警告のビラだろうと、アンドルーがさして興味もなさそうにそれを取りあげた。だがそこに綴《つづ》られた言葉は衝撃的なものだった。近ごろはパソコンで印刷できる大きな活字で、こう書かれている――

悦《よろこ》べ！
ここにて盗人《ぬすっと》の王、
ジュリアス・ファランが

ふさわしき最期を迎え、
地獄へまっしぐら！

イモージェンは度肝《どぎも》を抜かれて言った。「うわーっ、アンドルー、驚いた！　これはどういうことかしら？」

「こいつは誰かが破り捨てたのさ。だがまずまずきれいなままだから、それほど長くここにあったはずはない。せいぜい数日間ってとこだろう」

「でもサー・ジュリアスが亡くなって数週間になるのよ。これは憎悪まる出しの、一種の嫌がらせで、その憎悪は今も生きている。彼を死後も追いかけてるの！」

二人は互いの目の中に、同じ考えが浮かびあがるのを見て取った。

「きっとあの埋葬式に闖入《ちんにゅう》してきた、いかれた若造だ」とアンドルー。「ほら、マックスにぶちのめされたやつ」

「ぶちのめされてはいないわ。少々手荒な扱いは受けていたけど。たしか、デリクって名前じゃなかった？」

「ああ、デリク・デイカーだ」

「父親が不満を抱いていたとかいう……」

「ああ、そのとおりだよ。だがほら、ぼくはロバート・デイカーを知っていたんだ。彼はジュリアスの仕打ちに激怒してたけど、正気を失うほどじゃない。これはデリクが独断でやったことだろう。親父さんがやめるように注意すべきだな」

「わたしたちは先代ミスター・デイカーにも会いにいくべきかもね」イモージェンは考え込むように言った。「あなたなら彼の住所を調べられるでしょ」

アンドルーはうなずいた。「だろうな。ここからそれほど遠くないはずだ」

「でもこのビラからはたいしたことはわからないわね。サー・ジュリアスがどんなふうに亡くなったのか——つまり崖から落ちたことはわたしたちも知ってるし、なぜそうなったのかという手がかりはここには書かれていない。何かの事故だったのか、突き落とされたのか……それを言うなら、自殺だったのかどうかも」

「自殺の線はないな」アンドルーはきっぱりと言った。「ほら、ぼくはジュリアスとはごく親しかったけど、彼は自ら命を絶つような男じゃなかったよ。だがせっかくここまで来たんだ、ちょっと調べてみよう」

アンドルーはフェンスを乗り越えた。イモージェンはためらった。

「さあ」とアンドルー。「だいじょうぶだよ。二人ともしらふだし、どこにも殺し屋は見当たらない。マックスははるか遠くだ」

イモージェンはおっかなびっくりフェンスを乗り越え、アンドルーのとなりに立った。崖のへりはところどころ浸食されているものの、二人の足元の地面はしっかりしているようだった。高さが百フィートはあろうかという絶壁の下は岩棚になっていて、ぎざぎざの岩が海へと突き出している。その向こうの幅のせまい湿った砂浜には足跡ひとつなく、そのさらに向こうには海藻の帯と静かな海が広がっていた。

昔から高所が苦手なイモージェンは、その断崖の下をのぞいただけで危うく目まいを起こしそうになった。思わずあとずさると、かたわらでアンドルーが彼女の恐怖を感じ取り、さっと腕を組んで彼女を崖から引き離した。

イモージェンはいささかショックを受けていた。

「うしろから押す必要なんてなかったのよね？」ようやく立ちなおると、力なく言った。「わたしたちは無駄足を踏んだのかしら。結局のところ、あれは事故だったんじゃない？」

アンドルーは言った。「いや。ぼくはジュリアスをよく知っていた。彼は自衛本能のかたまりだったよ。酒をすごしても、決して頭は酔わなかったんだ――妙な言いかただけどね。だから事情はどうあれ、自分であの崖っぷちを踏み越えたはずはない。むしろぼくがこの場所を見てひとつだけ確信したのは、その手の殺人にはうってつけの場所だということさ。それにイモージェン、やったのは間違いなくマックスだよ。例の予定表の書き込みから、マックスがあの晩ここにいたのはわかっているし、彼が大きな賭けに出た理由もわかってる。まだいろいろ証明しなくちゃならないだろうけど、やってみようじゃないか。さしあたり、〈ヘッドランズ〉の内部を見てドクター・ランダムと話す必要がある。それから、ルーシアの話も聞いてみよう。そのあとはきみの提案どおり、ロバート・デイカーに会いにいくぞ。彼はチューズデイ・マーケットという町に住んでいるんだ。ケンブリッジへの帰り道からさほど遠くはない」

8

〈ヘッドランズ〉は堅固で威風堂々としていた。一種独特の存在感がある。ヴィクトリア朝後期の建物のようだが、当時はかなり斬新な作りだったにちがいない。装飾的な切妻屋根をいただく薔薇《ばら》色の煉瓦《れんが》の壁には白い煉瓦の横縞が走り、その中に白い枠のついた大きな窓が並んでいる。

敷地のほかの部分からはうまく隠された駐車場には、六台ほどの高級車がとめられていた。きれいに草むしりされた砂利敷きの広い私道が、塵《ちり》ひとつない芝地を通り抜けて破風《はふ》付きの玄関ポーチへと続き、その奥の白いペンキ塗りのドアには優雅な扇形の窓がついている。〈ヘッドランズ〉という名は何の説明もなくさりげなく表示されているだけで、富裕な一族の私邸であってもおかしくない雰囲気だった。

中はどこもかしこも分厚い絨毯《じゆうたん》とクリーム色の壁、それに心安らぐ絵画で埋め尽くされていた。受付のデスクのベルを鳴らすと、中年にさしかかったばかりの、身なりのいいにこやかな女性があらわれた。

任務遂行のための口上を用意していたアンドルーが、妹と二人で伯母のために安全で快適な施設を探しているのだと説明した。そんな場所で助けを得られれば、昨年、ハーバート伯父に先立たれてから酒浸りになってしまったローラ伯母も立ちなおるのではないかと思い……。

根が正直者のイモージェンは、感嘆と不安の入り混じる思いでそれを聞いていた。これまでぺてんの片棒をかついだことはついぞなく、望ましい結果のためならそんな手段も許されるのか、今ひとつ確信できなかったのだ。

「ドクター・ランダムはお手すきか、確認してまいります」受付係は言った。

二人はしばらく客間で待つように求められたが、そこには数脚の安楽椅子と、《カントリー・ライフ》、《グッド・ハウスキーピング》、《インヴェスターズ・クロニクル》、《フォーチュン》といった高級誌が並べられていた。素朴な訛《なま》りのある若いメイドがドアから顔をのぞかせ、コーヒーでもいかがですかと尋ねてきたので、丁重にことわってそこにすわっていると、しばらくのちに――あまり物欲しげに見えず、さりとて無礼にはならないよう慎重にタイミングを見計らったように――二人はここの施設長であるドクター・ティモシー・ランダムの快適な書斎に通された。

ランダム医師は六十がらみの、小ざっぱりと整えられた口ひげを生やした若々しい男で、なかなか親切そうだった。イモージェンは一瞬、その顔に見憶えがあるような気がしたが、どこで見たのかは思い出せなかった。医師はざっと自己紹介したあと、何かお役に立てればさいわいなので、ローラ伯母さんについて聞かせてほしいと言った。

アンドルーはあれこれ話を盛って――イモージェンが見るに、大いに楽しみながら――事情を語りはじめた。ローラ伯母はもともと心の優しいすてきな人で、誰からも愛されていた。ハーバート伯父とは仲睦《なかむつ》まじい、まさに一心同体の夫婦だった。しかし残念ながら、夫を亡くすとすっかり打ちのめされて、友人たちや親族がこぞって全力で支えたにもかかわらず、酒に慰めを求めるようになってしまった。とりわけシェリー酒が堕落の元だった。近ごろは着替えて床《とこ》に就くことすらできない泥酔状態で見つかることがとみに増え、まともに栄養も取れなくなっている。近所の人々も彼女の住まいにころがる空き瓶の数にショックを受けるほどで、どうやら日に二本は下らないシェリー酒を飲んでいるようだ……。

ランダム医師は同情深くうなずき、遺憾ながらそうしたケースはあんがいめずらしくはないのだと言った。しかしここならきっと、ローラさんをどうにかしてさしあげられるでしょう。四週間、ことによっては六週間のコースが驚くほどの効果を上げるはずで、〈ヘッドランズ〉では八十パーセント近くのクライアントを依存症から救い出すのに成功しています。ただし、その治療が安価ではないことも申し上げておくべきでしょう。標準的な料金は一週間につき三千ポンド近くになります。

それは問題ありません、とアンドルーは答えた。ハーバート伯父は腕利きの株式仲買人で、妻にたっぷり遺産を残しましたので。

その後もさらに詳細が明かされてゆくのに、イモージェンは興味津々で耳をかたむけた。しだいにローラ伯母さんと今は亡きハーバート伯父さんが実在の人物のように思えてきたほどだ。

ランダム医師としては、いくつか確認しておくべき点があった。ここは病院でも精神疾患の治療施設でもありません、と彼は指摘した。ローラさんにはたしかに暴力的な傾向や精神的な疾患、あるいは重篤《じゅうとく》な鬱《うつ》状態は認められないのですね?

アンドルーは請け合った。ローラ伯母は穏やかな性格で従順なばかりか、たいそう知的な人です。きっかり十分で《タイムズ》紙のクロスワードパズルを解いてしまうほどね、と彼は誇らしげに言い添えたあと——「少なくとも、元気なころにはそうでした」

イモージェンはそろそろ、ここのスタッフの技量について尋ねたほうがよさそうだと考えた。

ランダム医師は少々あいまいな口調になった。「むろんわたし自身は医師の資格を持ち、さまざまな依存症の治療に通じていますし……」彼は言った。「スタッフの多くは、厳密には無資格ですが、依存症の患者にうまく寄り添う経験を積んだ者ばかりです」

「患者さんは自由に外へ出られるのかしら?」

「いちおう一人では外出できないことになっていて、毎日、スタッフが付き添って散歩かドライブをします。むろん希望すれば中途退所することもできますが、さいわい、そんなケースはめったにありません」

イモージェンはさらにいくつか、アンドルーが思いつきそうもない実務的な質問をしたあと、「中をざっと見学させていただけますか?」と尋ねてみた。

「もちろん。喜んで。ミセス・フロードシャムがご一緒して、さまざまな設備をお見せしますよ」

ランダム医師が内線電話をかけると、あの身なりのいい女性がふたたび姿をあらわした。

二人は彼女とともに〈ヘッドランズ〉の館内をひとめぐりした。どこも清潔そのもので、上等な家具が置かれ、風雅な装飾がほどこされていた。それにとても静かだ。食事室では、さきほど見かけた若いメイドが年上の同僚とランチ用のテーブルをセットしていた。四人の患者たちが離れ離れにすわった広大な客間では、その広さにふさわしい大きな張り出し窓から雄大な海の景色を望むことができた。イモージェンが思わず、いちばん近くの患者に歩み寄って何か親しみのこもった言葉をかけようとすると、ミセス・フロードシャムがすばやく引き留めた。

「お客様にはあまり近づかないでいただけますか？　みなさん、ここに来られた理由をとても気にされているので。動物園の動物のように注目されているとは感じていただきたくないのです」

となりのもう少し小さな部屋では、四人の患者が訪問者たちには目もくれずにブリッジをしていた。またべつの部屋では、二人の患者がみごとなハイファイ装置から流れ出すバッハの曲に耳をかたむけ、ほかの二人はゲーム盤をはさんで字並べ遊び《スクラブル》をしていた。ほかにもクルーズ船に向きそうな軽めの読み物をそろえた図書室があり、最上階はローイングマシーンやルームランナーをそなえたジムになっていて、でっぷり太った紳士が一人、悠然とルームサイクルをこいでいた。何もかもが穏やかで規律正しく見える。

見学ツアーを終えると、ランダム医師が二人を待っていた。

「ここならきっとローラ伯母も大満足ですよ」アンドルーが明るく言った。

「では、いくつか詳細を記録させていただけますか？」とランダム医師。「お手数ですが、ちょっとした事務手続きが必要でして。それにもちろん、伯母様の主治医からも書状をいただけるとありがたいですな。さきほど申したように、ここは病院ではないので必ずしも紹介状は必要ありませんが、患者さんの状態や欲求を知っておきたいのでね。何を書けばいいのかは、その医師が知っているでしょう」

アンドルーは言った。「そういえば、ここでは数週間前に悲劇的な事故がありましたよね。サー・ジュリアス・ファランが命を落とした」

ランダム医師の口調がとつじょ冷ややかになった。「ええ。あの事故はこのすぐ近くで起きました。サー・ジュリアスは崖から転落したのです」

「あなたもさぞ不快な思いをされたことでしょう」

「それはもう。だがその件については話したくありません。言うべきことはすべて検死審問のさいに言いましたし、〈ヘッドランズ〉への批判はありませんでした。悲しい出来事ではあったが、もう過去の話です」

「こちらはそこをじっくりうかがいたかったのですがね」

「失礼ながら、あなたに何の関係があるのでしょう?」とランダム医師。

「ぼくはサー・ジュリアスが亡くなるまで部下として働いていたので」

ランダム医師は凍りつくような口調になった。「それが今、伯母にぴったりの施設を探してここへ来るとは。いささか奇妙な偶然ではないですかな?」

「まあ、ときには奇妙な偶然が起きるものですよ!」アンドルーはしどろもどろに答えたが、それはイモージェンの耳にすら、説得力を欠いていた。

「で、きみはいったい何者なんだ？　ジャーナリストか覆面捜査官、それとも私立探偵か？」

「そのどれでもありません」とアンドルー。「ジュリアス・ファランの友人でありかつての部下、それだけですよ。ついこのあいだまでは〈ファラン・グループ〉の役員でもあった。だから当然、あの件に興味があるんです」

「じゃあなぜ、最初からそう言わなかったんだ？」ランダム医師は問いつめた。「どのみち、こちらは何も話さなかっただろうがね」

「だから言わなかったんですよ」

「とにかく、すでに知られている事実以外に話すことはない。きみのローラ伯母さんに関しては——もしも彼女が実在するのなら——どこかよその施設を当たってもらうしかなさそうだ。うちには空きがないのでね。では失礼」


「やれやれ、みごとにやってくれたわね！」外に出るなり、イモージェンは不機嫌に言った。「おかげで、わたしたちはとんだ茶番を演じただけ。こちらにまかせてくれれば、サー・ジュリアスがどうして夜中にまんまと抜け出せたのか突き止められたはずなのに。これじゃ調査は一歩も進んでないわ」

「ごめんよ、イモー」アンドルーはしょげ返って言った。「次の機会には……」

「もう次はなさそうよ」

二人が敷地の外へと私道を歩いていると、さきほど館内で見かけた若いメイドが駆け寄ってきた。

「すいません」メイドは息をはずませながら言った。「これから町へ行くんですか?」

「イーストハムの?」とアンドルー。「ああ、そのつもりだよ」

「厚かましいのはわかってるけど、できれば一緒に乗っけてもらえませんか? やっと非番になったのに、自転車のタイヤがパンクしちゃって。三十分後に歯医者の予約があるんです」

「あいにくだったね」とアンドルー。「ぼくたちはここまで歩いてきたんだ」

娘はがっかりした顔になり、「まあいいか、歩いても間に合いそうだし」とつぶやいた。

「一緒に行きましょう」イモージェンは誘った。

「あら、ありがとうございます」娘は言った。「お邪魔でなければ」

「もちろんよ。連れができて嬉しいわ。あなたの名前を教えて」

「リーザ。ほんとはエリザベスなんです。古臭い名前でしょ。でもほら、自分じゃ変えられないから」

「で、あなたは〈ヘッドランズ〉で働いてるわけね。もう長いの?」

「長すぎるぐらいです。六か月近くになるんじゃないのかな。あちこちほかを探してるんだけど、このあたりじゃ仕事がろくになくて。そうでもなけりゃ、もうとっくにやめてます」

「じゃあ、あそこの仕事は好きじゃないのね?」

「ええ、ちっとも」娘はきっぱりと言った。

「何がいやなの? 仕事がきつすぎるから?」

「そうでもありません。見かけよりきついわけじゃないし、仕事が大変なのはかまわないんです。そのほうが余計なことを考えずにすむし。でもあの雰囲気が好きになれなくて」

「わかるわ」イモージェンは同情しきって言った。「わたしは保健師だから、看護の仕事がどんなものか知ってるの。あれこれ要求されるばかり。でも結局はそれだけの報いがあるものよ」

「あたしは看護師じゃないから、とくに報いはなさそう。でもアルコール依存症の人たちの世話をするのはかまわないんです。みんなすごく大人しくて、あそこではだいたい禁断症状の治療や心理学的な分析を受けるか、たんにミネラルウォーターしか飲まずにすごす訓練をしてるんです。だけど、あそこはやけに静かで気味が悪くて……いつもしーんと静まり返ってるんですよ。まるで死体置き場みたいに。つまり、誰も幸せじゃなくて、おしゃべりを楽しんだりはしないんです。だからこっちまで、少しでも声を高めたら〝しっ〟と怒られそうな気がしちゃって。それに管理職の人たちは、あたしみたいな下っ端《したっぱ》にあれこれ訊かれるのをいやがるんです。ミセス・フロードシャムだって、いつもすごく優しげに話すけど、何だか喉に氷でも詰まってるみたい。静かに人のことを無視するから、こっちは透明人間にでもなったような気分ですよ。ランダム先生のほうは、何て言うか、これまで見たこともないほど薄気味悪い人だし」

アンドルーが言った。「じゃあ、あそこは必ずしもおすすめの施設じゃないんだな？」

「ええ、ぜんぜん。あたしなら大事な誰かをあそこに入れたりはしません。べつに何か間違いが起きたのを知ってるわけじゃないけど、ちょっといやな感じなんですよ。あたしがここに来てから三人も亡くなってるし」

リーザはしばしためらい、あとを続けた。「あの、誤解のないように言っておくと、何か職務の怠慢や疑わしいことがあったわけじゃないんです。ただ男の患者さんの一人がウィスキーを手に入れて、自分の部屋で朝まで飲み明かして急性アルコール中毒で亡くなったから……まだ新入りだったあたしと調理場の手伝いをしてるケイトは、どうしてそんなものが手に入ったのか不思議で仕方なかったんです。それにそのあと、高齢の女の患者さんがいつもの椅子にすわったまま亡くなってるのが見つかって……心臓発作による自然死だとかいう話だったけど、ショックでしたよ。前日にはぴんぴんしてたんですからね。そのあともほら、サー・ジュリアス・何とかのことがあったし。ずいぶん大騒ぎになったから、お二人も耳にしたんじゃないですか。夜のうちに抜け出して、〈地獄の崖っぷち〉から落っこちたんですよ。てっきりランダム先生はそのことで——患者さんを一人で出歩かせた件で——やばいことになるかと思ったのに、とんでもない。テフロン加工みたいに傷ひとつつかないんですよ。あの人が黒を白と言えば、町のお偉方はそれを鵜呑《うの》みにしちゃうから」

しだいに不平に熱がこもって、リーザは憤然《ふんぜん》たる口調になった。

「あたしはサー・ジュリアス・何とかをそれほど気に入ってたわけじゃないんです。あの人はいつもちょっぴり不満げで、あそこにいたくないみたいだったし。もちろん奥さんも一緒に来てて、すごく仲良しでした。まあ、たまにほっぺにキスし合うぐらいには。ランダム先生はしじゅうあのご夫婦とランチを取って、そんなときには食事と一緒にワインを一杯やっていました。ほかの患者さんたちの白い目を見せたかったですよ、みんないっさい飲むのを禁じられてたんですからね。だけどもちろん、先生が飲んじゃいけない理由はありません。そういえばサー・ジュリアスが亡くなった晩はあたしが当直だったけど、何とその三人――サー・ジュリアスと奥さんとランダム先生――が口論してたんです、ほかの二人の面会者と一緒に」

「その面会者はあなたの知ってる人たちだった?」イモージェンは尋ねた。

「いえ、それまで見たこともない人たちだったけど、その日はばっちり見ましたよ。一人はがっしりした大男で、すごくハンサムだけどあたしの好みじゃなかったな。もう一人は背の高い細めの男で、小さな口ひげを生やしてました。その人たちが例の三人と小さな談話室――患者さんたちは使えない秘密の部屋みたいなところで――声を張りあげて話してるのが聞こえてきたんです。ちょっと怒鳴り合ったりもしてたから、正直いってこちらは興味津々だったけど、何を話してるのかは聞こえませんでした。どのみち、じきに静かになって、あたしが帰るころにはその集まりはお開きになってましたけど。サー・ジュリアスと奥さんはもう寝室に引き取ってたんじゃないのかな。それきりサー・ジュリアスを見かけることはありませんでした。翌朝、亡くなってるのが見つかったんです」

「あなたは検死審問で証言するように求められなかったの?」イモージェンは尋ねた。

「ええ。そんなこと求められる理由はなかったし、ぜったい、自分から申し出る気はありませんでした。下手に目立つな、っていうのがあたしのモットーなんです。どうせ意味はなかったでしょうしね。あたしが話したって、何も変わらなかったはずですよ。何が起きたかはわかってるんだから。かわいそうなジュリアスさん……あの人はちょっと悪者だったって噂だけど、あたしはほんとにすごく気の毒に思ってるんです」

アンドルーが言った。「じつはふたつだけ、不可解なことがあるんだ。彼はいかにして酒を手に入れ、まんまとあの施設から抜け出したんだろう?」

「お酒がどうしてもほしければ、いつでもちゃんと手に入れる方法はあるんです。規則がどうとか、せっかくの治療が台なしだとかに関係なく、どうにかこうにかこっそり持ち込まれちゃうんですよ。町にはすごい高値でここにお酒を流してる連中がいるんですって。ランダム先生はそんなことは知らなかったとかで、すぐにやめさせると陪審団に言ったみたいですけどね。

施設を抜け出したことについては、まあ、〈ヘッドランズ〉は牢獄じゃないから。ここに来る人たちは許可なく外出しないとかいう誓約書にサインさせられるけど、ほかにはとくに防止策はないんです。通用口の鍵がどこにあるかはみんな知ってるし、サー・ジュリアスの遺体が見つかったときにもポケットに合鍵の束が入ってたそうですよ。生きてさえいれば、またこっそりもどれたのにねえ」

「それにしてもなぜ、夜中にふらふら歩きまわったりしてたんだろう?」

「たしかなことは誰にもわかりません。でもあの人は昼間に奥さんとあの崖の上を歩くのが好きだったから、たぶんあの夜もふと出かけたくなったんだろうって、奥さんは検死審問で話したそうですよ。ご主人はしじゅうよく寝つけずにいたけど、奥さんのほうはぐっすり眠り込むほうだったとかでね。あいだに化粧室がある二間続きの寝室だったから、奥さんは朝になるまでサー・ジュリアスがいなくなってるのに気づかなかったんです」

「あなたはずいぶんいろいろ知っているのね、リーザ」イモージェンは言った。

「だって、興味をそそられるじゃないですか、とくに自分の働いてる場所であんなことが起きれば。それにイーストハムじゃあんまり刺激的なことがないから、ちょっとしたことでもわくわくするんです……あら、もう町に着いちゃった。車じゃなくても、それほど長くはかかりませんでしたね。まだ歯医者の予約までたっぷり時間があるわ」

「それにこちらもまだランチタイムに間に合いそうだぞ」リーザが行ってしまうと、アンドルーは言った。

9

二人はイーストハムの遊歩道にそって車を走らせてみたが、まともなレストランらしきものは見当たらなかったので、〈漁師の旗亭〉に引き返すことにした。

ベンはもういなかった。ランチのメニューはお決まりの、冴えないものばかり——出来合いのラザニア各種、大量生産のステーキパイ、それに冷凍品を再加熱するだけなのがみえみえの小エビのフライといったところだ。

アンドルーとイモージェンはどうにか交渉してハムサンドウィッチを作ってもらい——ただしパンは白パンしかなかったが——店内のテーブル席でビールを飲んだ。そこには今では退屈顔の亭主のほかには、カウンターにもたれてときおり亭主ととりとめのない雑談をしている地元の男たちが二人いるだけだった。彼らがよそ者の客にちらちらと好奇の目を向けてくるのに気づき、イモージェンとアンドリューはここでは〈ヘッドランズ〉への訪問については話さないほうが賢明そうだと考えた。〝壁に耳あり〟というやつだ。

二人は早々に食事を切りあげて店を出た。

「リーザからずいぶんいろいろ聞き出せたわね」イモージェンは言った。「でも検死審問についてもう少し調べてみたほうがよさそう。どこかに地元の新聞社があるはずよ」

あんのじょう、《イーストハム・アンド・ディストリクト・アドヴァタイザー》なる新聞社が難なく見つかった。目抜き通りに小さなオフィスをかまえていたのだ。どうやらそこで新聞を刷っているわけではなさそうで、ウィンドーには〈当社を含む八つの地方紙への広告掲載を受け付けます〉という表示が貼り出されていた。

中には駐在記者が一人だけいたが、ごく若い新米で、ちょうど取材に出かけるところだった。それでも店番の若い女性が、ジュリアス・ファランの検死審問が開かれた週のバックナンバーを快く二人に見せてくれた。

審問で明かされた経緯は、第一面にかなり詳しく記されていた。今回の騒ぎの発端は、朝早く海岸で犬の散歩をしていた地元の住民が、崖下に横たわる身なりのいい男性の遺体を目にしたことだった。手を触れるまでもなく、たしかに死んでいるのがわかった。発見者は警察署へと急ぎ、当直勤務に就いていたイートン巡査にそれを伝えた。

イートン巡査によれば、現場は〈ヘッドランズ〉のすぐそばだったので、死者がそこの滞在者である可能性をただちに思いつき、誰か行方不明になっていないか電話で問い合わせてみた。当初の反応は否定的だった。そこで巡査は――〈地獄の崖っぷち〉へは車道がつながっていないので――徒歩で海岸を調べにいった。そして遺体を見つけると、その体勢と目に見えるかぎりの損傷を記憶にとどめ、いっさい手は触れずにそこを離れた。

その後、署へもどる途中で、携帯に〈ヘッドランズ〉から電話が入り、サー・ジュリアスが自室にいないことを知らせてきた。寝ているところを起こされた夫人は悲嘆に暮れ、ランダム医師と車で町へ向かっているという。そこで巡査はちょうど勤務に着いたばかりのデイヴィス巡査部長に電話して、調査を引き継いだのだった。

そのままでは遺体が波にさらわれてしまう恐れがあったので、デイヴィス巡査部長は遺体を回収して安置所へ運ばせた。彼はその経緯と、のちにそれがジュリアス・ファランの遺体であることを夫人と主治医が確認した旨を証言していた。

その後は警察の病理学者の長々とした、いささかぞっとする証言が続いた。まずは遺体の種種の損傷が述べられ、どれも崖からの転落によるものであることが確認された。ほかの原因を示唆するものはなかった。死亡推定時刻は深夜の零時から午前四時のあいだで、体内に残ったアルコールの分量からして、ジュリアス・ファランは泥酔状態とは言えないまでも、うっかり崖から転落しかねない程度には酔っていたものと思われる。事件当夜は暗く曇ってはいたが、雨は降っておらず、揉み合ったあとやほかの人間が関与した痕跡は残されていない……。

続いて証言に立ったランダム医師は、〈ヘッドランンズ〉に関するかぎり、警察側の説明に誤りがないことを認めた。ただし、患者たちは鍵のかかった部屋に閉じ込められるわけではないものの、スタッフの許可なしに無断で外出はできないことになっている。飲酒は厳禁で、サー・ジュリアスもその規則を破っている形跡はなかった。

検死官はランダム医師にサー・ジュリアスの病歴と精神状態について尋ねた。医師はサー・ジュリアスが長年の知人だったことを明かした上で、彼には抑鬱的《よくうつてき》傾向は見られなかったと述べた。しかし長年にわたる過労と加齢のせいか、近ごろは酒をすごすことが驚くほど増えていた。そこでついに周囲の説得を受け入れ、〈ヘッドランンズ〉で治療を受けることに同意したのだ。治療はうまくいっているようだった。亡くなった晩は夫人とランダム医師とともに深夜のテレビニュースを見たあと、それぞれの寝室へ引き取った。そのときはサー・ジュリアスはしらふで、とくに問題もなく落ち着いているようだった。

最後に、検死官はレディ・ファランに証言を求めた。ルーシアは夜の十一時ごろまで夫の部屋で、ランダム医師をまじえた三人ですごしたことを認めた。そのときはサー・ジュリアスはしらふで、とくに様子のおかしなところはなかった。彼女も医師と同様に、夫はうまく治療に適応し、順調に回復しかけているものと信じきっていた。部屋に引き取ったあとはすぐに眠りに落ち、二度と生きた夫を目にすることはなかった……。翌朝ホテルの受付から電話があり、夫のベッドが空っぽなのを見つけるまでの経緯をルーシアは静かに、淡々と語った。

その後、検死官があれこれ尋ねはじめると、ルーシアはついに苛立《いらだ》ちをのぞかせ、ぴしゃりと言った。「あなたは今回の件が自殺だった可能性をほのめかされているようですが、ジュリアスは決して自ら命を絶つような人ではありませんでした。それにもし彼がそうするつもりなら、もっとましな方法を見つけていたでしょう」

検死官は即座に「わたしはそのような暗示はしておりません」と述べ、しかるべき哀悼の意を表した。そしてほどなく、事故死の評決が下されたのだ。

最後に検死官は〈ヘッドランズ〉に対して、夜間に居住者たちを出歩かせないような対策を取るように勧告し、なぜ彼らの一人が酒を入手できたのか――今後の防止策を念頭に――早急に調査するよう申し渡した。まだ廷内に残っていたランダム医師は、それらの措置を講ずることを迷わず請け合った。検死官はさらに地元の議会に対し、沿岸部の危険区域での事故防止に留意するように求めていた。

「このあと何か明るみに出たことはあるのかしら?」イモージェンは新聞のファイルを閉じて店番の女性に礼を言ったあと、そう尋ねてみた。

「わたしの知るかぎりじゃありません」相手は答え、広告の問い合わせ――すばらしい状態のソファ、三十五ポンド前後で売却希望――に注意をもどした。

「さてと」車にもどると、イモージェンは言った。「あれをどう思った?」

「検視官がランダムへの質問をやけにあっさり切りあげてるのに驚かされたよ。ごく当然の理由から飲酒が禁じられてる場所で、ジュリアスがどうやって酒を手に入れたのかについてだ」

「たぶんドクター・ランダムは地元の名士で、検死官は彼にかなり遠慮してたのよ――そういうことは新聞の記事ではわからないけど。とにかく、なぜか見すごされてることがいくつかあると思わない？　どうやら、例の酒類の密売についてはいっさい言及されなかったみたいだわ。それに事件当夜に小さな談話室で開かれたささやかなパーティだか会議だかについても、誰ひとり触れてない」

「事件とは無関係だとみなされたのかもしれないぞ」

「あるいは誰かにとって、あまりに関係がありすぎたのか」

アンドルーは吹き出した。「ぼくらはただのインテリぶった、ずっこけ警官コンビなんじゃないのか？　ついさっきまで、きみはぼくがマックスについて妄想に駆られてるとか非難してたんだぞ。ところが今度はきみのほうが想像力を暴走させて、壮大な陰謀説を作り上げてるみたいだ。ジュリアスは何かの委員会に処刑されたってわけか？」

「茶化さないで、アンドルー。リーザがあの集まりの話をでっちあげたとは思えない。あれはじっさいに起きたことで、その後間もなくサー・ジュリアスが亡くなったのもただの偶然のはずはないのよ。じゃあ、その集まりには誰が参加してたのか、ちょっと建設的な推理をしてみない？　まずドクター・ランダム、それにジュリアスとルーシア。がっちりした大男で、ハンサムだけどあまり感じの良くない男というのは……」

「そりゃあ、マックスさ。あのデスクダイアリーからも、彼があそこにいたのはわかってるんだ」

「じっさいにわかってるのは、J・Fというイニシャルが書き込まれていたことだけよ」

「同じことだろ」

「必ずしもそうじゃない。結論に飛びついちゃだめよ、アンドルー」

「よく言うよ。まあいい、続けて」

「それに小さな口ひげを生やした男」

「きみたちの大事な会計係さ」とアンドルー。「何たる面々だ！　この推理は当たってるのかな、イモー。それともぼくらはまた結論に飛びついているのか？」

「当たってるはずよ」イモージェンはゆっくりと答えた。「彼らはみなその場にいた。〈ファラン・グループ〉の要《かなめ》ともいえる人たち、少なくともその大半が、〈ヘッドランズ〉の小さな談話室に集まってたの。一種の会議よ。でもなぜなの、アンドルー、何のため？」

「非公式の役員会かな？　あるいはひょっとすると、公式の。役員の話し合いには社内の会議室を使うという決まりはない。そして〈ヘッドランズ〉で会合が開かれたあきらかな理由は、ジュリアスがあそこにいたからだ。結局のところ、彼が会長だったんだからね。だけど当時はぼくも役員の一人だったのに、会議があるなんて知らせはいっさい受けなかったぞ」

「それってけっこう重要なことかも。役員の中に派閥みたいなものがあったの？」

「まあ、ジュリアスに指名された役員の中にはマックスとそりの合わない者たちもいたからな。その代表はぼくとヘレン・アルダートンだ」

「でも議決に必要な最低限の人数――ええと、定足数《クウォーラム》？――みたいなものがあるんでしょ」

「そりゃあるだろうな」

「かりに、それがジュリアスを解任するために召集された会議だったら？」とイモージェン。

「まあ、考えられないわけじゃない。役員会がジュリアスに解任を告げる。彼には耐えがたいことだろう。会社が命だったんだから。そこで苦悩のあまり、スーツケースのいちばん下に隠してあったバーボンの瓶を取り出し、一気に飲みほす。そして、ふらふら外へ出てゆく。あの崖っぷちで海を見おろし、自分はもう終わりだと考えて、衝動的に飛びおりる」

「だったら自殺説にもどるわけよね」イモージェンは言った。「やっぱりそれがいちばん妥当な線なのかしら。でもなぜかそうは思えない」

「同感だ！　とにかくあれは殺人で、マックスがやったのはたしかだよ。だけどその仮説だと、マックスの犯行じゃないことになる」

アンドルーはしばし、ふさぎ込んでいたあと——「いや、ちょっと待て。そうともかぎらないぞ。たしかに、役員会にはジュリアスを解任する決議ができた。だがそれで一件落着とはならないはずだ。最後の手段として、ジュリアスは切り札を握っていたからな。彼には役員たちを解任できたはずなんだ」

「たしか、強力な議決権を行使できるだけの株式がロウィーナのために信託されてるって話だったわね」

「ああ。だがじっさいにはまだジュリアスの管理下にあったんだ」

「彼が亡くなった今ではそうじゃないわ、アンドルー」

「ああ、もちろんちがう。今では……」アンドルーは怒りを新たにたぎらせた。「それを自由にできるのはマックス――あのいまいましいマックスだ！　ジュリアスが死んでしまえば、ロウィーナが所有する株はマックスの好きなようにできる。彼女はまだ彼の言いなりだからな！　ひょっとすると、今ごろはもう彼女に株を譲渡させてるかもしれないし、どのみちマックスがすべてを支配してるんだ。なあ、これはもう明々白々だよ。マックスが大きな賭けに出たのさ！　ジュリアスさえ片づければ、彼の天下になるのは確実だった。あの晩、ジュリアスが一人で出かけたなんてどうしてわかる？　マックスがいろいろ話し合おうと誘い出したのかもしれないぞ。そして崖っぷちへ連れてゆき、あっという間に突き落としたんだ！　まるでその場を見てたみたいに、ありありと目に浮かぶよ！」

「あなたの言うとおりなのかもしれない、アンドルー」イモージェンは言った。「でもいったいどうすればそれを証明できる？　マックスは何ひとつ認めないはずよ。ルーシアとドクター・ランダムの証言でも、とくに疑わしいことは挙げられていなかった。それにはっきり言って、あなたがドクター・ランダムとの会見をふいにしたのよ。もう彼からは何も聞き出せないわ」

「ルーシアとの会見はもっとうまくやれるさ。彼女とは、ぼくが〈ファラン・グループ〉に加わった当初からの付き合いでね。ジュリアスがその週末、ぼくを見せびらかすために旧牧師館へ招いてくれたんだ。ぼくは彼が見つけたハンサムで才気あふれる――その他もろもろの美点をそなえた――若き有望株だったのさ。じつのところ、イモー、彼女はぼくにけっこう好意を抱いてたんだぞ」

「そうでしょうとも」とイモージェン。「誰があなたの魅力に逆らえる？」

「嫌味を言うなよ。それが役に立つかもしれないじゃないか」

「で、その好意からはとくに何も生まれなかったんでしょうね？」

「あたりまえだろ。ルーシアはぼくの二倍ぐらいの年齢《とし》なんだぞ」

「それは必ずしも障害にはならないわ」

「きみは妬《や》いてるんじゃないのか？」アンドルーはしたり顔で言った。

「そっちが自惚《うぬぼ》れてるんじゃないの？」とイモージェン。「これで引き分けね。それじゃ本題にもどりましょう」

「今すぐルーシアを訪ねてもいいな」アンドルーが言い出した。「それほど遠回りにはならないはずだ」

「もちろん、彼女は留守かもしれないけど」

「とにかく電話してみるよ」

「彼女の番号を暗記してるの？」

「当然だろ。ジュリアスが田舎にいる――じゃない、いたときの電話番号なんだから」

だがルーシアの電話は留守番モードになっていた。

「でもまあ、いちおう行ってみよう」アンドルーは言った。「そして彼女がいてもいなくても、そのあとロバート・デイカーに会いにいけばいい」

意外にも、彼らが旧牧師館に着いたときにはルーシア・ファランは帰宅していた。あの葬儀の日と同様に、イモージェンは彼女に畏敬《いけい》の念を覚えた。長身で姿勢がよく、意志の強そうな顔立ち、均整のとれた体格。それに、あきらかに領主風のアクセントだ。彼女はジュリアス・ファランよりも長身で、おそらくはるかに健康だったばかりか、社会的地位も高かったのだろう。

ルーシアはイモージェンに形ばかりの親しげな挨拶をした。いっぽうアンドルーへの態度には愛情がこもっていたが、恋人候補というより、お気に入りの甥に対するような感じだ。

ルーシアはアンドルーがマックスに解雇されたことを風の便りに聞いていた。

「あなたはいったい何をしでかして——あるいはしそこねて——マックスの不興を買ったの?」

要するに彼とは仕事への取り組みかたが合わないのだ、と事実を巧みにねじまげてアンドルーは答えた。「当然ながら、マックスは何でも彼の好む形でやらせたがるんですよ。それは予想どおりのことで、ぼくは今回の解雇に何の不満もありません」

イモージェンは彼が人差し指と中指を交差させているか目をこらした。嘘をついた許しを乞うあのおまじないをしていないなら、ぜひともしておくべきだ。

ルーシアは同情的だった。「新任者の大改革ってわけね。よくあることみたいよ、従来の方針を一掃しようとするのは。もちろん、その大掃除をしてるのがマックスなら、わたしだってその渦中にいるのはごめんだね」

彼女はマックスが好きではなく、それを隠す気もないようだ、とイモージェンは考えた。

ルーシアは続けた。「でもアンドルー、あなたの仕事をジュリアスがどれほど評価していたか、あなたが気づいていればいいけど」

「気づいていたつもりです」アンドルーは慎み深く認めた。

「まあ結局、あなたはマックスとおさらばできて正解だったのかもしれないわ」

アンドルーの表情からして、彼は本音を口にする認可を得たことに気づいたのだろう。すかさずにやりと、例の魅力たっぷりの笑みを浮かべて言った。「お互い、遠回しな言いかたはやめましょう。マックスはくそ野郎で、ぼくは彼が大嫌いなんですよ」

ルーシアはショックを受けたふりなどしなかった。にっこり微笑み返して、こう言った。

「ああ、アンドルー、あなたに会えて本当に嬉しい。ぜひこれからも連絡を取り合いましょう」

「そうしたいものです」

「サー・ジュリアスを亡くされてさぞお寂しいことでしょう」イモージェンはルーシアに言った。

「もちろん、寂しいわ。ジュリアスのいないこの家は抜け殻みたい――彼はほとんどロンドンですごしていたのにね。どこにいても、その場を支配してしまう人だったのよ」

「マックスがあらわれるまではね」アンドルーがぴしゃりと言った。

「たしかに、マックスがあらわれるまでは。それでも最近までジュリアスは彼にうまく対処していたわ。結局のところ、ジュリアスのほうが有利な立場だったのよ。マックスが本当にしゃしゃり出てきたのは、ジュリアスが徐々に衰えはじめてから。それにジュリアスはたしかに問題の多い人だったけど、ここではいつも別人のようだった。村人たちや教会にとてもよくしてやって。彼の最後の数週間があんなにみじめで、あんなひどい終わりかたをしたのが残念よ」

「ぼくらもみんなショックを受けましたよ」とアンドルー。

「あの評決がせめてもの救いだったわ」

アンドルーがはっとしたように尋ねた。「何かべつの判断が下される可能性もあったんですか？」

「わたしたちは自殺という評決を少しだけ恐れていたの。それはある意味、誰が証言を求められるかにかかっていたわ。もちろん、ティムとわたしは事実を述べたわけだけど、それとはちがうことをほのめかしそうな人たちもいたはずよ。でも検死官は温情を示してくれた。検死官はたいていそうなんでしょうね。いちおう納得のいく説明が得られれば、自殺という評決は避けるんじゃないかしら」

「つまり、あなたはじっさいにはその可能性もあると……？」アンドルーは水を向けたが、ルーシアは乗ってこなかった。

「あれは不慮の事故による死よ」彼女はきっぱりと言った。「わたしに関するかぎり、それでおしまい。だけどジュリアスのことは恋しいし、これからもずっとそうでしょう――再婚後もね」

その後は三十秒ほど、耳に聞こえそうな鋭い静寂が続いた。

やがてルーシアがふたたび口を開いた。「そうね、あなたには話してもかまわないと思うけど、ティム・ランダムとわたしはできるだけ早く結婚するつもりなの――できれば数週間以内に。ジュリアスもそれを望んだはずよ。遺された妻と、夫婦共通の古い友人。何の異存もないはずでしょう？　世間がどう言おうと関係ないし、何を言われてもこちらは気にしないつもりよ。ティムには会ったことがあって？」

「一度だけ」アンドルーは答えた。それがついさきほどのことで、あまり気持ちのいい会見ではなかったことには触れずに。

「きっといずれまた会うことになるわ。彼はずっとよき医師でよき友人だった。ただ、あれこれ忙しすぎてちょっとつかまえにくいの」

そのあと、ロバート・デイカーの住むチューズデイ・マーケットへと車を走らせながら、アンドルーが言った。「ぜったいルーシアはランダムと愛人関係で、それはしばらくまえから続いてたんだ。まあ、彼女にそういう相手がいても無理はないけどね。ジュリアスはほとんど家には帰らなかったし、彼がけっこう遊びまわってたのはルーシアも知っていたはずだ」

「サー・ジュリアスは彼女にどれぐらい遺産を遺《のこ》したんだと思う？」

「ぼくの知るかぎり――といっても、非公式にだよ。まだ遺言書の検認はすんでないから、正式に認められたわけじゃないけど――彼はかなり気前よくルーシアに遺したはずだ。二人はうまくいってたし、ジュリアスはわれわれ凡人には想像もつかないほどの金持ちだったからね」

「じゃあ、話は込み入ってくるわ」とイモージェン。「ルーシアとドクター・ランダムにも、サー・ジュリアスを追い払いたい大きな動機があったわけだもの。彼が亡くなれば自由に結婚できる上に、莫大な財産が手に入るのよ」

「今はヴィクトリア時代じゃないんだぞ。彼女はそうしたければいつでもジュリアスと別れてランダムと結婚できたはずだ」

「そうしてすばらしい家を失い、慣れ親しんだ生活と地元社会での地位を手放すの？」

「まあ、それもそうだな。ジュリアスのほうもそんなことになるのはごめんだったろう。彼自身もあの村での生活や地位を楽しんでいたから、ルーシアのために家を出ようとはしなかったはずだ。それにもし彼女が無理に別れようとすれば、ジュリアスの寡婦《かふ》として得られるような経済的保証は要求できなかったろう。それでもやっぱり、イモー、本気であの二人を疑う気にはなれない。ぼくにとってはまだマックスが第一の容疑者だよ」

10

チューズデイ・マーケットがどうしてそう呼ばれるようになったのかは、想像に難《かた》くない。広大な農業地帯の真ん中にある平凡ながら古色豊かなこの小さな町では、その名の由来となった火曜日ごとの定期市が十三世紀からこのかた、町の中心の四角い広場《スクエア》で開かれてきたのだ。ちなみに、想像力豊かな古物研究家の手になる定番の郷土史によれば、この町に初めて市《いち》の開催を許したのは十二世紀のイングランド王スティーヴンだった。いささか正当性を疑われる君主ではあるものの、彼はたしかに存在したのだろう。

あいにく、その勅許状は長年のうちにどこかへ消えてしまったが、定期市はまだ存続していた。おかげで毎週火曜の朝には町じゅうが活気づくものの、残りの六日間は近年まで惰眠《だみん》をむさぼり続けていた。だがジュリアス・ファランはそこに再開発の可能性を見て取った。そここそ住みやすいこの町に退職者向けの適度に古めかしい複合施設を作れば、都会の高価な家を売って穏やかな田舎暮らしを楽しむ余裕のある人々を誘致できるはずだと。つまりそれが、一八五四年創業の老舗《しにせ》デパート〈デイカー・アンド・サン〉に取って代わったものだった。計画の立案者たちを満足させるため、施設内には半ダースほどのおしゃれな店舗とレクリエーションセンターが作られ、その起源にちなんで開発区域全体が〈デイカーズ〉と呼ばれている。

だがそれは創業者のひ孫であるロバート・デイカーにとっては無意味な冗談にすぎなかった。ほかのいくつかの手落ちに加え、彼は自分の家名を使用禁止にするのを忘れていたのだ。しかも、〈ファラン・グループ〉による打撃はそれにとどまらなかった。曾祖父が店の近くに建てた広々としたヴィクトリア朝様式の私邸まで、富裕層が毛嫌いするような手ごろな家に取り囲まれてしまったのだ。

そんなわけで現在のデイカー氏は、金こそあるがやることがろくにない、陰気な男やもめと化していた。スポーツにも文化的な趣味にも興味はなく、ブリッジや旅行を楽しむこともない。もっぱら家業と従業員たちのために人生を捧げてきた彼は、〈ファラン・グループ〉による買収後も、大企業のさらなる資金力をバックに自ら経営を続けるつもりだった。ところが数か月もしないうちにとつぜん店が閉鎖され、すっかり打ちのめされたのだ。

アンドルーとイモージェンがチューズデイ・マーケットに車を乗り入れたのは火曜の市日《いちび》だったが、午後もなかばの今では商人たちは屋台をたたみはじめていた。アンドルーは自分たちがロバート・デイカーにどう迎えられるか、少々不安なことを認めていた。だが中年後期の、髪が薄くなりかけたデイカー氏――頭の周囲にわずかに残った赤毛が息子のデリクを思い出させる――は、用心深いが礼儀正しい態度で二人を受け入れた。

「むろんきみのことは憶えているよ」彼はアンドルーに言った。「ときおりジュリアスのオフィスに出入りしていた才気あふれる若者だ。デイカー一族に起きたことできみを責める気はない。あれはすべてジュリアスのしわざで、彼は決して誰にも相談などしなかったからね。とはいえ、きみがとつぜん訪ねてくるとは驚きだ。ひょっとして、何かジュリアスの悪事が露見したのかな？　もしもそうなら、うちの息子は今でも大喜びだろう。正直いって、こちらにはもう手遅れだが。わたしも当初は怒り狂ったが、どうにか折り合いをつけるしかなかったのさ。ひとたび痛手をこうむれば、もう元にはもどせない」

「息子さんというのはデリクですよね？」

「ああ。気の毒に、あいつには何もかもがひどいショックでね。デリクは十代のころからずっと、いずれは家業を継ぐつもりだった。自分の将来はきっちり定められているものと考えて、資格試験だの大学だのには見向きもしなかったんだ。しかもこちらは会社のオーナーが変わっても、あいつの地位は安泰《あんたい》だと思い込ませてしまったのさ。もちろん、それは甘かった。今もわたしが責任を感じていることのひとつだよ」

「それにしても、デリクはかなり強硬な手段で意見を表明してきたようですね」

「おやおや。例の教会の墓地での一件のことかな？　それについてはウェルバン・セント・メアリの教区牧師から電話をもらったよ。むろん、こちらは謙虚に謝罪して、息子をこっぴどく叱っておいた。だがそんなふうに子供扱いしても、じつのところあいつは二十歳すぎの大人だからな、親の言いなりにはならない。ほかにも何かやらかしたのでなければいいが」

ロバート・デイカーに息子の行状をあげつらうのはやめておこうと決めていた二人は、相手の最後の言葉を聞き流した。

デイカーは続けた。「ではきみたちはなぜここへ来たのか聞かせてくれ。もしかして、ジャナー青年と話したわけじゃなかろうな？」

アンドルーはきょとんとしている。

イモージェンは彼に言った。「カレッジで例の騒ぎがあった晩にサー・ジュリアスをこきおろしてた、あの弁舌巧みな若い講師よ」

「それなら、すごくよく憶えてるよ。ぼくが会ったのは、あのとき一度きりだけど」とアンドルー。「彼は驚くほど事情に通じてるようだったな」

「そうだろうとも」デイカーの陰気な顔にかすかに満足げな表情が浮かんだ。「わたしがジャナーにその情報を教えてやったのさ。ただし、もちろんジュリアスがまだ生きていて、彼の素顔を暴《あば》くことにいくらか意味があったころの話だ。彼が亡くなった今では、もうそんなことはどうでもいい。少なくとも、わたしにとっては意味のないことだが、残念ながらかわいそうなデリクにはそうではなさそうだ。じつのところ、あいつは強迫観念に取りつかれてて、わたしはそれが心配でならないのさ。あいつが何か悪さをしないように、できるだけのことはしている。デリクは根はいい子なんだが、強情なところがあってね。わたしの集めた書類を見せなくてよかったよ。あいつがあれを見たら、何をするかわかったものじゃないからな」

「あなたの集めた書類?」

「ああ。それでさっきジャナーの話を出したのさ。わたしはジュリアスに関する詳細な調査書類を持っていて、それを彼に貸してやったんだ——ケンブリッジのカレッジで開かれた、その晩餐会《ばんさんかい》のためにな。カールはあれをうまいこと使ってジュリアスにひと泡吹かせてやったそうじゃないか」

「ぼくならそういう表現をするかわかりませんが」アンドルーが言った。「たしかに、おかげで悲惨な夜になりましたよ」

「ことによってはもっとひどい、まさに一触即発の事態になりかねなかったんだ。だがわたしは本当に打撃を与えるようなネタは使わないようジャナーに警告しておいた。それを使えば〈ファラン〉をたたきのめせたかもしれないが、その分、危険は計り知れない。ジュリアスは名誉毀損で訴えるのが大の得意だったたし、その書類にある情報の大半は立証不能だったからな。結局、何も達成できずにこちらが破滅させられかねなかったんだ。ジャナーはわたしの忠告を受け入れたよ。わが身の安全を重視したのだろう」

「で、今はその調査書類はどこに？」

「まだジャナーが持ってるよ。しばらく手許に置いてもいいかと頼まれたんだ。彼が独自のファラン打倒プロジェクト——たぶん、本の執筆だろう——に取り組んでることはわたしも知っていたし、それに水を差したくはなかった。だから、あの書類はきみの好きなように使ってくれてかまわないと言ったのさ」

イモージェンは言った。「たしかデリクには見せていないとおっしゃいましたよね？」

「ああ、見せてない。あいつには見せたくないんだよ。それでなくとも、デリクはすっかり頭にきてるんだ。あんな書類が存在することは知らないほうがいい」

「ほんとにそうなのかしら」イモージェンは考え込むように言った。

だがデイカー氏の耳には入らなかったようだった。

「とにかくあいつには頭を冷やしてほしいんだ。さてと、お茶でも一杯どうかな？　あいにく、みんながティータイムに出すようなケーキやビスケットといったものはないが。近ごろは人をもてなすこともないのでね」

しばらくして車にもどると、アンドルーが言った。「やっぱり、あそこの崖っぷちに例のビラを貼ったのは間違いなくデリクだな」

「まだ断言はできないわ」とイモージェン。「それにたとえデリクのしわざだとしても、わたしたちがそのことで彼の父親を責めるのは筋違いじゃないかしら。気の毒なミスター・デイカー……彼はもうじゅうぶんみじめな思いをしてるのよ」

「ともあれ、ぼくは次に何をするか決めたよ」アンドルーは言った。「オフィスに乗り込んでマックスと対決するつもりだ」

「マックスはあなたと会いたがらないはずよ」

「それでも会うしかないさ。彼に会えるまでこっちは引きさがるつもりはない。だがもちろん、明日は朝一にもういちど学寮長に会って、セント・アガサに復帰する件を話し合わないと。考えれば考えるほど、それが自分のしたいことなんだと確信できるようになってきた。あんがいマックスにクビにされたのはほんとに幸運だったのかもしれないぞ」

「わたしなら、あまり当てにはしないけど」イモージェンは用心深く言った。

「まあ、サー・ウィリアムが以前ぼくを引き留めようとして言ったことが少しは本気だったんなら、両手を広げて歓迎してくれるはずだよ。ところで、今夜はどうする？　ぼくはどこで眠るのかな？」

「そんなこと訊かれるだけでも信じられない」とイモージェン。「また予備の寝室よ。あそこでお目々を閉じて、ロウィーナのことでも考えなさい」


アンドルーは翌朝、ニューマン地区から車でセント・アガサ・カレッジへと向かった。イモージェンも朝の診療時間がはじまるまえにいくつか雑用を片づけ、ブリジットに電話して留守中に何か異変はなかったか（なかったようだが）尋ねるために彼と一緒に出かけた。

アンドルーは意気軒昂《いきけんこう》だったが、イモージェンは懐疑的だった。彼はいずれ打ちひしがれて彼女の仕事場へやってくるか、あるいは――こちらのほうがさらに悲惨かもしれないが――相手が誰であれ失望させるのが嫌いなサー・ウィリアムは、彼に誤った希望を抱かせてしまうかもしれない。結局、ひとつ目の予測が当たっていた。

「話にならないよ」一時間後に、アンドルーは怒りよりも驚きのにじむ口調で言った。

どうやらサー・ウィリアムはアンドルーがかつてカレッジを棄て去ったことを温かく許したようだった。いわく、もっと前進せずにはいられなかったきみの気持ちはよくわかる、きみのように輝かしい才能を持つ若者には大学の給与がとうてい低すぎることにも気づいていた。むろん評議会もきみの復帰を喜ぶだろう。だが悲しいかな、このカレッジはもう何年も最悪の財政難に陥っており、採用が認められる望みは皆無である。

アンドルーはカレッジがだめなら大学のほうはどうかと考えていたのだが、学寮長の意見はそちらについても思わしくなかった。先ごろ、世界的な名声を持つハーバード大学の経済学者が説得に応じて――近年の流れに逆行する稀有《けう》な成功例だが――研究室のチームを引き連れてケンブリッジへやってきたばかりなのだ。当分ポストの空きは見込めないだろう。

「そんなわけで残念ながら、アンドルー、今はきみに何のオファーも出せそうにない」というのがサー・ウィリアムの回答だった。「だがむろん、いずれ事態は好転するかもしれない。ピーター・ウェザビーがわれわれのために懸命に尽力し、みんなそれには感銘を受けているのだよ。彼は今もすばらしい投資を進めていて、うまくいけばカレッジは危機を脱してふたたび門戸を広げられるそうだ。ただしそれまでのあいだ、われわれは少々厳しい緊縮財政を敷く必要がありそうでね。じつのところ、わたしは今日も学部生の代表団と会わなければならないのだ。どうやら懐《ふところ》の寂しい学生たちへの経済的支援の一部を打ち切るしかなさそうで、きみにも想像できるだろうが、それがただならぬ怒りを買っているのだよ――貧者につけをまわしているとか言われてな。

ともあれ、希望を棄ててはいかんぞ。当面、ぜひともときおりハイテーブルのディナーに顔を出し、連絡を保つようにしてくれたまえ。残念ながら、あそこの食事も以前のようではなくなってしまったが。われわれが近ごろはどんなワインを飲まされているか、きみにはとうてい信じられまいよ」

「ピーター・ウェザビーだとさ！」学寮長との会見の顚末《てんまつ》を話し終えたアンドルーは、うんざりしたように言った。「ウェザビーのことならぼくのほうがよく知っているがね。つまるところは、ただの能なしさ。何の意欲も、人間的な魅力もない。何ひとつ」

「ただし頭は切れる？」とイモージェン。

「まあ、狡猾《こうかつ》な策士ではあるかもしれない。だけどぼくの知ってるほかの会計士たちにくらべて、それほど利口なわけじゃない。要は、数字に細かいだけの経理屋さ！」

「でも前任のハニウェル博士がもう少し数字に細かく気を配っていれば、わたしたちは安泰だったのかもしれないわ」イモージェンはやんわり指摘した。

「たしかにな。驚嘆すべきウェザビーの強化策が功を奏することを祈ろう。結局のところ、今は金勘定の黄金時代なんだ。非生産的活動の全盛期だよ。兵站《へいたん》が戦闘部隊を動かすってわけさ」

「そんなにふてくされないで」イモージェンは諭《さと》した。

「いいじゃないか。ぼくはふてくされるのを楽しんでるんだ。マックスと渡り合う気力を出す助けになるんだよ」

「アンドルー！　どうしても彼と会うつもりなら、よくよく言動には注意して。今度はわたしがそばで事態をおさめてあげられるわけじゃないのよ」

「一緒に来る気はないのかい？」

「無理よ。昨日も一日じゅう出かけてたんだもの。もう一日休みたいなんて、ブリジットに平気で頼めるわけないでしょ」

「じゃあ、きみは今日は何をするつもりだ？」

「ええと、じきに診療時間がはじまるわ。そのあとは、ちょっとカール・ジャナーと話してみようかと思って。ミスター・デイカーが言ってた、例の調査書類のことが気になってるの」

　しばらくのちに、〈泉の中庭〉を横切っていたイモージェンは、正門から出てゆくピーター・ウェザビーの姿をちらりと目にとめた。いつもながら、彼はどうにも奇妙に見えた。すばやくひそやかな、ろくに気配を感じさせないような動きだ。彼にぴったりの言葉は何だろう？　猫のよう？　影のよう？　ちょっと邪悪な感じすらしないだろうか？　いいえ、それは考えすぎよ、とイモージェンは胸に言い聞かせた。けれどたしかに、ウェザビーはいつも一人ぼっちで歩いている。ほかの誰とも一緒にいるのを見たことはないし、通りすがりに堅苦しく〝おはよう〟と挨拶する以外、彼が言葉を発するのは聞いたことがない。カレッジの仲間たちもおおむね、静かに彼の行く手から遠ざかってゆくように見える……。

もちろん、みんなちょっぴり彼を恐れているのかもしれない。たぶんイモージェン自身もちょっぴり彼を恐れているのだ。とはいえウェザビーはジュリアス・ファランの死をめぐるミステリに一役買っている可能性がある。イモージェンはウェザビーが〈ファラン・グループ〉の社外役員であることを思い出した。それにアンドルーによれば、ウェザビーはサー・ジュリアスが亡くなった翌日にマックスやビル・マクネアと何時間もサー・ジュリアスの部屋ですごしている。あの〈ヘッドランズ〉での会議にも参加していたようだ。いくつか彼に訊いてみたいことがあったが、それを実行に移す口実をひとつも思いつかなかった。

ともあれ、イモージェンはカール・ジャナーには恐れなど抱いていない。彼とはあれこれ議論を戦わせる旧知の仲だった。最初に出会ったのは彼女がセント・アガサ・カレッジに来て間もないころで、ジャナーはまだ学部生、こちらは新任の学寮付き保健師だった。ジャナーは始末に負えない学生で、当時からちょっとしたトラブルメーカーだった。だが四、五年後に新米フェローとしてもどってきたときには荒々しい角が取れ、トラブルを引き起こす才能もより洗練されていた。

朝の診療時間が終わると、イモージェンは〈裏の中庭《バック・コート》〉へ向かった。ジャナーはそこの一角にある、カレッジが独身の新米フェローに支給するたぐいの少々手狭なフラットを使っているのだ。

「こんにちは、ドクター・ジャナー」イモージェンは礼儀正しく言った。

カールは目をあげ、にやりと笑みを浮かべた。「よせやい、イモー。お互い、まだまだ血気盛んだったころからの付き合いじゃないか。ぼくは教え子たちにもドクターなんて呼ばせないんだぞ。それにしても、きみがこんなところに来るとはめずらしい。何かぼくに用でもあるのかな?」

「ジュリアス・ファランの調査書類について話して」イモージェンはずばりと切り出した。

カールは驚いたようだった。「どうしてあの書類のことを知っているんだ?」

「ロバート・デイカーが話してくれたの」

「きみが彼と知り合いだとは知らなかったよ。あの哀れなおっさんはどうしてる?」

「孤独で悲しげよ。肉体的には、さほど不健康には見えなかったけど。もう少し運動したほうがよさそうね」

「つまり最近、彼と話したんだな?」

「何と、昨日ね。会ったのはそれが初めて」

「じゃあ、なぜ今になって彼と会う気になったんだ?」

イモージェンはその質問を予期し、率直に答える覚悟を決めていた。「サー・ジュリアスの亡くなりかたが気になってたの。彼は大勢の敵がいると言っていた。自分がバスに轢《ひ》かれたことを聞いたら、それを思い出してほしいとね。その後間もなく崖から落ちた彼の遺体が発見されたから、バスに轢かれたのと同じぐらいあやしく思えちゃって」

カールはすぐさま興味を示した。「きみがそんなことを言うとは面白い。じつはぼくも新聞であの記事を読んで、裏にはどんな事情があるのかいぶかしんだものさ。どうやらきみは殺人じゃないかと考えてるみたいだな」

「そんなどぎつい言いかたをする気はないわ。わたしは何が起きたのか知りたいだけ」

「それじゃ何を疑問に思ってるんだ？　『彼は落ちたのか、突き落とされたのか』って？　ほかにも可能性はあるんだぞ」

「進んで飛びおりた可能性ね」イモージェンは言った。「もちろんわかってる。でもこれまでわたしが話した人たちは、みんなそんな話には耳を貸そうとしなかった。サー・ジュリアスはぜったいに自ら命を絶つようなタイプじゃなかったそうよ」

「そんなこと誰にも断言できないさ」とカール。「自殺の多くは周囲の誰にとっても予想外の衝撃なんだ。そしてそう、ぼくの頭に浮かんだのは自殺だった。ジュリアス・ファランが死を選ぶことにしても不思議はない、ごくもっともな理由がいくつもあったのさ。それは主として、経済界の敵のせいじゃない——たしかに、彼には敵が山ほどいたけどね」

「で、何を言いたいの？」

「きみが尋ねにきた、まさにその件さ。ファラン調査書だ。いいかい、イモー、あの晩餐会の日にぼくが暴いたことは調査結果のごく一部にすぎない。ジュリアス・ファランは名誉毀損の訴訟をちらつかせ、かろうじて惨事を食いとめていた。死亡時には彼のために二十通近くも、言論の自由を封じる令状が出されていたはずだ。だが彼は徐々に追いつめられていた。遅かれ早かれ、いずれはどかんとやられてたはずだよ」

「じゃあ彼が亡くなった今では？」

「そりゃあ……ここだけの話だけど、イモー、ジュリアスが死んでもすべてが終わったわけじゃない。ぼくの友人の編集者がある高級紙の日曜版で〈証言〉っていう特集記事を企画しててね、この件に一緒に取り組んでるんだよ。記事の掲載は急いでない——そのまえに、詳細を述べた本を用意しておきたいからね。きっとベストセラーになるぞ。ビジネス界のスキャンダルは決まって受けるんだ。ロンドンの金融街には小説なんかぜったい読まないくせに、業界を揺るがすスキャンダルには喜んで金を出す輩《やから》がわんさといるんだよ。彼らにとってはポルノも同然なのさ」

「そのことをミスター・デイカーと話し合うつもり、カール？」

「もちろんだ。こっちがあの資料を使って何をするつもりか、彼には知る権利があるからね。たぶん数日以内に会うことになるだろう」

「あなたが言えば、彼はこれから何が起きるか息子に話す気になるかしら？」

「息子？　デリクかい？　きみはなぜそんなことを気にするんだ？　ぼくの見たかぎりじゃ、デリクはただの役立たずだよ。どのみち、ロバートはデリクのことになると信じられないほど過保護だし」

「じゃあわたしのためにやってみて、カール。あの若者を強迫観念から解放してやる必要があるの。たとえ死後にでもサー・ジュリアスが当然の報いを受けるとわかれば、彼は満足するかもしれない。少なくとも、その可能性はある」

「そりゃあきみのためなら何でもするさ、イモー」カールは猫なで声で言った。「まあ、ほとんどのことはね。つまり、いちおう理にかなった、ぼくにも賛成できることで、何かほかに支障がなければ……わかった、そんな目で見るなよ、できるだけやってみるからさ。さしあたり、こっちはほかに気がかりなことがあるんだ。学部生の代表団と会って、経費削減への反対運動の計画を練ることになってるんだよ」

「今朝は学寮長との団交があったんじゃない？」

「ああ。ほんの短時間のね。そこでは何の成果も得られなかった。サー・ウィリアムには、いかなる策謀もめぐらす余地はないそうだ。あのいまいましいウェザビーが財布のひもを握ってるのさ。学寮長はウェザビーとの討議の場を設けてみてはどうかと言うが、ウェザビーが応じないのは目に見えている。だからこちらは直接的な抗議行動の準備をするしかなさそうなんだ」

「それはどんな形を取りそうなの？」

「だからそれを決めなきゃならないのさ。まあ、デモをするのはたしかだ。それに大食堂での食事をボイコットするとか。長期的には寮費の支払いを停止するかもしれない」

「それって効果があるのかしら」

「たぶんない。いざとなれば、カレッジ側には最強の切り札があるからな。学生たちが必要な経費を払わなければ、払うまで学位は与えないと言われるだけだろう」

「あなたはそう彼らに警告するつもり?」

「ああ、当然さ。だがあの雰囲気からして、言っても無駄だろう。こちらも彼らの意気に水を差すつもりはない。少しは事態が紛糾するのも悪くはなさそうだしね。このカレッジにも大学全体にも、もっともっと学生たちの闘志が必要なのさ。ときおりぼくは彼らの覇気のなさに絶望するんだよ。みんなえらく従順で、権力者たちにいいように小突きまわされてる」

「あなたはまだ革命家なのね、カール?」

「そう呼びたければ呼ぶがいいさ。べつに恥じちゃいないよ。残念ながら、すっかり希少種になってしまったけどね」

「あなた自身のキャリアはどうなの? 出世をあきらめたわけじゃないんでしょ?」

「あまり心配はしてないよ。どのみち、ここでの契約が更新されるとは思えないしね。ぼくはさんざんみんなを苛立《いらだ》たせてきたから。それでも、ぼくを喜んで迎えてくれそうな新しい大学が半ダース近くあるんだ。むしろ心配なのは、ベリンダ・メイヒューみたいな連中——古典文学とかいった、マイナーな科目を教えてる連中さ。古典文学は金儲けの役に立たない——このお偉方にはそう見られてるからね。そして金儲けの役に立たないものは価値がないってわけだ」

「じゃあ、あなたはそういう考えかたには与《くみ》しないのね?」

「そりゃそうさ。ぼくは革命家かもしれないが、無知蒙昧《むちもうまい》なわけじゃない。古典文学は守る価値のあるものだ。それにぼくは社会学者だけど、社会学者が古典文学者より経済的価値があるかどうかは疑問だよ。社会を分析したってGNPの増大につながらないのは、アリストテレスの研究と似たり寄ったりさ。どちらの場合も成果は金銭的な収支で計れるものじゃない」

「わたしにはあなたは革命家というより、あらゆることに食いつく異端者みたいに見える」

「いいだろう」カールは満足げに言った。「世の異端者たちよ、団結せよ。はみ出し者のクラブを作ろう。もっともグルーチョ・マルクスくんの言葉を借りれば、ぼくが入りたいようなクラブはぼくをメンバーにしたがらないだろうがね」

「でも、あなたはセント・アガサ・カレッジのメンバーよ。少しはカレッジに忠誠心を感じないの？」

「母校への忠誠心ならたっぷり持ってるさ。だが大学やカレッジの改革は結局はカレッジのためになるんだ」

「ふーん。それじゃ気の毒なサー・ウィリアムは？　彼はそれでなくても、カレッジの財政問題をひどく気に病んでいるのよ。あなたはほんとに彼をさらに苦しめたいの？」

「サー・ウィリアムは愛すべき爺さんだ。もちろん、ぼくだって彼の幸福を祈ってる。ただし……」

「ただし彼が革命の邪魔をするなら、踏みつけて進むしかない？」

「おいおい、イモージェン。きみはこっちのせりふを横取りして大げさに言ってばかりだぞ」

「あなたは危険な人よ、カール。まったく嘆かわしいわ。なのにどうして、けっこうあなたが好きなのかしら」

「これぐらいにしておこう、イモー。そろそろ、例の階級闘争を煽《あお》りにいかなきゃならないんだよ。とにかくきみが大好きだ」

彼はどんな暴挙も厭《いと》わない、危険人物なのだろうか？　イモージェンは〈泉の中庭〉へともどりながら考えた。否定はできないが、なぜかそうは思えなかった。本当に危険な男にユーモアのセンスがあるはずはない。

11

イモージェンが帰宅したときには、アンドルーはいなくなっていた。メッセージひとつ残さず、ベッドも整えずに。あの人らしいわ、とイモージェンは苦笑した。

そのあとフランとお茶を飲んでいると、彼が電話をかけてきた。

「オフィスに来てるんだ」アンドルーは言った。「デスクを片づけてるんだよ。マックスは一日じゅう会議で、ぼくには会おうとしない。だけど――」声が満足げな響きを帯びた。「その件は解決ずみだ。フィオナのおかげでね」

「フィオナの？」

「ああ。ほら、彼女は今じゃマックスのPA――私的な補佐役《パーソナル・アシスタント》なのさ。ごく私的なね。週日は彼とハーフォードシャーのコテージで暮らしてる。なかなか気の利いた取り決めだ。週末には彼女はロンドンのフラット、マックスのほうはロウィーナの待つ家に帰るってわけさ。で、フィオナによれば、今夜はマックスは一人でハーフォードシャーのコテージにいることになる。彼はまだ知らないが、フィオナは女友だちと出かけるつもりなんだ。だから夜の遅めの時間にコテージを訪ねれば、マックスがバーボンの瓶を相手に一人でいるのが見つかるはずだそうだよ。あいつのねぐらで対決する絶好のチャンスだ」

「フィオナはなぜあなたのためにそんなことをしてくれるの？」

「そりゃ、昔日《せきじつ》のよしみってとこだろう。まだぼくに未練があるのかもしれないぞ。あるいは、ぼくをあっさり棄てたことへの奇妙な良心の呵責《かしやく》か——といっても、フィオナはあんまり良心の呵責なんて感じそうにないけどな。たぶんほかに大事な用事ができたんだろう。女友だちと夜遊びだなんて、ぼくも本気で信じてるわけじゃない。彼女は女友だちをほしがるようなタイプじゃないからね。それにマックスは金と力を持ってるかもしれないが、なんたって五十歳近いし、彼女はもっと若い男が好みなのさ。オフィスの女の子たちによれば、近ごろは二十歳そこそこの筋骨たくましい美男と付き合ってるらしい。そうでもなけりゃ、むしろ驚きだよ」

「じゃあマックスはロウィーナを裏切り、フィオナはマックスを裏切ってるわけ？」

「そのようだな。まさに詩的正義じゃないか」

「それはいいけどアンドルー、わたしはちょっと心配。フィオナのことじゃないのよ。あなたの話からして、彼女はちゃんと自分の面倒を見られる人みたいだもの。でもマックスは昨日、ウェルバンの家で今にも暴力をふるいかねない様子だったわ。あれよりさらに荒れ狂ったらどうするの?」

「心配は無用さ」とアンドルー。「ぼくはマックスなんか怖くない」

イモージェンがそれ以上何も言えないうちに、アンドルーは電話を切った。


イモージェンにとっては苛酷な一日だった。その午後はとある委員会の会合があり、彼女よりもたっぷり暇がありそうな人々を相手に、高邁《こうまい》だが少々退屈なテーマについて論議しながらすごした。その後、軽い夕食を取ろうと腰をおろしかけたとたんに、守衛室からの電話でカレッジに呼びもどされたのだ。

カレッジではちょっとした騒動が起きていた。最初のきっかけは、カール・ジャナーとクライヴ・ホラックスが数人の学部生と一緒に会計係に会おうとしたところ、部屋の入り口で門前払いを食らったことだった。彼らは夕方、学部生の談話室で集会を開いた。たまたま、その日の大食堂のランチは何とも名状しがたいスープとランチョンミートにしなびたサラダという、とりわけわびしいものだったことから、積もりに積もった不満のうねりが急速に怒りへと高まった。その結果、学生たちはこぞって〈泉の中庭〉の向こうの会計係の部屋へと向かったが、またもや入室を拒まれ、守衛の一人が不本意ながらドアのまえに立ちふさがったのだ。

「わたしには何の関係もないことで」守衛は言った。「指示されたとおりにしてるだけなんですがね。ウェザビーさんは何か面倒があれば警察を呼ぶと言ってます」

それは怒りを煽《あお》るだけのメッセージだった。三、四十人の学生たちが——背後からカールとクライヴにけしかけられて――ドアをばんばんたたき、シュプレヒコールをあげはじめた。その声はしだいに熱を帯び、「出てこい、ウェザビー」という叫びになった。すると、たまたま近くの部屋に集合していたラグビー部のメンバーの一部が――政治的立場が異なったのか、あるいはひと波乱起きそうな気配に興奮したのか――そのデモを蹴散らしてやろうと決意した。そうして威勢よく乱闘がはじまった。だが二、三の連中が殴り合いをはじめると、愉快な騒ぎどころではなくなり、やがてクライヴ・ホラックスが屈強なフォワードに突き飛ばされると、さらに事態は悪化した。古い靴底の泥落とし《マッドスクレイパー》につまずいたクライヴは、むこうずねにひどい切り傷を負ったのだ。

イモージェンが着いたときには、闘士たちの大半は大食堂のディナーへと向かっていた。イモージェンはクライヴの傷を消毒して包帯を巻き、彼が破傷風の予防注射をしたばかりなのを確かめたあと、この件でカレッジを訴えるとかいう長ったらしい演説に辛抱強く耳をかたむけた。クライヴがそんなことをしないのはわかっていたからだ。

そのあと、家へ帰ろうと正門へ向かっていると今度はレディ・Bにつかまって、学寮長をどうにかなだめていつもの薬の追加分を渡してほしいと頼まれた。

サー・ウィリアムは動揺しきっていた。引退までの最後の数年間を大禍《たいか》なくすごせればと願っていたのに、このところカレッジでは彼が生まれてこのかた見たこともないような災難ばかり起きていた。

「じつは、イモージェン」学寮長は言った。「わたしはウェザビーに疑問を抱きはじめているのだよ。彼は採用時にはすばらしい推薦状を携えてきたが、どうもカレッジの仕事には向いていないのではなかろうか。さきほどの騒ぎのさいにもきちんと批判を受けとめず、こっそり立ち去ってしまったようでね。今はもうカレッジの構内にさえいないのだ。彼の車が〈裏の中庭〉から消えている。そんなことでは、何も解決せんだろうにな。
　カレッジの財務に関しても、彼はろくに手の内を明かさず、正確には何をしているのかいっさい話そうとしないのだ。だがまあ、何やら種々の問題を魔法のように解決できそうな腹案があるようだから、いずれはぜひとも汚名をそそいでほしいものだよ。さてと、シェリーでも一杯どうかね？」

　イモージェンはせっかくですがと辞退してニューマン地区の家にもどると、放ったらかしになっていた夕食を再開した。しばらくするとジョシュとフランが合流したので、彼らに今日一日の出来事を話した。

　その夜はワインのボトルを開けて、みなで遅くまでキッチンでくつろいでいた。イモージェンとフランはカレッジの行く末をあれこれ案じ、いっぽうジョシュは、あらゆる経済的危機と同様に、今回の件もいずれは無事におさまると楽観しきっていた。それより心配なのはカレッジの第一ボートだ、と彼は主張した。コリン・ランページはまだ練習に姿を見せない。今はトニー・ウィルキンズが代わりを務めているが、とうていコリンのようにはゆかず、彼が整調手《ストローク》に昇格したせいでチームのバランスも崩れてしまった。偵察隊の報告によれば、ゴンヴィル＆キーズとセント・ジョンの第一ボートはたいそう速い上に猛特訓をしている。セント・アガサの第一ボートは五月祭のレースでその両方を追い抜かなければ〈川の王者〉にはなれない。望みが薄れはじめていた。

「今や事態はえらく深刻になってるんですよ」ジョシュは言った。

そのとき、玄関の呼び鈴が鳴った。横柄に絶え間なく響き渡る音に、イモージェンがうんざりしながらドアを開けると、アンドルーがよろよろと入ってきた。

「いやだ！」イモージェンは言った。彼の衣服はくしゃくしゃで、片目のまわりが黒あざになりかけ、唇が裂けてシャツが血だらけになっている。「マックスね、そうなんでしょ？　ああ、アンドルー、どうしてもっと分別を持てなかったの？　わたしはなぜあなたをとめずにいられたのかしら？」

アンドルーは頼りなくぶるぶる身を震わせ、ろくに口もきけないようだった。キッチンに連れていくと、彼はどさりと椅子に腰をおろした。

「あの獣《けだもの》に殺されるかと思ったよ」ややあって、アンドルーは言った。「たぶん身体じゅう傷だらけのはずだ。あいつはもういちどでも自分かロウィーナに近づいたら殺してやると言っていた。たしかに、あいつならやりかねないさ。だけどこっちも一発パンチを食らわせて、鼻血を出させてやったぞ」

「そんな状態でここまで運転してくるなんて」イモージェンは言った。「まだショックがおさまっていないのに……あなたは自分だけじゃなく、ほかのドライバーまで殺しかねなかったのよ。さあ、その服を脱いで、傷のチェックをさせて。とくにひどいものがなければ、ざっと手当てをして熱いお風呂に入るといいわ。それで何ともなければ、ダブルのウィスキーでも飲んでさっさと寝ることね。その服は洗濯機に放り込んでおくから、朝になったら事情をすっかり話して」

「わたしたちはお邪魔みたいよ、ジョシュ」フランが彼氏を小突いて部屋から出ていった。

アンドルーは大人しくじっと手当てを受け、やがてウィスキーを手にしたころにはいくらか緊張を解いていた。だが翌日まで口をつぐんでいるつもりはなさそうだった。

「マックスは本気でぼくを殺そうとしたわけじゃない」彼は認めた。「だけどこちらは心底震えあがったよ。あいつはずっと酒を飲んでむしゃくしゃしてたんだ。人の話にいっさい耳をかたむけず、ただ〝出ていけ〟としか言わない。それでもこっちがその場を動かずにいたら、癇《かん》癪玉《しゃくだま》を破裂させたのさ。ぼくはあいつを暴行罪で訴えることもできるはずだぞ。もちろん、その気はないけどね」

「それが賢明よ」とイモージェン。「今後はもうマックスとはかかわらないことね」

「そしてあいつの好き勝手にさせておくのか?」アンドルーは語気を強めた。「あいつは〈フアラン・グループ〉を経営して巨万の富を築き、ロウィーナを死ぬほど苦しめ、フィオナを適当にもてあそび、何と、殺人の罪まで免れかねないんだぞ。なぜってぼくはいよいよ、気の毒なジュリアスはマックスに殺《や》られたんだという確信を深めたよ。いかにもあいつのやりそうなことさ!」アンドルーはしばし黙り込んだあと、不意に勢い込んで言った。「いずれは何としてでもあいつを仕留めてやるぞ!」

「まあ、アンドルー！」イモージェンの胸に、どっと切ない思いがこみあげた。さきほどシャツを脱いだ姿を目にして、アンドルーの華奢《きやしや》な身体を新たに思い出していたのだ。肉体的には、彼は端《はな》からマックスに勝ち目はなかったはずだ。「あなたはどうしたらまともに自分の面倒を見られるようになってくれるの？　これ以上トラブルを起こしてもロウィーナのためにはならないはずよ。彼女のことを考えて、少しは道理をわきまえるのね。そして今のところは、ベッドに行きなさい！」

電話が鳴ったのは翌朝の五時だった。イモージェンはどうにか眠気をふり払ってガウンを羽織り、受話器を取りにいった。

女性の声がもどかしげに言った。「イモージェン・クワイさんのお宅かしら？」

「そうですけど」

「アンドルー・ダンカムはいる？」

「そちらはどなた？」

「フィオナよ。〈ファラン・グループ〉のフィオナ。彼はあなたのところじゃないかと思って。今すぐ、アンドルーと話したいの」

「彼はまだベッドの中よ。今が何時かわかっているの？」

「もちろんわかってるわ。彼を起こして。だから、緊急の用件なのよ。正真正銘の緊急事態。生死にかかわる事態なの」

「アンドルーは疲れきってるわ。怪我をしてるの。とてもここまで来られないかもしれない。わたしが用件を伝えましょうか?」

「じゃあ……わたしがもどってマックスを見つけたと伝えて」

「マックスを見つけた? どういう意味?」

「どういう意味かアンドルーにはわかるはずよ。早く彼を電話口へ連れてきて! お願い!」

イモージェンは予備の寝室へ行き、部屋の明かりをつけた。アンドルーにそっと手を触れると、彼はうなりながら寝返りを打っただけだったので、勢いよく揺り起こさなければならなかった。

「フィオナから電話よ。今すぐ、あなたと話したいって」

「今って、いったい何時だよ?」

「朝の五時。起きあがれる? 彼女は何だか切羽詰まってるみたいだったわ」

アンドルーは戸惑い顔でベッドから這いずり出した。裸のままで、あちこち傷だらけなのが見える。

「いったい全体……?」彼は切り出した。

「いいからほら、わたしのガウンを着て」イモージェンは言った。「下の廊下で電話に出て」それから自分の部屋にもどって内線電話の受話器をフックにもどした。他人の会話を盗み聞きする趣味はない。

けれどすぐに、アンドルーのうろたえた叫び声が聞こえてきた。「イモー! 聞こえるか?

そっちの受話器を取ってくれ！　早く！」

　言われたとおりにすると、フィオナの声が聞こえた。ヒステリックな声だ。

「きっと刺されたのよ、ええ、ぐさりと！　とにかく彼はそこに倒れてた——血まみれで、両目を見開いて。恐ろしかった。恐ろしいなんてものじゃない、自分が金切り声をあげてるのが聞こえて……アンドルー、あなたなの？　あれはあなたがやったの？」

　アンドルーは口もきけないようだった。

「どうしてあんなことを？　なぜ、ねえ、なぜなの？」

　ようやくアンドルーは立ちなおったが、声が震えていた。「つまり彼は死んでいたのか？」

「もちろん死んでたわ。殺されたのよ！　知らなかったの？　あなたはあそこにいたんでしょ？　あれはあなたか、一緒にいた誰かがやったの？　信じられない……とても信じられないけど、彼はどう見《ブラッディ》たって死んでたわ。やだ、わたしったら、〝ブラッディ〟と言った？　冗談なんかじゃない、彼は書斎に倒れてたのよ、まさに血《ブラッディ》まみれで、そこらじゅうに血を飛び散らせて」

　アンドルーの声の震えは徐々におさまっていた。「それはたしかなのか？」彼は言った。「ほんとにマックスは死んでたんだな？」

「たしかなのか？　わたしの目に焼きついてる光景をあなたに見せてやりたい！　きっともう二度と眠れないわよ！　ねえ、あれはあなたがやったの、アンドルー？」

　アンドルーは答えた。「ぼくはマックスを殺したりはしていない。ぼくがあそこを出たときには彼はぴんぴんしてたんだ。ちょっと殴り合いにはなったけど、ぼくは彼にろくに手を触れてない。こっちのほうがはるかに痛めつけられたよ。きみの言ってることが信じられないほどだ……」

「でも本当よ、本当なんだってば！　わたしは頭がどうかしたわけじゃない、たとえそんなふうに聞こえても」

「いいだろう、フィー、きみを信じるよ。だからそっちも信じてくれ、ぼくはマックスを殺したりはしていない。きっとぼくが帰ったあと誰かが押し入ったんだ。警察には連絡したのか？」

「まだよ。そのまえにまず、あなたと話さなきゃと思って。ここには三十分ぐらいまえに着いたばかりなの。すっかり帰りが遅くなっちゃって……昨夜はずっと出かけてて、この声でわかるでしょうけど、いくらかお酒も飲んだの。ほんとに、警官に会えるような状態じゃないのよ」

アンドルーは平静を取りもどし、その声はいくらか辛辣《しんらつ》な響きすら帯びていた。「今すぐ彼らに連絡すべきだよ。朝の何時だろうが、気にすることはない。ぼくもすぐにそっちへ行く。彼らはぼくと話したがるはずだし、どうせなら早ければ早いほどいい。そのあとはフィー、古い友人として、できればきみの元へはせ参じるつもりだ」

「警察にはどう話せばいい？」

「たんにいつそこへ帰って何を見つけたか、正直に話せばいいさ。ほかにどうすればいいんだ？　ぼくだってマックスがそんなことになって残念だとは言えない。まだどうにかこれを受け入れようと必死なんだよ。とにかく一時間ぐらいでそっちに行く」

アンドルーは受話器を置いた。

イモージェンが階下におりてみると、アンドルーはひどいありさまだった。片目がつぶれて紫色になりかけている。無精ひげが生えた顔は見るも哀れで、髪もくしゃくしゃだ。

イモージェンはごく静かに言った。「彼女の話は聞いたわ。アンドルー、わたしは何があってもあなたの味方よ。でもそのコテージで何があったのか、包み隠さずに話して」

「ぼくも腰を抜かしてるんだよ」とアンドルー。「ぼくがあそこを出たときは、マックスは勝ち誇っていた。得意満面で、ちょっと酔ってもいたな。彼はぼくをぼこぼこにして、こっちにはほとんど指一本触れさせなかったんだ。まだ死んだなんて信じられないけど、きっとそうなんだろう。やったのはぼくじゃない。きっと誰かが押し入って殺したんだよ。ただしイモー、きみももう気づいてるだろうけど、警察はすぐに有力な容疑者を見つけるはずだ。つまりぼくさ。あそこにはぼくのＤＮＡが山ほど残ってるはずだし、ぼくの身体が傷だらけなのは言うまでもない」

イモージェンは言った。「それでも、今すぐあちらへ行くのは大正解よ。あなたがさっきフィオナに言ってたとおり、どのみち警察はあなたにいろいろ尋ねたがるはずだわ。進んで姿を見せて、ありのままに答えるのがいちばんだと思う。わたしも一緒に行って精神的な支えになるわ。それに、必要なら運転もする」

アンドルーは鋭く言った。「いや。きみを巻き込みたくはない。それにきみがいたって何の役にも立たないさ」そこでしばしためらい、こう続けた。「まったく、ありそうもない話だよな？　激しい喧嘩があり、そこらじゅうに血がついているのに、当事者の一人が闇の中へ姿を消したあと、もう一人がほかの誰かに殺されたなんて。ぼくが疑われて当然じゃないか？」そこでまた少したためらったあと、「なあイモー、正直に言ってくれ。ぼくのしわざかもしれないと思ってるのかい？」

イモージェンはきっぱりと答えた。「いいえ、思ってない。これっぽっちも」

それは確信していた。アンドルーが人殺しなどしていないのはぜったいにたしかだ。彼にそんなことができるはずはない。

「でもほら」イモージェンは言った。「サー・ジュリアスに関するわたしたちの考えが当たっていれば、これで二件の殺人が起きたのよ。どちらも被害者は〈ファラン・グループ〉のトップ。そしてそれがただの驚くべき偶然じゃなければ、二人を殺した犯人は今もすぐそこにいるはずよ」

12

イモージェンは小鳥のさえずり声があざけるように響く灰色の夜明けの中へとアンドルーを送り出した。そのあとは寝床へもどったが、どうにも眠れなかった。頭が混乱しきっていた。彼女は仕事柄、ときにはごく意外な人間が予想外のひどいことをするのを目にしてきた。それでも、アンドルーが人を殺せるような人間でないことはたしかだ。

イモージェンは昨夜〈ライラック荘〉で起きたことをうまく説明できそうな筋書きをあれこれ想像してみたが、どれもしっくりこなかった。けれど、アンドルーは間違いなく厳しい尋問を受け、それにどうにか答えなければならないはずだ。

しばらくすると、ロウィーナはどうしているのだろうかと思い至った。たとえまだ夫の死を知らなくても、じきに知らされるはずだ。彼女は孤独で傷つきやすそうに見えたし、マックスがどんな夫だったにせよ、これはやはりとてつもない衝撃だろう。彼女には精神的な支えが必要かもしれない。最初にニュースを伝えるのはこちらの役目ではなさそうだが、適当な間を置いて、できるだけ早く連絡してみよう。

やがてついに眠りに落ちたイモージェンは、不穏な夢を見て途中で何度か目覚めながらも、翌朝はたっぷり寝すごして医務室の開業時間に遅刻した。アンドルーから連絡はなく、ジョシュとフランは一足先にそっと静かに出かけていた。

仕事上はこれといった事件もなく、クライヴ・ホラックスが包帯を取り替えにやってきたぐらいだった。彼は結局のところカレッジを訴えるのはやめるかもしれないが、あの不快な泥落としを撤去するように申し立てるつもりだと息巻いた。あの器具が立派な古物であり、過去の偉人たちが何人もつまずいたと言われているのは承知しているが、〈泉の中庭〉のどこにもぬかるみがなくなった近年では、そんな弁明は通用しないと。イモージェンはあの泥落としが今や無用の長物と化していることを認め、なおもぶつくさ言っているクライヴを追い払った。

あとは診療時間が終わった五分後に、サー・ウィリアムがまたもやいつもの薬の追加分をもらいにやってきた。

「今夜にはおさまるはずだが」学寮長は言った。「じつのところ、まだいささか気持ちが乱れていてね。ウェザビーは一晩じゅう出かけていたようで、いまだに姿を見せず、秘書にも居場所を知らせていないのだ。むろん、たえずカレッジにいる義務はないとはいえ、今は繁忙期だし、ふつうなら少なくとも留守にすることを誰かに言い残すものだろう。これでは彼への批判のうねりが高まるばかりだ。まったく気に食わん事態だよ」

「ミスター・ウェザビーは〈ファラン・グループ〉の役員ですよね？」イモージェンは言った。

「ああ。じつはそれも少々気になっているのだよ。彼はここでの仕事に応募してきたとき、今後もその地位にとどまるつもりだが、さして手間のかからない役職なのだと言っていた。いわばコンサルタントのようなもので、ときおり会議に出たりはするが、さほど時間は取られないはずだとな。こちらは驚くほどささやかな給与で満足してくれる経験豊かな会計士が見つかったことに嬉々として、その話に飛びついてしまったのだが、それはたぶん世間知らずだったのだろう。ウェザビーは思ったよりも深くあの企業の経営に関与しているようだ」

「今はさらにどっぷり巻き込まれているのかも」イモージェンは言った。「じつはついさっき、マックス・ホルウッド――〈ファラン・グループ〉の最高経営責任者が亡くなったことを耳にしたんです」

「いやはや。まだサー・ジュリアスが亡くなって間もないというのに。後継者が病気だったとは知りもしなかったぞ。ウェザビーはさぞ動揺しているだろう。ここしばらくは気もそぞろだったのかもしれない。わたしはあんな心ない言葉を口にすべきではなかったのだろうな?」

イモージェンはマックスが殺されたことや、アンドルーが現場にいたことを学寮長に話すのはやめにした。サー・ウィリアムもじきに知らされるはずだが、今はもうじゅうぶんすぎるほど動揺しているのだ。

その後二十分ほどイモージェンと穏やかにおしゃべりした学寮長は、例によって例のごとく、きみと話すといつも気分が晴れるのだと言い残して出ていった。

イモージェンは一日じゅう携帯電話を持ち歩いていたが、アンドルーから連絡はなく、こちらからかけても、お決まりの音声メッセージが流れるだけだった。それにマックスの遺体が発見されたのは、その日の新聞に載るには遅すぎる時間だった。

翌朝――まだアンドルーから連絡はなく、眠れぬ一夜をすごしたあと――早めに家を出てカレッジの休憩室へ新聞を読みにいったイモージェンは、中東で恐ろしい大地震が起きたことを知った。多くの人が亡くなり、英国の市民も何人か行方不明になっているようだ。どの新聞も一面には悲惨な写真がでかでかと載り、比較的重要性の薄れたマックスの非業《ひごう》の死は、二面の下のほうに押しやられていた。事件の不快な詳細も、大きな天災のまえでは取るに足りないことのように見える。記事によれば、マックスの死は殺人事件として扱われ、一人の男性が警察の取調べに協力しているとのことだった。

イモージェンはどきりとした。その男性はアンドルーだとしか思えない。だが今はするべき仕事があったので、いつもどおり医務室へ向かった。

仕事場に着いたとたんに守衛室から電話があり、警官が彼女に会いたがっているという。イモージェンはどうにか気持ちを引き締めて「こちらへお通しして」ときびきび答え、お茶を出す用意をした。

部屋へやってきた警官は、彼女に身分証明書を見せた。ハーフォードシャー警察のバーウェル巡査部長だ。長身で、小さな口ひげを生やし、攻撃的ではないが威圧的な雰囲気だった。彼はお茶を丁重にことわり、マックス・ホルウッド氏が亡くなったことを知っているかと尋ねた。イモージェンは知っていると答えた。どんな状況で亡くなられたかはご存じですか？　イモージェンは用心深く、暴力による死だったと聞いていますと答えた。どうしてご存じなのでしょう？　ダンカム博士から聞きました。

警官はうなずいた。「われわれはダンカム博士から事情を聞いているところです」

その言い回しに、イモージェンはかすかに胸のむかつくような不安がこみあげるのを感じた。〝事情を聞く〟というのは尋問のことで、つまりアンドルーは容疑者として扱われているのだろうか？

巡査部長は彼女の懸念に気づき、「こちらは何が起きたのか探り出そうとしているだけです」と言ったあと、「ダンカム博士はその夜はあなたとすごされたとか」

「彼はたしかに、その夜はわたしの家ですごしました」

巡査部長は彼女をひたと見すえた。あきらかに、今のちょっとした表現の変化を聞き逃さなかったのだ。だが彼はその点を追及しようとはせず、先を続けた。「博士によれば、お宅に着いたときは動揺しきっていたそうですが」

「そのとおりです」

「それに怪我を負っていたのですね？」

「ええ。でもそのことはもうご存じなんでしょう？　わたしが細かく説明する必要があるのかしら？」

「いいえ。では博士はあなたにミスター・ホルウッドと殴り合いの喧嘩になったことを話しましたか？」

「話しました」

「何のことで喧嘩になったかは？」

これは答えるのがむずかしい質問だ。イモージェンは注意深く答えた。「彼は数日前にマックスに解雇されたんです」

それならありのままの事実だし、いがみ合いの立派な理由に見えるかもしれない。ほかにも思い当たるふしはないかと訊かれたら、イモージェンは答えに窮していただろう。マックスの不貞については話したくなかったし、アンドルーがマックスに殺人の疑いをかけていたことはさらに話したくなかった。どのみち今回の一連の出来事で、あの疑念は事実無根だったことが証明されたようなものだ。イモージェンはすばやく言い添えた。「でもアンドルーはマックスに襲いかかったりはしていません。マックスのほうが襲いかかってきたんです」

「博士はそうあなたに話したわけですね」と巡査部長。淡々たる口調だが、言わんとするところはあきらかだった。アンドルーの話は一方的な説明にすぎないのだ。

「アンドルーのことはよく知っていますが」イモージェンは言った。「彼は穏やかな人です。たしかに昨夜はマックスを殴ったようだけど、それは自衛のためだわ。これまで生まれてこのかた、誰かに手をあげたことはないはずです。でもマックスのほうは暴力的なところがありました」

「なぜそう言い切れるのでしょう？　何かの折にミスター・ホルウッドが暴力的なふるまいをしたのをご存じなのですか？」

イモージェンが知っている唯一の具体例はあの教会の墓地での一件だ。彼女はしぶしぶそれを話した。話しているうちに、〈ファラン・グループ〉の二人のトップが立て続けに非業の死を遂げたことに巡査部長が注意を引かれているのに気づいた。彼がそれに何か重大な意味を見出すかどうかはわからない。じつのところ、イモージェン自身もそのことに意味があるのか決めかねているのだ。

巡査部長は彼女の話にじっと耳をかたむけ、その後は次の話題に移った。

「あなたはダンカム博士の切り傷と打撲傷の手当てをされたとか。看護師の資格をお持ちなのですよね？」

「はい、そうです、わたしが彼の傷の手当てをしました」

「そしてダンカム博士は明朝コテージへもどったときには、服を着替えていた」

「はい。わたしがうちの下宿人から借りてあげたんです。彼の服はひどいありさまでしたから」

「血がついていたのですね？」

「はい」

「あなたはそれをどうしましたか？」

「洗濯機に放り込みました」

「ああ……」

イモージェンははたと気づいた──たしかに血まみれの服を洗濯機に放り込むのはあやしげな行動だろう。だがあのときは、そうするのがごく当然のように思えたのだ。

巡査部長はいっさい意見を述べずに先へ進んだ。「ダンカム博士は夜の何時にお宅に着いたのでしょう？」

「とくに気には留めませんでしたけど、十一時半ごろだったと思います」

「ほかに誰か憶えていそうな人がいますか？」

「下宿人のフランとジョシュがいます。どちらもそのとき一緒にいましたから」

警官は二人の名前を書き留めたあと、さらに尋ねた。「で、博士が翌朝お宅を出たのは何時でしたか？」

「それならわかります。五時十分かちょっとすぎでした」

「フランかジョシュにそれを確認できますか？」

「いいえ、無理そう。二人ともぐっすり眠っていたはずです。わざわざ起こす理由はありませんでしたから」

「ではダンカム博士が夜のうちにお宅を離れることは可能だったでしょうか？」

「ドアはすべて施錠されていました。もちろん、アンドルーには鍵を見つけることもできたでしょう。でも彼が深夜から明け方の五時までのあいだにわたしに知られずにこっそりハーフォードシャーへ出かけ、そのあとまたケンブリッジへもどれたかという意味なら……いいえ、とうていあり得ません。考えるだけも馬鹿げています。どのみち、彼はそんなことができる状態じゃなかったし……そのご質問はつまり、あなたがたは彼に殺人の嫌疑をかけているということかしら？」

巡査部長はさっと手をふって、その質問を片づけた。「現時点では、いっさい誰にも何の嫌疑もかけていません。さっきも言ったとおり、こちらは何が起きたのか探り出そうとしているだけです」

「あなたはマックスが何時に、どんなふうに亡くなったのかご存じなの？」

「いいえ。それはこちらには関係ないことですから。わたしがここにいるのは、ただあなたが、何をご存じなのかうかがうためです」

取りつく島もない口調だ。

そのあと、巡査部長はいくらか態度をやわらげた。「たとえ知っていたとしても、わたしはあなたにお話しできる立場ではないし、本当に知らないのですよ。それについてはいずれ病理学者が報告を出すでしょう」そこでノートパソコンを閉じ、「さてと、やはりお茶をいただいてもかまいませんか？」

イモージェンがお茶とビスケットを出すと、巡査部長は打ち解けた口調で雑談をはじめた。だがイモージェンは騙されなかった。彼はまだ情報をあさっているのだ。油断はできない。事実しか口にするつもりはなかったが、うかつな一言がアンドルーを窮地に陥れかねないからだ。

巡査部長はお茶を飲み終えると立ちあがった。

「当分はこの近辺にいらっしゃいますか？」彼はイモージェンに尋ねた。「近々どこかへ行かれるご予定はないのでしょうね？」

「ありません」

「いずれ何かもう少しお聞きする必要があるかもしれませんので。まだはっきりとはわかりませんが。とにかくご協力に感謝します」

巡査部長が行ってしまうと、イモージェンはもういちどアンドルーに電話した。ついに返事が聞こえた。

「何も知らせずにいてごめんよ」アンドルーは言った。疲れきった声だ。「めちゃめちゃ締めあげられてたんだよ。事情聴取が二回、相手は警部が二人と巡査部長で、あれからろくに眠ってない。これから寝床へ行くところだ」

「今はどこなの？」

「自分のフラットさ。ついさっき着いたばかりだ。足留めされずに帰宅できたけど、遠くには行くなと何度も念を押されたよ。ひょっとすると、ぼくは監視されてるのかもしれない。今も何人か外をうろついてるやつがいる。誰だか知れたものじゃないから、玄関のベルが鳴っても出ないつもりだ。だが捜査の中心はコテージさ。そこらじゅうを警官が這いずりまわってたよ。それに気の毒なフィオナ。彼女もさんざん質問攻めに遭って、その後はあんのじょう、マスコミに追いまわされている。まだ誰も起訴されたわけじゃないから、彼らはやりたい放題さ。明日には彼女がマックスの目下の――いや、〝最後の〟かな――愛人だってことが世間に知れ渡り、そこらじゅうの新聞に彼女の顔写真が載るはずだ」

「まさか警察はフィオナを疑ってるわけじゃないわよね？」

「まずないだろう。彼女は生きてるマックスを見た最後の人間ですらない――それはぼくなんだから。だが警察としては当然、彼女から聞き出したいことが山ほどあったのさ。なあイモー、怖くてならないよ。ぼくの無実を証明する唯一の事実は事件が起きたタイミングだ。うまく行けば警察は――今はまだだとしても、いずれは――それに気づくだろう。マックスはぼくが車できみの家へ向かうまえに死んでたはずはないんだからね。まあ言うなれば、きみときみの家の下宿人たちがぼくのアリバイなのさ。それにしても悪夢だよ。マックスのことは大嫌いだったが、彼であれほかの誰であれ、あんなひどい殺されかたをするのは見たくない」

「もう気づいてるでしょうけど、アンドルー、あなたのマックスに対する疑いはこれでご破算になったわけよね。マックスがサー・ジュリアスを始末して、今度はほかの誰かがマックスを始末したとはとても考えられないわ」

「たしかにありそうもないことだけど、あり得ないわけじゃない。彼らは油断も隙ない世界に住んでいたんだ。とはいえ、じっさい誰かがジュリアスを殺したのなら、たぶんそれはマックスを殺《や》ったのと同じやつだと認めるしかなさそうだな」

「それなら二人も殺した人間が野放しになっているのよ。考えるだけでぞっとしない？」

「そりゃあ、もっとぞっとすべきなんだろうがね。今はこれ以上怖がる余裕がないんだよ。それよりイモー、ぼくらはしばらく連絡を絶つべきじゃないかな。ぼくがこんな羽目に陥ったのはきみのせいじゃなく、もっぱら自分の責任なんだ、できればきみを遠ざけておきたいんだよ。それに今後はいろいろ、極秘の経済的な問題が派生しそうでね。それにもきみを巻き込みたくない。ひょっとして、きみは〈ファラン・グループ〉の株なんか持ってないよな？」

「持ってないわ。それを言うなら、ほかのどこの株も」

「で、新聞の経済欄は読まないんだな？」

「読まない」

「〈ファラン〉の株価が下落してるんだ」

「たしかサー・ジュリアスが亡くなったときも下落したけど、すぐに持ちなおしたんじゃない？」

「ああ。だけどあのときは金融街《シティ》も本気で心配したわけじゃない。マックスはじゅうぶん有能な後継者で、むしろジュリアスより適任かもしれないというのがおおかたの意見だったのさ。だが今はちょっとちがう見方が出はじめているんだ。グループのトップが二人ともいなくなり、これといった後継者がいないわけだからね。それにイモー、今回の惨事が起きるまえからいろいろ妙な噂が流れはじめてたんだよ。殺人の件はべつとして——それとは別問題だとしても——今の〈ファラン〉にはどこかうさん臭いところがあるんだ。だから例のパンクロック（北アイルランドのバンド〈プロテックス〉の初期ヒット曲）の歌詞じゃないが、〝おれに電話はするな〟。いずれこっちからかけるよ。頼むからそうしてくれ。それに悪いけど、イモー、今はもう行かせてもらうしかなさそうだ。できれば少しは眠らないと。ときどき死ぬほど眠くなるかと思うと、もう一生、二度と眠れそうにない気がしてくるんだよ」

13

その後の数日間は目がまわるほど忙しく、イモージェンは不安を忘れさせてくれることが山ほどあるのを嬉しく思ったものだった。年度末試験が間近に迫っていることもあり、彼女に救いを求める者たちがあとを絶たなかったのだ。

まずは例によって、勉強をさぼってパニックになっている学部生たち。彼らは来《きた》るべき惨事を恐れ、励ましの言葉や、（場合によっては）奮起してことに当たるための軽い一突きを必要としていた。それに生活指導担当者や親友、ときには被害者から寄せられる、感情的な摩擦についての相談もあった。どたんばのストレスが原因で、よりにもよって最悪のときに人間関係が壊れてしまうのだ。そうかと思えば、数人の若手教師たちが将来に関する不安をおずおずとイモージェンに打ち明け、そうすることで心の重荷をおろしていった。なぜかカレッジじゅうの者たちが、困ったときにはいつでもイモージェンが助けてくれることを知っていて、迷わず彼女を頼ってくるのだ。おまけにインフルエンザもどきのたちの悪い感染症が広まり、そのための治療と助言と同情の需要も増えていた。

それでもイモージェンはどうにか時間を見つけ、日々の新聞にこわごわ目を通した。セント・アガサ・カレッジの上級職員用休憩室には、きわめて低俗なタブロイド紙に至るまでありとあらゆる新聞が置かれているが、そのほとんどの一面はまだあの大地震のニュースで埋め尽くされていた。悲惨な情景をこれでもかと見せつける写真、増えるいっぽうの死傷者と、瓦礫《がれき》の中から引っぱり出された生存者たちに関する記事。そうしたすべてのわきで、マックス・ホルウッドの死は当然ながら片隅に押しやられ、多くの新聞で扱いが小さくなっていた。捜査は精力的に続けられ、警察はいくつか手がかりを得て、それを追跡中とのことだった。要するに、伝えるべきことはさしてないというわけだ。

ただひとつの例外は《メテオール》紙で、おおかた警察からのリークなのだろうが、ちょっとしたスクープをものにしていた。その記事は〈殺人現場のコテージで謎の格闘〉と題され、マックスが亡くなった晩に彼のコテージで激しい争いが起きたことが報じられていた。その少しあとには、〈ファラン〉の役員たちのあいだで衝突があり、花形経済学者のアンドルー・ダンカムが解雇されたことが記されている。アンドルーが殺人者だと暗示しているわけではないが、(何ともぞっとすることに) 読者は間違いなくそういう結論を導き出すはずだ。記事のかたわらには、アンドルーがセクシーな装《よそお》いのフィオナとおしゃれなパーティに出ている去年の写真が添えられ、彼はフィオナがマックスと親しくなるまえの恋人だったことが紹介されていた。二人のどちらにとっても思わしくない状況だ。

セント・アガサの上級職員は誰ひとり、低俗な《メテオール》など読んでいるとは認めないはずだが、そのニュースはあっという間にカレッジじゅうに広まった。みなアンドルーのことをまだよく憶えていたのだ。あの記事ではイモージェンの名は挙げられていなかったが、いずれは彼女の関与があきらかになっても不思議はない。さしあたり、この件を彼女のまえで持ち出した唯一の人物はカール・ジャナーで、たしかきみも以前はアンドルーと親しかったよね、と嫌味たっぷりに言った。

学寮長と古参のフェローたちは、もっと直接的な悩ましい問題に気を取られていた。ピーター・ウェザビーはいまだに姿をあらわさず、連絡もよこさなかったのだ。

「どうもいやな感じだ」またもや中庭を横切ってイモージェンに予備の薬をもらいにきたサー・ウィリアムは言った。「たしかに、まだ姿を消してわずか四日だし、むろんあの男はカレッジに鎖でつながれているわけではない。だが誰にも一言も告げずに出てゆくとはどうしたことだろう。何か単純なわけがあるのかもしれない――そう願いたいものだ――が、今はわれわれみなにとってむずかしい時期でもあり、彼がいてくれるに越したことはないのだ。しかしまだ警察には通報できない。数時間後に当の本人がひょっこりあらわれていったい何の騒ぎかと言われたら、こちらはさぞ間抜けに見えるだろうからな」

イモージェンはしばし考えたあと、「〈ファラン・グループ〉に電話してみたらどうかしら」と言った。

「それもそうだ」学寮長は答え、皮肉っぽく言い添えた。「あそこはウェザビーのもうひとつの活動拠点のようだからな」

だが〈ファラン・グループ〉の本社でも、ここしばらくは誰もミスター・ウェザビーを見かけていないとのことだった。

サー・ウィリアムが立ち去るやいなや、アンドルーから電話がかかってきた。

「やっとその気になったのね！」イモージェンは安堵《あんど》と非難のこもった声で言った。「いったいどうなってるのかと思いはじめてたところよ」

「すごくいろんなことが起きてね」とアンドルー。「どこからはじめたものか迷うほどだよ。今日の《メテオール》を見たか？」

「見たわ」

「ところが、あの《メテオール》の記事はもう古い話さ。ぼくはピンチを脱したんだ、イモー。まだマックス殺害事件の証人の一人ではあるが、捜査側の容疑者リストからは削除されたよ」

「よかった！　どうして？」

「ええと……公式には〝見当もつかない〟はずなんだがね。ここだけの話、ぼくは本当なら知らないはずのことまで知っているんだ――ロビンズウッド卿のおかげで」

「ロビンズウッド卿！　あの人がどう関係してくるの？」
「彼は万障繰り合わせて、〈ファラン・グループ〉を救いに駆けつけてきたのさ。ほら、ジュリアスの死後は彼が会長を務めてるだろ——実務はマックスにまかせて、グループの経営にはあまりタッチしていなかったけど。じつはこのところ、一部の経済記者のあいだで妙な噂が流れはじめてね。グループ全体が厄介なことになってるんだよ。どれぐらいやばい状態なのかはわからないけど、ロビンズウッドはぼくを呼びもどして調査の手助けをさせようとしてるのさ。彼が言うには、ぼくの辞表がまだマックスのデスクにのってるのを見つけて破り捨てたそうだよ。おかげでぼくは役員に復帰したわけだけど、厳密にはずっと役員のままだったみたいだ。

それはともかく、ロビンズウッドには想像し得るあらゆる要職についてる友人がいる。どうりで、一ダース近くもの組織で指導的地位に就いてるわけさ。彼は行く先々で舞台裏にまで入り込めるんだ。それで今回もちょっと舞台裏をのぞいて、どうしてぼくへの嫌疑が晴れたのか探り出したんだ。ひょっとすると、そうなるのを速めてくれさえしたのかもしれない。

要するに、イモー、検死の結果、ぼくがマックスを殺したのならあの時刻までにケンブリッジへ行けたはずはないことがわかったのさ。それに、そのあとほかの取っ組み合いがあったらしくて、誰かべつの人間のDNAがそこらじゅうに残ってたんだ。どうやらマックスはかなり反撃して相手にも出血させたらしくてね。ロビンズウッドの情報源によれば、まだそっちのDNAが誰のものかは確認されてない。いちおう、北部のダーリントンの裏町に住む兄弟とその従兄のDNAとだいたいマッチしたけど、彼らはハーフォードシャーの近辺には足も踏み入れておらず、それを証明するアリバイが山とあるんだ。だからそれは何の助けにもならなかったのさ」

「それじゃ、《メテオール》の中傷もおしまいなのね?」

「ああ、例の中傷はそうだけど、話はそれで終わりじゃない。ぼくが容疑者リストから消えて、捜査はふり出しにもどったわけだからな。警察は今日中に記者会見を開くらしいけど、報告することはろくにないはずだよ。殺人の凶器は容易に捨てられる小型の鋭利なナイフと見られ、未発見のままだ。窓のひとつが外から割られ、誰のものか確認できない——ぼくやフィオナのものじゃない——指紋がついていた。窓の下の小道は舗装されていて、これといった痕跡は残っていなかった。というわけで、すべてが謎に包まれてるんだ。ただし、真偽のほどはべつとして、フィオナがひとつだけ手がかりを口にした。あの日の明け方コテージに帰り着いたとき、一台の車が走り去るのを見たような気がするというのさ。まだ薄暗かったうえに、彼女は限度を超える——違反運転になるほどの——酒を飲んでいて、とくに注意は払わなかったそうだけど」

ふと、途方もない憶測がイモージェンの脳裏に浮かんだ。「ひょっとしてそれはブルーのアウディじゃなかったんでしょうね?」彼女は尋ねた。

「さあね。フィーは詳しい説明はできなかったんだ。その後ぎゅうぎゅうに締めあげられて、あることないこと残らず思い出したようだけど。ぼくなら彼女を情報源として信頼したりはしないね。なぜそんなことを訊くんだ?」

「うちの会計係が行方不明なの——例の嫌われ者のピーター・ウェザビーよ。彼はブルーのアウディに乗っている。それに誰かが、笑顔の陰にナイフを隠し持つ男だと言っていた。もしもそれがまさに事実だったとしたら？」

「ちょっとばかりこじつけめいて聞こえるな」

「ええ、でも……」イモージェンはしだいに興奮しはじめていた。「ウェザビーはマックスと親しくて、彼のオフィスにしじゅう出入りしていた。コテージの鍵が置いてある場所を知っていて、こっそり合鍵を作ったのかもしれないわ。そんなことをしなくても、彼が訪ねてくればマックスは中に入れたはずだし——」

「しかしなぜウェザビーがマックスを殺したがったりするんだ？」

「知らないわ。何か複雑な事情があったんでしょ。もしかするとマックスは何かウェザビーが隠したがってたことに気づいたのかも。それでなければ、何かウェザビーの意に染まないことをしようとしていたか……」イモージェンはしばし考え込んで先を続けた。「学寮長はウェザビーの失踪を警察に届けたくないようだけど、やっぱり届けるべきじゃないかしら。それはそうと、フィオナは今はどこなの？」

「どうにか報道陣をまいて、例の彼氏と自分のフラットにいるよ。ちょっとばかりきわどい写真が出まわってるようで、彼女は警察からは解放されてもマスコミにはまだ面白い記事になると思われてるんだ。だがフィオナが怯《おび》えきってるのは彼らのせいじゃない。マックスを殺したやつが今も野放しになっていて、その正体や動機がさっぱりわからないからだ。次は自分が殺《や》られるんじゃないかと思ってるのさ。なのに彼氏のほうはビビりまくって、試験に間に合うように大学へもどるとか騒ぎたててるらしい。彼女からすれば、そんなことを言うのはわが身が大事で、殺人の捜査に巻き込まれたくないからだ。彼らはじきに別れるんじゃないのかな。そうなれば、マスコミに見られずに抜け出せるようなら、彼女はぼくのフラットに来るかもしれない」

「ほんとにもう、アンドルーったら……それじゃどんどん女性関係がもつれるばかりじゃないの」

「どういう意味だ?」

「だって、フィオナとロウィーナ……それに言わせてもらえば、わたしはどう? 今のところ、ほかに誰かいるのかは知らないけど」

「おい、よせよ、イモー! もしもフィオナがうちに来ても、ただの一時的な泊まり客だよ。彼女もぼくも、いっさい下心はないんだ」

「フィオナは〝下心がない〟って言葉の意味を知ってるのかしら?」

「きみは妬《や》いてるみたいだぞ」

「そうかもしれない。でもここは真面目になりましょう。わたしはロウィーナのことが心配なの。今回の件が起きてから、彼女に連絡した?」

「一度だけ。電話をかけてみた。彼女は泣いてはいなかったけど、ずっと泣いてたのがわかったよ。何だかお互い、言うべきことがわからなくてね。足場を失ったとでもいうのかな。ぼくは弔意《ちょうい》を口にできなかったし、それは彼女のほうもわかってた。しかもこちらは、彼女がどんな疑いを抱いてるのか見当もつかなかったんだ。とにかくしどろもどろに、ぼくがやったんじゃないと話したら、彼女は『わかってる』って。それから一分近くどちらも黙ったままで、そのあと彼女が『じゃあね、さよなら』と言ったんだ」

「あなたは彼女に会いにいくべきよ」とイモージェン。

「今はロビンズウッド閣下がぼくに休みなく働いてほしがってるし、その後もいろいろありそうなんだ。それに警察がまだほかの容疑者を探してうろつきまわってるあいだは、ぼくが会いにいってもロウィーナのためにはならないかもしれない。なあイモー、きみが会いにいったらどうかな?」

イモージェンは答えた。「わたしもまさにそう考えてたところよ」

イモージェンはしばしためらったあと、ロウィーナに電話した。彼女がこちらのことを憶えているかどうかもわからなかったし、たとえ憶えていても、本当に会いたがってくれるか自信がなくなっていた。

だが電話に応じたロウィーナの声は、いくらか緊張気味だが歓迎しているようだった。

「ええ、もちろんあなたのことは憶えているわ。アンドルーとここへ寄ってくださったでしょ——マックスがとつぜん飛び込んできたあの日に。彼はたまたま、とても大事な書類を持ち帰ったの。ほんとに申し訳なかったわ、あんな気まずい思いをさせてしまって。でもほんの短時間でも、すぐにあなたとは波長が合いそうなのがわかった。ぜひまたいつでもどうぞ」

「ほんとにかまわない？」イモージェンは尋ねた。「今は辛い時期でしょうから、あまり出すぎたことはしたくないの」

「ご心配なく。もちろん、わたしは落ち込んでいるけど、あなたのせいでひどくなるわけじゃなし、親しい人が訪ねてくれるのは大歓迎よ。それにほら、あなたが新しいお友だちなのも助かるわ。どうもわたしの周囲の古い友人たちは感情的すぎて重たいの」一瞬の間があり、ロウィーナは続けた。「あなたはカウンセリングをしにくるわけじゃないわよね？　それならもう女性警官と地元の役所と銀行の誰かにすすめられたわ。みんな、わたしがそんなこと望んでないのが信じられないみたい」

イモージェンはカウンセリングをするつもりはないと請け合った。どうやらロウィーナはストレスを感じてはいるものの、打ちひしがれてはいないらしい。これならさっきの大歓迎だという言葉を額面通りに受け取ってもよさそうだ。

イモージェンはうまく都合がつけば明日にでもウェルバン・オール・セインツ村へ行くことにした。


翌朝、ブリジットは言った。「休暇の点では、イモー、あなたは借りを作ることになるわよ。でもいいわ、あとはわたしが代わっておく」

いっぽう、早めに医務室にやってきたサー・ウィリアムは言った。「ああ、わかっているよ、イモージェン、本当にもうこの鎮静剤に頼るのはやめなくてはな。だが今日だけはまだ必要な気がしてね。ウェザビーか？　残念ながらまだ行方知れずだ。何だって？　ハーフォードシャー警察に電話してみろ？　なぜハーフォードシャーなのだ？　彼は例のあのアウディでスピード違反の大暴走でもして、あそこの住民を恐怖に陥れたのか？　いや、まさかな。だが今はそれ以上は話さんでくれ、ただでさえ対処すべき問題だらけなのだよ。ウェザビーの件はもう一日か二日ほど様子を見たい。わたしはまだ、彼はごく単純な言い訳をしながらひょっこりもどってくると考えているんだ……とはいえじっさい、一言ことわってくれればよかったものを」

その後、イモージェンはジョシュのおんぼろシュコダを借りて、あえぐようなエンジン音を響かせながら幹線道路を走り抜け、初夏の日差しが降り注ぐ田舎道を進んでいった。シュコダは騒音をまき散らしつつも雄々しく期待に応え、彼女を無事に〈ストーンゲイツ荘〉へと運んでくれた。このまえのようにピアノの音が聞こえるかと思っていたのだが、家の中は静まり返っていた。それでもイモージェンが着くとほとんどすぐにロウィーナが戸口にあらわれ、彼女を抱きしめた。

ロウィーナは髪を無造作に肩に垂らし、シャツとジーンズという服装だった。もともと青白い顔はいくらかやつれて見えたものの、まったく取り乱してはおらず、声もしっかりしている。これまではたんに感じのいい容貌だと思っていたのだが、イモージェンはあらためて彼女の美しさに気づいた。黒みがかったつぶらな瞳、整ったきれいな目鼻立ちの、知的な容貌だ。

「あなたとは長年の知り合いみたいに思えるわ」しばらくのちに、コーヒーを飲みながらロウィーナは言った。「昨日も言ったように、カウンセリングはごめんだけれど、わたしはやっぱり誰か気の合う人に話を聞いてもらう必要がありそう」

イモージェンは答えた。「じゃあ好きなだけたくさん——というか、少しだけでも話してみて。気持ちのいい日だから、一緒に庭か村の中を散歩して植物の話をするのも悪くないし……ひょっとしてあなたはピアノを弾きたくない？　あなたの演奏を聴ければわたしも嬉しいわ」

ロウィーナは言った。「それより、あなたに話したいことが山ほどあるの。どれも古い知り合いには話せないようなことばかり。ねえイモージェン、殺人は恐ろしいことだし、わたしはまだショックを受けているけど、マックスが死んだことはどうしても、ぜんぜん残念に思えないの。それを聞いてぞっとした？」

「たしかにちょっと驚いたけど」とイモージェン。「たぶんその理由も話してもらえるのよね？」

「ええ。マックスは人でなしだったから。それが理由よ」

すでにマックスにそんな印象を抱いていたイモージェンは、ロウィーナが先を続けるのを待った。

「父はまんまとわたしを彼と結婚させたわ」ロウィーナは言った。「わたしはまだとても若くて——たったの十九歳で——今では考えられないような過保護な育てられかたをされていた。それに父は——ええと、あなたは当時の父を知らないわけよね？——とにかく猛烈な、生来の暴君だったの。ほとんど誰も彼には逆らえなかったわ。たしかにわたしには無理だった」

「なぜお父さんはあなたをマックスと結婚させたかったの？」

「いわば、王朝を維持するためよ。父には息子がいなかった。だからその代わりがほしくてならなかったの。〈ファラン〉のような大企業を女が経営するなんて、父には問題外に思えたんでしょうね。きれいに飾りたてて、どんどん男の子を産むのが父にとっては理想の女で、その点、わたしは見込みがありそうだった。もしも自分の息子が持てないのなら、義理の息子に息子を作らせて、一族内で支配権を保つのが次善の策だったわけ。ただし、その義理の息子は〈ファラン・グループ〉を父と同じように経営できる後継者でなければならなかったわ。適当な候補者が見つからずに何年間も探し続けてた父は、マックスがあらわれたときには大喜びだった。マックスはとても頭が切れて、タフで、とても決断力があってリスクを恐れない、父の意にかなう男だったの」

「じゃあ、あわただしい嵐のような求愛だったのね？」

「求愛どころか――既成事実という感じよ。初めてマックスと会って半年もたたないうちに、わたしは彼と結婚していた」

「でも当時は彼を愛していたの？」

「いいえ。愛とはどんなものかも知らなかったのよ。もちろん父のことは愛してる――愛していたし、父が自分なりにわたしを愛してくれてることもわかってたけど、父はわたしを理解しようともしなかった。まるでわたしはたんなる所有物で、好きなようにできるとでも考えてたみたいでね。必ずしも脅しつけたりはしなかったけど、とにかく自分が指示すれば娘は従うものと決めつけてたの。こちらもそれが当然だと思い込んでたわ。ほかの方法はいっさい知らなかったから」

「じっさいに虐待されたわけじゃないのね？」

「性的虐待とかはね。それをしたのは、結婚後のマックスよ。彼は野蛮で暴力的で、まるで憎悪に駆られてるようだった。セックスを敵への復讐代わりにしてるみたいに……おぞましい詳細は省くことにするわ。しかも常にほかの女がいて、マックスはそれを隠そうともしなかった。でもきっと彼女たちのことはわたしのようには扱わなかったのね。あんなことをしたら、ただじゃすまなかったはずだもの。だけどわたしは彼の妻だから、好きなだけ食いものにできたのよ。こちらはどんなに辛くても、誰にも話せなかったわ。父に話すなんて論外よ。マックスと別れることも考えた――何度も考えたけど、そうなれば理由を父に話さざるを得ないでしょ？父は愕然として、何かとんでもないことをしそうだし、暴力までふるいかねなかったわ。それにわたしは息子たちや、弱りきってる母のことも考えなくちゃならなかったの。まあ、これで離婚だけは避けられるわけだけど」

ロウィーナはしばし黙り込んだあと、話を続けた。「今はもちろん、すべてがめちゃくちゃになってしまったわ。さっきも言ったように、マックスの死を悼《いた》む気にはなれないけど、彼が亡くなると同時にすべてのたがが、はずれてしまったような気がする。でもそれを元にもどすのがわたしの務めなんでしょうね。息子たちは学校からもどったらわたしを必要とするはずだし、母はちっとも回復する気配がなくて、むしろどんどん悪化してるみたいなの」

イモージェンは言った。「あなたはとても芯の強い人よ、ロウィーナ。きっとこの試練も無事に乗りきれる。ちなみに、経済的な不安はないのよね？」

「ないわ。結婚前に父が財産をいくらか分与して、それにはマックスも手を出せないようにしてくれたから。さいわいにもね。それに〈ファラン・グループ〉の株もいくらか持ってるし」

イモージェンは昨日アンドルーから聞いたグループの危機については黙っていることにした。だが、いつぞや彼が言っていたことをふと思い出し、こう尋ねてみた。「今やあなたはあそこの経営方針を決定できる大株主なのね？」

「あら、まさか。父はもともと株式の過半数を持ってたわけじゃなくて、それをわたしに譲ってくれたあとも事実上の筆頭株主として采配をふるってはいたけど、いざとなれば残りの大半の株を持ってる銀行と投資会社が結託して反旗をひるがえすこともできたはずなのよ。それにどのみち、あなたがアンドルーとここへ来た日にマックスがもどってきたのは、いくつかの書類にわたしのサインがほしかったからで、それはわたしの株を彼が自由にできるようにするための手続きだったの。彼はある大きな取引を進めるために、その株を担保にして資金を集めるつもりだったのよ。こちらも反対はしなかった――反対しようとは考えてもみなかったわ。だってほら、いかにも彼のしそうなことだったから。大きな借金をして、さらに大きな利益を得る。マックスと父はそういうことが大の得意だったの。その取引がどうなったのかは知らないわ――マックスが亡くなるまえに話が進んでいたのかどうかも」

イモージェンの頭の中で非常ベルが鳴り響いた。

「ちょっと調べてみたほうがよくはない？」イモージェンは言った。

「いずれはわかることでしょ。じつは昨日もロビンズウッド卿からお悔やみの電話をもらったばかりでね。さぞ忙しいでしょうに、ありがたいことだわ。彼には何度か会ったことがあって、基本的にはいい人だと思うのよ。でもとてもあなたが相手のときのようには話せそうもない」

「たしかにわたしはずいぶん、立ち入ったことまで話してもらったわ」とイモージェン。「だから思いきって、さらに差し出がましい質問をさせてもらうわ。アンドルーはあなたに好意を抱いてるみたいだけど――あなたの人生に彼の入り込む余地はありそうかしら？」

さきほど話しはじめてからずっと冷静沈着だったロウィーナが、不意に当惑をのぞかせた。

イモージェンはあわてて言った。「余計なお世話だと言ってくれてもいいのよ」

だがロウィーナは一瞬ためらったあと、こう答えた。「ほんとにわからないのよ。アンドルーのことは大好きだし、わたしたちにはすごくたくさん共通点がある。たとえば音楽とかね。彼はすごく頭がよくて、その気になればいくらでも面白いことを考えつく人よ。でもわたしたちには何の未来もなさそうだった。マックスはわたしたちが愛し合ってると思えばアンドルーを殺しかね……いやだ、殺しなんて……どうしてそんな言葉を使ったりしたのかしら？　何てひどい……」

つかのま、ついにロウィーナの平静な態度が崩れそうに見えた。けれどそのとき、先代のファラン夫人がふらりと室内に姿をあらわした。

「ロウィーナ、わたしがあれをどこに置いたか……？」ミセス・ファランは言いかけたあと、イモージェンに気づいた。「まあ、お客様がいらしたのね。すてき」

ロウィーナがイモージェンを紹介すると、ミセス・ファランは言った。「以前にもお目にかからなかったかしら？」

お会いするのはこれがはじめてです、とイモージェンは答えた。

ミセス・ファランは当惑したようだった。「そんなはずないわ。たしかにお会いしたはずよ。でもいつ、どこでかは思い出せない。残念ながら、記憶が昔のようではなくなってしまって……ねえ、あなたが思い出させてちょうだい。以前はどこでお会いしたの？」

イモージェンはごくやんわりと、それはきっと何かの思い違いだと話した。そのいっぽうで、いささか不安になっていた。ロウィーナの母親は七十歳ぐらいだろうか。今日日《きょうび》さほど高齢とはいえないのに、動きが鈍くて頼りなく、話もはっきりしない。

「ねえママ、ほんとに起きてていいの？」ロウィーナが言った。「じきにランダム先生がみえるけど、先生にはいつも横になって休むように言われてるでしょ」

「まったく問題ありません」老女は答えた。「少なくとも、わたしはそう思うわ。ベッドの中にいるのには、もううんざり。しばらくその肘掛け椅子にすわることにするわ」

ロウィーナはそれ以上何も言わずに、イモージェンにちらりと悲しげな目を向けた。

ミセス・ファランはしばらく黙りこくってすわっていたあと、ようやく往年の優雅な社交術を思い出したのか、礼儀正しくイモージェンに尋ねはじめた。お住まいはどちら？　今日は車でいらしたの？　楽しいドライブだったかしら？　イモージェンはしかるべき答えを返し、すてきな笑顔をしていると褒められた。

しばらくすると、ミセス・ファランは打ち解けた口調で言った。「ねえ、わたしの義理の息子のマックスが亡くなったのをご存じ？　彼はね、ちょっとした名士だったの。みんなさぞ残念がるはずよ」それから、ふと考えなおしたかのように、「少なくとも、中には残念がる人もいると思うわ。ほんとに、何もかも昔とは変わってしまって。でもね、イザベル……」

「イモージェンよ」ロウィーナがさりげなく誤りを指摘した。

「でもね、イザベル、わたしのことはロウィーナがそれはよく面倒を見てくれてるの、ランダム先生と一緒に……」

その言葉を待っていたかのように、玄関の呼び鈴が鳴った。

ランダム医師が着いたのだ。彼はイモージェンが〈ヘッドランズ〉で目にしたとおりの姿だった。非のうちどころのない服装、きれいに整えられたあごひげ、落ち着きはらった、自信たっぷりの態度。患者の命と健康を安心してあずけられる、いっぱしの名医を絵に描いたようだ。だが彼はイモージェンを見て喜んではいないようだった。

「ああ、こちらのレディとは以前にもお会いしたよ」ランダムは冷ややかに言った。「そのときは本名を明かしてもらえなかったが、彼女が誰かは知っている。セント・アガサ・カレッジのミス・イモージェン・クワイだ。すばらしいカレッジだよ、セント・アガサは。わたしもあそこには何人か知り合いがいてね」そこでしばし言葉を切り、今度はイモージェンに向かって言った。「診察を終えたら、ちょっとあなたとお話しできるかな」

「もちろん」イモージェンは答えた。無理やり笑みを浮かべたものの、内心は不安でいっぱいだった。〈ヘッドランズ〉で会ったときと同様に、ふと以前にもどこかで彼を見たような気がした。たぶんかなり昔のことだ。そのよどみない口ぶりにもかかわらず、ランダム医師の目つきにはどこか、この思いがけない再会に動揺しているふしが窺《うかが》える。彼はすぐさま視線をそらし、ミセス・ファランに目を向けた。

「おやおや、アン」彼は言った。「本当に困った人だ。わたしの指示に従っていれば、あなたはベッドの中にいるはずですよ。さあ、ロウィーナと彼女のお客様さえかまわなければ、こちらはもうあなたの部屋へ行って、どんな具合かちょっと診せてもらいましょう」

彼がドアを開けると、老女は従順にちょこちょこ部屋から出ていった。

イモージェンはロウィーナに言った。「今日はずいぶんあれこれ、自分には尋ねる権利がないことを口にしてるみたいだわ。でも何だかまともに礼儀を払ってる暇はないような気がして。正直なところ、あなたはドクター・ランダムを信頼している？」

「彼は母の長年の主治医で、母は信頼しきってるわ。彼はずっと父の主治医でもあったしね。近ごろはごく少数の患者しか診ていないから、母は恵まれてるんじゃないかしら。心臓に問題があるとかで、とても注意深く経過を見守ってもらっているの。わたしのほうは、何かあればこのウェルバン・オール・セインツ村のベネット先生のところへ行っているけど」

「じゃあ、あなたはドクター・ランダムが好き？」

「正直に言えば、好きじゃない。なぜかひどく神経にさわってね。でも彼は評判がいいのよ」

「お母様には心臓のほかにもどこか具合の悪いところがあるんじゃないかしら。一度誰かほかの人に診てもらうわけにはいかない？　セカンドオピニオンを聞くために」

「母はそんなこと考えるのもいやがるはずよ」

イモージェンはかろうじて許される限界まで相手の私生活に踏み込んでしまったような気がして、それ以上言うのはやめにした。

ロウィーナが言った。「じゃあランチの用意を手伝ってもらえる？　ごく簡単なものよ。スモークサーモンとサラダ、それに今日買ったばかりの焼きたてのパン。あとは白ワインを一本よ。それでどう？」

「すごいごちそうみたいだわ」

食事の準備ができたときには、ランダム医師もふたたび姿を見せていた。イモージェンがほっとしたことに、彼は一緒にどうかという誘いを辞退した。

「母の具合はどうなのかしら？」ロウィーナが尋ねた。

「まったく変化なしだな。今は眠ってしまったが、まあ害にはならないだろう。これからも注意深く見守るつもりだ。何か心配なことがあったら、いつでも電話しなさい。とくに問題がなければ、一、二週間後にまた来させてもらうよ」

そのあと医師はとなりの部屋でイモージェンと話してもよいか、ロウィーナに礼儀正しく尋ねた。だがそこで二人きりになると、それほど遠慮深くはなくなった。彼はやおら、厳粛と言ってもよさそうな口調で切り出した。

「きみたちのいかさま芝居はいただけなかったよ。きみのことがいろいろわかってからは、なおさら不快に感じている。もういちど訊かせてもらうが、いったい何をもくろんでいたんだ?」

「一種のゲームのつもりだったんだと思います」イモージェンはみじめな思いで答えながら、内心ひそかにアンドルーの気まぐれな想像力を呪った――ただの思いつきでローラ伯母さんやハーバート伯父さんを作り出すなんて。

「わたしには面白くもないゲームだったよ。むろん、今でもサー・ジュリアス・ファランの思い出を汚したがる連中がいるのは百も承知している。わたしの旧友の名声に泥を塗ろうとする連中だ。どんなふうに持ちかけられたのか知らないが、きみたちは彼らと手を組んでいるんじゃないのかね?」

イモージェンはあの調査書類のことを考えた。けれど彼女もアンドルーもその件にはかかわっていない。

「わたしたちはその手のことにはいっさい関与していません」彼女はきっぱりと答えた。

「よかろう。そうであってほしいものだ。ともあれ、ミス・クワイ、きみとダンカム博士はサー・ジュリアスの敵とはいっさいかかわらんことだよ。さもないと、とんだ代償を支払うことになりかねない――少なくとも、きみは職業上の不利益をこうむるだろう。どういう意味かはわかるはずだ。賢者への助言、といったところかな。さて、ではこちらはほかに用事が山とあるのでね。ロウィーナに見送りは無用だと伝えてくれ」

「いったい何の話だったの？」医師が行ってしまうと、ロウィーナが尋ねてきた。

彼女に余計な心配をさせたくなかったので、イモージェンは明るく答えた。「ちょっとカレッジへ持ち帰るメッセージを託されたのよ」それはじっさい嘘ではなかったが、あまり好ましくない卑怯な逃げかたのようにも思えた。

昼食後の会話は、もっと肩のこらないものだった。二人でしばらく庭のベンチにすわってすごしたあと、室内にもどってロウィーナがモーツァルトのピアノ・ソナタを弾いた。イモージェンの耳には玄人《くろうと》はだしの演奏に聞こえたが、ロウィーナはそんなことはないと言う。

イモージェンは〈ストーンゲイツ荘〉をあとにしてケンブリッジへの帰路についたころには、驚くほど心の通い合う新たな友人ができたような気がしていた。それと同時に、どうにか対処すべき新たな心配事もいくつかできていた。ロウィーナの母親は適切な治療を受けられているのだろうか？　あのランダム医師の警告の裏には、どんな事情があるのだろう？

家に着くと、居間の書棚のまえに行き、このまえ〈ヘッドランズ〉の受付係がくれたパンフレットを取り出した。やはり、その中にはランダム医師の顔写真が載っていた。肩から上が写ったみごとなカラー写真で、裕福な患者たちを引き寄せる助けになっているにちがいない、ありがたい雰囲気に満ちている。

イモージェンは写真にじっと目をこらし、あの小ぎれいなあごひげを剃って白髪まじりの髪をもっと黒くしたところを想像してみた。と、一枚のポートレートが脳裏に浮かび、それと同時に、おぼろな記憶が浮かびあがってきた。たしかにいつか、どこかで……けれど以前にその顔を見たのがいつ、どこでなのかはどうしても思い出せなかった。

14

翌朝、イモージェンは新たな心配事の優先順位が夜のうちに少々入れ替わったことに気づいた。

ロウィーナは自分が所有する〈ファラン・グループ〉の株の運用をマックスに委任したと言っていた。あのときは、それが何を意味するのかよく理解できなかったが、マックスの死後は誰がそれを引き継いだのだろう？　彼が亡くなるまでに、その株はどんなふうに使われた可能性があるのだろうか？

このまえアンドルーは経済記者たちのあいだで少々妙な噂が広まっているとか言っていた。やはり彼に訊いてみるしかない。とくに根拠はなさそうなランダム医師の脅しの件でアンドルーをわずらわせるには及ばないが、〈ファラン・グループ〉の支配権は火急の問題だ。今は仕事で手一杯だから邪魔はするなという彼の指示は無視することにした。

けれどアンドルーのフラットにかけると留守番電話のメッセージが聞こえただけで、〈ファラン・グループ〉のほうも受付の段階で、ダンカム博士にはおつなぎできませんとそっけなくかわされてしまった。

やむなく診療時間がはじまる半時間前にカレッジへ出かけて上級職員用の休憩室に行くと、例によってその日の新聞がずらりと並べられていた。イモージェンは多くの特技を持ってはいるものの、新聞の経済欄にまでは通じていない。さしあたり、いちばん確実に情報が得られそうな《フィナンシャル・タイムズ》を取りあげ、眉根を寄せて株価の一覧表に見入っていると、カール・ジャナーが室内に姿をあらわした。彼はイモージェンが読んでいるものを興味深げに見て、愛想よく声をかけてきた。

「今日はきみの株はどんな調子だい？」

「わたしは株なんか持ってない。俗世の財産は家にあるものと、将来もらえるはずの年金ぐらいよ」

「じゃあどうしてそんな新聞と格闘してるんだ？」

「余計なお世話だと言いたいところだけど」イモージェンは悪意のない口調で言った。「べつに隠すようなことでもないし。〈ファラン・グループ〉がどうなってるか気になったのよ」

「ははあ。すぐに察するべきだったよ。きみの友人のアンドルーはあそこの役員に復帰したんだろ。なぜ彼に訊かないんだ？」

「手短に言えば」イモージェンは悲しげに答えた。「彼は忙しすぎるの」

「無理もない。今はいろいろ整理しなきゃならないはずだからな。今日はぱっと目につくようなニュースはないけど、それはまあいい徴候だ。じゃあちょっと株価を見てみよう。三百十六ポンド五十ペンス。ジュリアスがまだ生きてた年初には四百五十ぐらいだったけど、このところ何度か下落したんだ。そりゃそうだよな、二人の幹部が立て続けに死んで、しかも一人は殺されたんだから。だが今週はいくらか持ちなおして、今日も少しあがってるみたいだぞ。ロビンズウッドが責任者になって、シティも安心したんだろう。彼は超一流の名家出身の万能汎用アドバイザーなんだ。それにジュリアスがつかまえた外様《とざま》のメンバーだとはいえ、アンドルーは評判のいい経済学者だ。彼が役員に復帰したのも害にはならなかったはずだよ」

「何だかやけに〈ファラン・グループ〉に興味を持ってるみたいじゃないの」イモージェンは言った。

「当然さ。例の文書を憶えてるかい？　いずれはあれの出番が来るはずなんだ。ひょっとしたら、すぐにもね。まあ見ててくれ」

勤務時間が終わると、イモージェンはもういちどアンドルーに電話した。今度も留守中のメッセージが聞こえただけだった。ティータイムにもういちど、さらに夕食後と翌朝にもかけてみたが、結果は同じだった。次の日の夕方になってようやく、彼が電話に出た。

「アンドルー、どうしてる？　ずっと心配してたのよ」

「やあイモー、いろいろ大変なんだ」アンドルーは言った。「でもそんな話できみをわずらわせたくはない。とにかく幸運を祈っててくれ」

「わたしを閉め出す気なの？」

「そんなところさ。まえにも言ったが、これはぼくの問題で、きみには何の関係もない。だから放っておいてくれ。すごく愛してるよ。いくらか見通しがついたらこっちから連絡する」

イモージェンは言った。「今からそっちへ行くわ」

アンドルーは何も答えずに電話を切った。だがイモージェンは本気だった。

ケンブリッジ駅のホームに着くと、カール・ジャナーが電車の到着を待っているのが見えた。

「おや」カールは言った。「またきみに会うとはね――こんなにすぐに」

「そうね」イモージェンは何やら悪い予感を覚えた。

「このまえは〈ファラン・グループ〉について話したんだったよな?」

「ええ」

「なあ、イモージェン、きみはあそこの株を持っていないらしくてよかったよ。もし持ってれば、今さらあがいても少々手遅れだろうから。明日には暴落するはずだ」

「どうしてわかるの?」

「なぜって、内部告発があるからさ。明日の朝九時半に、スティーヴ・ラーティが司会を務める記者会見で」

「スティーヴ・ラーティ！　あのPRマンの?　セレブの離婚会見なんかで人儲けしてることで有名な?」

「その男だ」

「よくわからない。説明して」

「〈ファラン〉の二人の役員――ビル・マクネアとヘレン・アルダートン――が、とてつもない財務上の不正を告発しようとしてるのさ。ジュリアスの死の前後に巨額の金が跡形もなく消えているとかね。もちろん、こっちはべつに驚かないが、シティの連中はきっと泡を食うぞ」

イモージェンはどっと不安がこみあげるのを感じながら、どうにか平静な口調を保った。

「それがどうしてスティーヴ・ラーティみたいな連中の儲け話につながるの?」

「そりゃ、内部告発にもそれなりの値がつくからね。経済的なスキャンダルは芸能界の不倫騒動ほど需要があるわけじゃないけど、それでも金にはなるんだよ。しかも殺人がからめば、話を売り込む絶好のチャンスだ」

「で、あなたもそれに一枚嚙《か》んでいるのね?」

「そのとおり」カールはしたり顔で答えた。「おとといの朝、例の調査書類を憶えているかと言っただろ。まあ、それを使うときが思ったよりも早くきたわけだ。経済的スキャンダルは動きが速くてね。ぼくらはむろん、その内部告発者たちとも連携してきたんだよ。今夜は友人のデイヴィッドとエージェントに会って、明日にもみんなで出版社や新聞社との交渉に入るつもりだ。本の版権や連載記事、内幕の独占インタビューなんかをせりにかけるのさ。どれもじきに世に出るはずだ」

カールは自己満足ではちきれんばかりになっていた。「あのジュリアスを生きてるうちにやっつけられなかったのは残念だけど、これで大儲けができそうだ。それに資本家どものやり口に一石を投じられるぞ」

「じゃあ、ちょっと訊かせてもらうけど。そのせいで傷つくかもしれない人たちがいることは考えてみた？　たとえばアンドルー。話しておいたほうがよさそうだけど、わたしはこれから彼に会いにいくところよ」

「それはよかった。きみは彼に最新の展開を話せるわけだ。ぼくはアンドルーには何の悪意も抱いてない。むしろ昔は好意を感じてたぐらいだよ。だけど〈ファラン〉みたいな組織に加われば、どんな目に遭っても文句は言えないさ。どのみち、今さら何をしたって無駄だしね。明日の朝、九時半きっかりに不正が暴《あば》かれるはずだ」

「あなたって見下げ果てたやつね、カール。何か信条があるとは思えない。ほんとに、大っ嫌いよ」

「いや、ちがうな。ほんのしばらくは大っ嫌いに思えるかもしれないが、ほんとはそうじゃないはずだ。ぼくらは仲間じゃないか」

「以前はそうだったかも」

カールは大声で笑った。「ほら、電車が来るぞ。一緒にすわっていかないか？」

「あなたには近づくのさえごめんよ」イモージェンはぴしゃりと返して歩み去った。


アンドルーのフラットの入り口にある訪問者用のインターフォンに応えたのはフィオナの声だった。いつぞやのアンドルーの話からうすうす予期していたとはいえ、イモージェンはあまり喜べなかった。フィオナがいるのは何か悪い兆《きざ》しのように思えてならなかったのだ。

部屋のドアを開けたのはアンドルー自身だったが、イモージェンは二人の変わりようにショックを受けた。アンドルーは頰がこけてげっそりとやつれ、挨拶にも緊張がにじんでいる。フィオナのほうは、役員会のランチの日に一度会っただけだが、あのときのみごとなまでにクールな洗練された態度と雰囲気は消え失せていた。今はいかにも有能な秘書らしい服の代わりに、よれたジーンズとだぼだぼのセーターを着ている。メークはしておらず、髪もほつれたままだ。

彼女はにこりともせずに、「こんにちは、イモージェン」と言った。

「じゃあわたしを憶えてるのね」

「もちろんよ。いつかオフィスで会ったでしょ。それにアンドルーはしじゅうあなたのことを話しているし」

「好意的にだといいけれど」

「ものすごく好意的によ」

アンドルーが言った。「きみは来るべきじゃなかったよ、イモー。言っただろ、しばらく距離を置けって。きみはマックスが死んだ現場にいたわけじゃないが、間接的にかかわってるし、警察はまだあれこれ嗅ぎまわってるんだよ。ぼくとはできるだけ離れてたほうが身のためだ」

「本当の友だちなら、辛い目に遭ってる友だちから距離を置いたりはしないわ」イモージェンは言った。「今回のことは、あなたたちのどちらにとっても耐えがたい体験だったはずよ」

「ぼくより ひどい目に遭ってるのはフィオナのほうさ」とアンドルー。「まずはジュリアス、次にマックスの件があって、警察に何時間も質問攻めにされたあげく、マスコミに追いまわされてるんだから。しかもそのうえ……」アンドルーは言葉を切った。

フィオナが言った。「夜も眠れない始末よ。コテージで見つけたマックスの姿が忘れられなくて……それに正直、怖くてならないの」

「誰かがここぞとばかりに〈ファラン〉を攻撃しようとしてるんだ」とアンドルー。

「それについては」イモージェンは言った。「ついさっき、ちょっとしたニュースを聞いたばかりよ」

「いろんな噂が飛び交ってるからね。〈ファラン・グループ〉がやばいことになってるのは周知の事実さ。ロビンズウッドは何が起きてるのか探り出そうと、シティでも指折りの腕利き会計士をほうぼうの部署に送り込んだらしいけど、何がわかるか楽観はできない」

「じゃあ、あなたはまだ内部告発者たちのことを知らないのね？」

「内部告発者たちって？」

「マクネアとアルダートン」

「やれやれ。ああ、それは知らなかったよ。彼らは正確には何をしようとしてるんだ？」

イモージェンは彼に話した。

アンドルーは言った。「マクネアはただの卑怯者だよ。ヘレン・アルダートンは彼から聞かされたことしか知らないはずだが、ジュリアスに棄てられてからずっと悪意をぷんぷんさせてたからな。マクネアはジュリアスやマックスがしてたことを自分は知らなかったと主張する気だろうが、もちろんそんなはずはない。彼は財務担当の重役だったんだから。ぼくはジュリアスのお飾り経済学者として末席を汚してただけだけどね。とにかく今すぐロビンズウッドに電話したほうがよさそうだ。なあ、ぼくが彼と話してるあいだにフィオナに飲み物を注いでもらったらどうかな？　彼女はどこに何があるかぜんぶ知ってるんだよ。ぼくはいつものやつでい い」

アンドルーの〝いつものやつ〟といえば、バーボンのオンザロックと決まっていたものだ。それが今も同じでフィオナも知っていることに、イモージェンは複雑な思いがした。それなら今夜ぐらい、濃いめのジントニックを飲んでもばちは当たらないだろう。フィオナは白ワインを選んだ。

アンドルーが電話を終えてもどってきた。

「ロビンズウッドもついさっき聞いたばかりで、ちょうどぼくに電話しようとしていたそうだ。スティーヴ・ラーティが明朝九時半に開催予定のちょっとしたショーにロビンズウッドを招待したんだよ。礼儀上の配慮だとか言って。当然、礼儀なんて関係ないことはロビンズウッドもわかってる。わざわざ新任の会長が招かれたのは、マスコミが彼をつるしあげて記事に刺激を添えられるようにするためさ。ロビンズウッドはぼくにも会場へ行って、聴衆の中に紛れ込んでほしいそうだよ。うちの会計士と法律家たちも出席するらしい。そうすればあとでロビンズウッドと協議して対応を決められる。まあ、ダメージコントロールの実習ってところだろうな」

「そういえば、あなたに訊こうと思ってたんだけど」イモージェンは切り出した。「たしかロウィーナの株はマックスが自由に使えるようになってたはずだけど、そうなるとグループの実質的な支配者は誰なの？」

「現時点では、マーティン・ロビンズウッドだよ。だが明日の晩にはどうなってることやら」アンドルーはうんざりしたような笑みを浮かべた。「とにかく今夜のところは何があろうと、こちらは腹ごしらえでもするしかない。テイクアウトの料理を頼んでみんなで仲良く夜食といこう」

しばらくのちに、レモンチキンと牛肉のブラックビーンソース炒めを食べながら、アンドルーが言い出した。「なあイモー、きみとはずいぶんいろいろ一緒にやってきた。それにきみはどうせもうここにいるんだ、一晩泊まって例の発表会にぼくと行ってみないか？　べつに入場券が必要なイベントじゃなく、ちょっとした馬鹿騒ぎなんだし、きっと面白いことは請け合うよ」

「わたしはロビンズウッド卿と彼のお抱え専門家たちのハイレベルな協議会にはお呼びじゃなさそうよ」イモージェンは言った。

「ああ、だがきみならイベント会場でぼくの心の支えになってくれるだろうし、あとで二人で意見交換ができるだろ。例のジュリアスの件も気になってるんだよ。いちばんの容疑者が殺されてしまった今ではどうなるのか、それも話し合う必要がありそうだ」

「たしかにね。でも今日は最終列車でケンブリッジへもどるつもりだったの」

「電車なら明日だっていくらもあるさ。仕事は誰かに代わってもらえばいい」

「その発表会にはわたしよりフィオナが行くべきじゃないかしら」イモージェンは水を向けてみた。

「まっぴらごめんよ！」とフィオナ。「どのみち、まだ隙あらば襲いかかろうと待ちかまえてる記者たちがいるかもしれないし」彼女は驚くほどの力を込めて言い添えた。「ねえイモージェン、行かないで！」

「もうこの先一生、休みが取れないほど借りがあるのに」イモージェンはぼやきながら立ちあがり、ブリジット――それとも今度はアリソンにすべきだろうか？――に電話しにいった。それにしても、これほど心配事だらけの状況なのに、アンドルーは妙に元気づいている。彼は二人の元恋人との心地よい家庭的な一夜を楽しんでいるのだ、しかもたぶんロウィーナのことを思いながら。イモージェンはちょっぴり苦々しい気分になった。

やがてアンドルーが言った。「きみたち女の子は一緒の部屋で寝てくれるかい？　ぼくの部屋を使うといい。こっちは納戸で眠るから」

どちらの女性も異議は唱えなかった。

イモージェンは気づくと、フィオナに興味を覚えはじめていた。これほどたやすく相手を乗り替えられるらしい魔性の美女にはついぞお目にかかったことがなかったのだ。寝室へ引き取るさいにフィオナが口にした最初の言葉はこうだった――「これってわたしたち二人に、彼はあっちの女と寝てるわけじゃないとわからせるための方策よね」

そんなことは考えてもみなかったイモージェンは何もコメントする気になれなかったが、おかげでふつうなら差し出がましく思えそうな質問を遠慮なく口にできた。

「あなたにはボーイフレンドがいるんでしょ？　彼は今どこにいるの？」

「たぶんわたしのフラットで、わたしはどこにいったのかとあやしんでるわ。でも今のあなたの質問へのほんとの答えは、〝彼は出口にいる〟ってところね。わたしはコリンに退去命令を出してるの。彼は耐えがたいほど嫉妬深くて、マックスを心底憎んでた。あいつをこの手で殺してやるとすごんだほどよ――こちらは真に受けなかったけど。コリンはマックスがわたしに触れるのを想像するだけで耐えられないとか言って、彼と別れさせたがったわ。わたしをロンドンのフラットで一人ぼっちで暮らさせて、自分が大学を卒業するまでパートタイムの同棲をすればいいと思ったみたい。それがどんなに非現実的なことかわかっていないのよ。一人ぼっちで暮らすなんて、わたしには無理。そういう人間じゃないの」

「でもマックスが亡くなって事情は変わったんじゃない？」イモージェンは尋ねた。

「コリンの本性は変わってないわ。まだ嫉妬深い――というか、所有欲が強くてね。彼はマックスの死後、わたしがまたアンドルーと親しくなったことを知ってるの。そりゃあ、一緒にあんな恐ろしい体験をして疑惑の目で見られたら、結びつきは強まるわ。で、今じゃコリンはアンドルーに嫉妬してるの」

イモージェンは出すぎた質問だとは思いつつ、訊かずにはいられなかった。「それは根拠のない嫉妬？」

「まったくなしよ。アンドルーとわたしは新たな関係を築いたの。ただの友だちでいるのも、あんがい悪くないものね。でもどのみち、コリンとの関係はもうそれほど長くは続かなかったと思う。そりゃあ彼はほんとにゴージャスよ、それは否定できない。初めは　目で、この子はぜったいものにしなきゃと思ったわ。でもボートの話しかしない男なんて、どうすればいい？こちらは水には近づきたくもないほうなのに。性的欲求ばかり高くて会話がないのは、将来性のあるライフスタイルじゃないでしょ？」

「それはわからないけど」とイモージェン。「彼の名前はコリンと言った？」

「ええ。なぜ？」

「ううん、ちょっと気になっただけ」

フィオナはずっと平然と話していたが、イモージェンが夜中にふと目覚めると、彼女のすすり泣く声が聞こえた。しかも、いっこうにやむ気配がない。ついにイモージェンは起きあがってもう一台のベッドに近づき、「話してみる？」と声をかけた。

「無理よ。いろいろありすぎて……それにひどい話なの。わたしは本当ならすべきじゃないことをするように言われて、従った。ああ、何て悲惨なの。そのせいで人を死なせて、大勢の人たちを破滅させてしまったのかも。おかげでわたしは金持ちになったけど、ちっとも嬉しく思えない。でも事実を明かしても、さらに事態を悪化させるだけだわ。いったいどうすれば自分を許せるのかわからない」フィオナはまたもや泣きじゃくりはじめた。

彼女はあんがい見かけほど図太くはないのかも、とイモージェンは考えた。

「何かマックスと関係があること？」イモージェンは尋ねた。

「ええ。わたしは誰にもあんなふうに死んでほしくなかった。だけどほかにも、すごくいろいろあって……ほんとに話すわけにはいかないの。話せればどんなにいいか。起こしちゃってごめんなさい、イモージェン。いくらか気分がよくなった。もうベッドにもどって」

イモージェンはベッドにもどったが、すぐには眠れそうになく、横たわったままあれこれ思いめぐらした。結局、フィオナのほうが先に眠りに落ちた。

どうやら自分がかかわることになった謎は、思っていたより複雑そうだ――イモージェンはそんな気がしはじめていた。

15

スティーヴ・ラーティが記者会見の会場に選んだのは、フィンズベリー・サーカスにほど近いコンクリートとガラスで造られた近代的ビルの一室だった。かなり広めの多目的ホールだが、それでも足りないほどの人々が集まっている。すでに全国紙も注意を喚起され、ラジオとテレビは朝のニュースでこの催しを大々的に取りあげていた。

アンドルーとイモージェンは人目を引かないようにそっと入場し、ホールの後方の席に着いた。

これまでスティーヴ・ラーティの写真すら見たことがないイモージェンが漠然と想像していたのは、悪趣味な服装の肥満した人物だった。株式仲買人よりは私設馬券屋に近いイメージだ。けれど、それは大間違いだった。ラーティは細身の、黒っぽい髪をした、四十がらみのなかなかハンサムな男で、最高級のスーツを身に着けていた。演壇の彼の左右にすわったビル・マクネアと彼の妻は、どちらも青白いやつれた顔をしている。かたやロビンズウッド卿は――おそらく彼のために取ってあった場所なのだろう――最前列の席で長身をすっとのばし、銀色の髪が光り輝いている。

やがてスティーヴ・ラーティが会見の開始を告げようと立ちあがり、カメラのフラッシュの閃光がやむのを辛抱強く待った。彼の発音はロールスロイス級のなめらかさで、静かな揺るぎない自信が窺《うかが》えた。

「この会見の場が設けられたのは」ラーティは切り出した。「ともに大手金融企業〈ファラン・グループ〉の役員であるウィリアム・マクネア氏と夫人のヘレン――ヘレン・アルダートンとしてご存じの方も多いことでしょう――の要望によるもので、彼らは数々の深刻な不正が行われてきたのをこれ以上黙ってはいられないと感じたのです。はっきり〝横領〟と言ってもよさそうなそれらの不正は、しばらくまえから起きており、このところ一気に加速しました。今や〈ファラン・グループ〉の収支計算書には驚くほど巨大なブラックホールが存在するものと見られます。ちなみに、マクネア氏は昨日までグループの財務担当重役で、夫人のほうは人事担当重役でした。どちらも自由に発言できるように辞職したばかりです。

マクネア氏はグループの財務に関して一通りの責任を負ってはいましたが、のちほど本人からもお話しするとおり、実権は会長と最高経営責任者が握っており、マクネア氏の役割は彼らの指示を実行することでした。その会長と最高経営責任者とは、今は亡きサー・ジュリアアス・

ファランとマックス・ホルウッド氏です。周知のとおり、どちらの紳士も亡くなったばかりで、サー・ジュリアスは数か月前に崖から転落し、ホルウッド氏のほうは何と、残虐な殺人の犠牲となって、いまだ犯人は見つかっていません。マクネア夫妻はその両者によって行われた、〈ファラン・グループ〉を破滅の縁へと導きかねない不審な操作についてお話しするはずです。

あるいはみなさんは、マクネア夫妻がなぜこの情報を公表すべきだと考えたのか不審に思われるかもしれません——お聞きになればわかるとおり、あきらかに警察の捜査を要することがらだろうに、と。それに対する端的な答えは、警察の捜査はどうしても時間を食うからです。かたや金融市場の動きはきわめて速く、まさに刻一刻と変化してゆく。そして〈ファラン・グループ〉には何万もの大小の株主がいます。肝心なのは、彼らの知らないうちに彼らの株の価値が減じないように、今しも何が起きているのか警告を発することなのです」

つかのま室内にどよめきが広がり、アンドルーがイモージェンにささやいた。「あれはぜんぶでたらめさ。こんな会見で値崩れを防げるわけはない。むしろ大暴落を招くだけだよ——一気にね」

うしろのほうで誰かが何やら大声で質問した。イモージェンにはよく聞き取れなかったが、ラーティはすかさず答えた。「もちろん、会社詐欺取締班（ロンドン警視庁とシティ警察の合同作業部隊）が乗り出すはずです。この会見が終わりしだい、われわれは手持ちの情報を残らず警察にゆだねることになるでしょう」

周囲のざわめきが静まると、最前列でロビンズウッド卿が立ちあがってラーティに呼びかけた。「ちょっとだけ話してもかまわないかな?」

ラーティは愛想よく、「もちろんです、ロビンズウッド卿」と返し、聴衆に向かって言った。「おそらくみなさんご存じでしょうが、ロビンズウッド卿はサー・ジュリアスの死後、〈ファラン・グループ〉の会長に選出されました。マイクのまえに来られてはどうでしょう、ロビンズウッド卿?」

「わたしの声なら、ここからでもじゅうぶん聞こえるでしょう」とロビンズウッド卿。「言いたいことは三つです。まず最初に、なぜマクネア夫妻はその懸念を真っ先にわたしに話しにこなかったのか理解しかねます。どう見ても、そうするのがふつうでしょうから」

ビル・マクネアが言った。「いや、わたしたちは話しましたよ。あなたがまともに取り合わなかったんだ」

またもやどっとざわめきが起こり、アンドルーがひそひそ声で言った。「じっさい彼らは話したのかもしれないし、そうじゃないのかもしれない。確かめようがないよな?」

ロビンズウッド卿は冷ややかに続けた。「こちらとしては、そうした働きかけはいっさい記憶にありません。ともあれ、わたしが言いたいふたつ目のことは――このホールには〈ファラン・グループ〉の法律家たちがいて、この場で口にされる一語一句に注意深く耳をかたむけるはずだということです。何か中傷的な発言があれば、こちらは躊躇《ちゅうちょ》なく適切な措置を講じ、必要とあれば法的手段に訴えることも辞さないでしょう」

「なるほど、ロビンズウッド卿、ごもっともです」ラーティは平然たるものだった。「しかし当然ながら、今から主張される不正行為はサー・ジュリアスとホルウッド氏に関するもので、死者への侮辱罪が成立しにくいことは貴社の法律家たちもよくご承知でしょう」

「言いたいことの三つ目は」とロビンズウッド卿。「この会見がはじまる直前に、ロンドン証券取引所に〈ファラン・グループ〉の株式の売買停止を求めたということです。今ごろはもうそれが実施されているでしょう」

またもやホールにどよめきが走った。後方からちらほらとブーイングが聞こえると、アンドルーがイモージェンにささやいた。「ブーブー言ってるのは株主の連中だろうが、ここにはそれほど多くは来てないはずだ。ほとんど取材陣ばかりだよ。彼らにとってこの件は、金融界の惨事というより絶好のネタなのさ」

スティーヴ・ラーティが静粛を求めた。そのあと、ビル・マクネアが立ちあがって話しはじめた。おどおどした、煮え切らない口調で、イモージェンには少々冴えない感じに思えたが、話を続けるうちにいくらか熱がこもってきた。

マクネアはまず〈ファラン・グループ〉の起源と、自身が草創期からのメンバーであることを話した。次いでグループの初期の事業や、企業買収による急拡大について。買収した企業は経営を立てなおすことも、すぐに売り払うこともあったが、いずれの場合も順調に利益をあげたという。

「ジュリアスはギャンブラーではありませんでした」マクネアは言った。「過度の用心はせず、リスクを背負うことはあっても、常に自分がしていることを心得ていたのです。いわば、リスクを操る天才だった。齢《よわい》を重ねてグループが成長するにつれ、彼が行う取引もいよいよ大きくなっていきました。

彼はなりふりかまわず稼ぎまくった――そうせずにはいられなかったのでしょう、生来そんな人間だったのです。しかし本当の富豪になったころには、世間の評判や社会的地位により興味を持ちはじめていました。もう金そのものはどうでもよかったのです。まだ大成功を収めるのは好きだったが、金なら腐るほどありましたから。しかし彼は後ろ暗い過去のせいで、シティの上流の人々から〝仲間〟とはみなされていないことを知っていた。そこで爵位を得るためにせっせと働きかけました。政治家たちに取り入り、しかるべき場所に残らず寄付を贈り、スポーツイベントやコンサートのスポンサーになって。そう、たしかにジュリアスは大一番の戦いかたを知っていた。彼はナイト爵位を授与され、すべてを手に入れました」

「ヘレンのこともだな、え?」うしろのほうで叫ぶ声がした。次いで、何人かがくすくす笑う声。

ラーティがマクネアに向かって手をふり動かした。あきらかに、かまわず続けろという合図で、マクネアは従った。それまで言葉遣いも口調も淡々としていたが、イモージェンは彼の最後のいくつかの発言に苦々しげな響きを感じ取っていた。ひょっとすると、アンドルーがいつぞや言っていたように、マクネアは長年静かな怒りを抱いたままジュリアスのために働いていたのかもしれない。

そうこうするうちにマックスが登場し、と話は続いた――長らく自分の後継者の問題を気にかけていたジュリアスは、両手を広げて彼を迎えた。その後間もなく――マクネアのどう見ても余計なコメントによれば〝ほとんど人さらいも同然に〟――マックスはロウィーナと結婚し、最高経営責任者としての地位を揺るがぬものにした。以後は、周囲への影響力が徐々にジュリアスからマックスへと移っていった。ジュリアスにはまだ優位を保てるだけの株という切り札が残ってはいたものの、彼が盛りをすぎたことはあきらかで、本人もそれに気づいていた。そのためかしじゅう酒を飲み、現実とも想像ともつかない敵のことで猜疑心《さいぎしん》をつのらせていったのだ。

　だがジュリアスが熟慮の上でリスクを取って成功してきたのに対し、マックスは生来のギャンブラーだった。彼はジュリアスに劣らぬ度胸を持ってはいたものの、判断力のほうは遠く及ばなかった。義父の死後は己《おのれ》の権力に酔い、あれこれ無謀な動きに出たあげく、ついには自由に動かせるグループの資産をそっくり〈バイオノミアルズ〉なる企業の買収に注ぎ込んだ。米国のカリフォルニア州に本拠を置く、生命科学と医学の境界線にまたがる最先端技術――バイオテクノロジーが売りの企業だ。代価は高かった。〈バイオノミアルズ〉は神経変性疾患（アルツハイマー病、パーキンソン病、ALSなど）を治療あるいは制御して無数の苦痛を取り除く、画期的な遺伝子治療薬を開発したと報じられていたからだ。

　ところがあいにくその新薬は最終段階で食品医薬品局《FDA》の認可を得られず、大きな打撃をもたらした。さらに事態を悪化させたのは、〈バイオノミアルズ〉社の事業を支える種々の技術の特許と免許の件だった。それらはすべて会社ではなく、創業者のビーブナー博士が個人的に所有していることが判明したのだ。〈バイオノミアルズ〉社の資産価値は暴落し、〈ファラン・グループ〉に買収資金を提供した銀行はいっせいに返済を求めてきた。マックスは巨額の借り入れをしていたので、それは無理な話だった。

　マクネアは最後にあれこれのあやしげな会社や世界各地の租税回避地《タックスヘイブン》を列挙して、金融界の複雑怪奇なぺてんの仕組みを説いた。イモージェンはろくに話についてゆけなかったが、債務《ボン》証書《ド》、抵当権《モーゲイジ》、社債《ダベンチュア》といったいくつかの言葉がひときわ不吉に耳に響いた。とにかくサー・ジュリアスの死の前後に、グループの巨額の資金が説明のできない形でどこかへ消えてしまったことは間違いなさそうだ。そしてどうやら、〈ファラン・グループ〉は回復不能な状態になっているらしい。

　続いて〝マクネア夫人〟ことヘレン・アルダートンがマイクのまえに立ち、夫の告発にいくつか詳細をつけ加えた。例の使途不明金を補うための不可解な人件費の高騰、種々の責務の不履行、年金基金の流用などである。その後、彼女は会場の報道陣からサー・ジュリアスとの関係について問いただされた。この場の一部の者たちにとっては、経理の込み入った細部よりもそちらのほうが興味深かったようだ。ヘレンはかつて数年間ほどジュリアスの愛人だったことを認め、その関係は友好的に解消されたと話した。

「嘘つけ」周囲のざわめきにまぎれてアンドルーがイモージェンにささやいた。「彼女はジュリアスを心底憎んでいたよ」

　最後にスティーヴ・ラーティが結びの言葉を述べた。いわく、マクネア夫妻はこの場に立つために少なからぬ代価を支払った。高給を得られる仕事を失い、今後は世間から集中砲火を浴びることだろう。だが夫妻が暴《あば》いた行為はきわめて悪質なもので、彼らは公共的な義務感から行動したのだ。また、自分とマクネア夫妻はロビンズウッド卿が〈ファラン・グループ〉の株式の売買停止を求めたことに拍手を送りたい。今後もこの不運な事態の解決にたずさわる人々にはできるかぎりの協力を惜しまず、とにもかくにも、この物語にまだ幸福な結末《ハッピーエンド》があることを期待している。

「よく言うよ」いっせいに携帯電話に向かって話しはじめた群衆にまぎれて出口へと向かいながら、アンドルーがイモージェンに言った。「これでいよいよやばいことになるぞ」

歩道に出ると、ロビンズウッド卿がアンドルーにこちらへこいと合図を送ってきた。

ロビンズウッド卿はイモージェンに手短に挨拶したあと、アンドルーに言った。「わたしはこれから証券取引所へ寄ってみるつもりだ。そのあと十二時に役員会議室で法律家や会計士たちとのミーティングがある。きみとはそこで落ち合おう」

「おかげできみをキングス・クロス駅まで送る時間がありそうだ」アンドルーはイモージェンに言った。「今日は付き合ってくれてありがとう。このことはぜんぶあとでゆっくり話そう」

「ずいぶんひどいことになってるみたいね」とイモージェン。

「今後はさらにひどいことになるかもしれない。マクネア夫妻は誰でもおいしい話をほしがる相手に売るために、まだまだ特ダネを山と隠し持ってるはずだ。今日の役員会議室でのミーティングはいつまで続くことやら——何時間にも及びかねないぞ。マーティン・ロビンズウッドとぼくは何日もまえからあれこれ探りを入れてきたし、会計士たちもそうだ——法会計学的調査とか称してね。だがそれでもまだ、こっちには知りようのないことだらけなんだよ。あの不正とやらが起きてるあいだ、ぼくもマーティンもグループの中枢にはいなかったからね。じっさいに何が起きてるのか知っていたのはマックスとマクネア、それにあの行方不明のウェザビーだけだ」

そこでアンドルーの携帯電話が鳴った。

「ああ、フィー、そうだ」彼は言った。「いや、ごめん。それはたしかに危機的状況だけど、こっちはもっとえらいことになってるんだよ。悪いが、ほんとにはるかに深刻なんだ。じゃあイモージェンにそっちへ行ってもらったらどうかな？　そういうことには彼女のほうがぼくより慣れてるから」

「わたしはどんなことにあなたより慣れてるの？」イモージェンは問いただした。

「ええと、ほら……感情的な問題。暗礁に乗りあげた人生。その手のことさ」アンドルーは受話器に向かって「彼女が行くよ」と告げ、電話を切った。

「ちょっと待って」とイモージェン。「いくらなんでも勝手に決めすぎじゃない？　わたしにどこへ行ってほしいわけ？　それになぜ？」

「フラットへさ。フィオナのために。彼女はコリンと最後の対決をしてるんだ」

「ひょっとして、コリンの名字はランページじゃない？」

「ああ、そんな名前だったと思う」

「いいわ、わたしが行く」イモージェンは言った。「ほんとに危機的状況みたいだから」

部屋の戸口へ行き着くまえに、外まで叫び声が聞こえた。途切れなく続く支離滅裂な罵詈雑《ばりぞう》言《ごん》の中で、〝このアマ〟〝あばずれ〟といった言葉がひときわ耳につく。ブザーに応えてドアを開けたフィオナは、倒れるようにイモージェンの首に抱きついた。

「お願いだから、この馬鹿を黙らせて！」

何か叫びかけていたコリン・ランページがはたと口をつぐんだ。

「ミス・クワイー！」彼はぎょっとしたようだった。「あなたがこんなところに来るなんて！」

「こんにちは、コリン！」イモージェンは言った。「何だかまずいときに来ちゃったみたいね」

もちろん、イモージェンは彼を知っていた。セント・アガサ・カレッジで何度か〈泉の中庭〉をわが物顔で横切る姿を見かけたし、一度は手首の捻挫の手当てをしたこともある。コリンは相変わらずハンサムで、そのあふれんばかりの男らしさには、イモージェンも思わず目を惹かれずにはいられなかった。フィオナが彼に魅了されたのも無理はない。年齢《とし》は二十歳かそこらで、大きな、たくましい身体はまさに光り輝く若さの権化《ごんげ》といったところだ。大きくはだけたシャツの襟元から、心をそそる金色の巻き毛にうっすらおおわれたみごとな胸がのぞいている。だが今の彼は、驚きと当惑に口もきけずに突っ立っていた。

「誰も来るとは思わなかったんで」いくらか平静を取りもどすと、コリンはあやまるように言った。

「そのようね」とイモージェン。「わたしはこのまま立ち去るべきかしら。それとも何か役に立てそう？」

「やだ、行かないで！」フィオナが言った。「ねえ！　わたしをこの救いがたい、頭のいかれた坊やと二人きりにしないで！　彼を追い払うのを助けてちょうだい！」

「おい、この……」コリンはまた叫びしはじめた。「この……」と言いかけ、何かぴったりの表現を見つけようと言葉を切った。

イモージェンは言った。「まあ落ち着いて、コリン。それじゃフィオナ、コーヒーでも淹《い》れてきてくれない？　あんまり急がずに」

フィオナはしめたとばかりに逃げ出した。

イモージェンはコリンに椅子にかけるように合図した。彼は素直に腰をおろした。

「さっきは大声で彼女を罵《ののし》っていたけど」イモージェンは厳しい口調で切り出した。「ほんとに彼女が嫌いなわけじゃないんでしょ？」

「嫌いです」コリンは言った。「いや、ちがうな。嫌いなときと、そうでもないときがあるんです」

「じゃあこのまま彼女との関係を続けたい？」

「どうかな。それも同じで、ときにはイエス、ときにはノーって感じだ」

「もっと具体的に、どんなときにはイエスで、どんなときにはノーなのか言える？」

コリンはしばし考えたあと、「ええ、まあね」と答えた。「じっくり腰をすえて考えると、このまま続けても未来はないように思えるんです。彼女はぼくよりずっと年上で、独自の流儀を持っているから。どういう意味かわかるかな？　ぼくも最初はぜんぜん気づかず、彼女はぼくを愛してるんだと思いましたよ——世間知らずにも。だけどぼくは彼女にとっては大勢の男の一人にすぎないんです。ぼくのまえにも何人いたのやら。彼女は口を割ろうとしないし、ひょっとすると思い出せないんじゃないのかな。そもそもマックスのことすらぼくには話さなかったくらいだし」

「でもそんなふうに考えられなくなるときもあるのね？」

「そうなるともう、何も考えるどころじゃない。とにかくめちゃくちゃ彼女がほしくて、過去も未来も知るかって気分になるんです。ときには彼女が憎いのにほしくてたまらなくなったりして、それもまた厄介なんですよ」

「客観的な意見を述べましょうか？」とイモージェン。

「ねえ、これはぼくの問題なんだ」コリンは不機嫌に言った。「どうすべきか教えてくれと頼んだ憶えはないですよ！」けれど、ややあって、「すみません、ミス・クワイ。ええ、どうぞ続けてください。ぼくはすっかり混乱してて、自分でもいったいどうなってるのかわからないんです」

イモージェンは言った。「フィオナのことを道徳的にどうとか言う気はないわ。彼女はああいう人なの。セクシーで、ものすごく魅力的で、自分の市場価値を心得ている。ぜんぜん知的だとは思えないけど、機転がきいて抜け目がない、決断力のある人よ。結局のところ、二人の富豪と次々に関係を持ったんだもの。それが偶然だったはずはない。彼女のほうも、あなたとの未来はないと見ているの。ねえコリン、自分に正直になって。フィオナにはついていけないんでしょ?」

「ついていけないって、まさにぴったりの言葉だ。遠く及ばないって感じだな。だけど、ミス・クワイ……」

「イモージェンよ」

「だけど、イモージェン、どう言えばいいのかわからないけど……とにかくフィオナは最高で、目からうろこの女なんですよ。ぼくは彼女に会うまで、あんなふうにできるとは知りもしなかった。つまり、セント・アガサにも女の子はたくさんいるし、ぼくもちょっとは遊んできたけど、フィオナとくらべたらみんな話にならないんです」

イモージェンは言った。「あなたの病気の診断はもう下したわ。で、わたしのアドバイスがほしい?」

「ええ、たぶん。ただし、それを聞き入れると約束はできません」

「じゃあいちおう言っておくわね。コリン、あなたはこの恋がもう自然に終わりかけてるのを認めるべきじゃないかしら。フィオナがくれたものに感謝して、愛ある別れを告げなさい。彼女はほっとするはずだし、ひとたび彼女の影響下を離れれば、あなたもほっとするはずよ。彼女のことを忘れるためにも、カレッジとの関係修復を試みるといいわ」

「たしかにいろいろ修復が必要そうだ」コリンは悲しげに言った。「年度末試験の答案がめためただったのはわかってるんです。結果を見たくもないほどね。バートン博士も以前はぼくが最優等を取ることを期待してたけど、このまえ会ったら首をふりふり、優の二級が取れたら御《おん》の字だろうって。ぼくが試験会場にあらわれただけでもほっとしたんじゃないのかな」

「愛のためにすべてを投げうったわけ（十七世紀の詩人・劇作家ジョン・ドライデンの悲劇の題名をもじった言葉）？」

「そんなの割に合わないと思ってるんでしょ？」

「それだけの価値があったか決められるのはあなた自身だけよ、コリン。いずれ考えが変わるかもしれないし。だけど学位の等級が落ちる以外にも、失うものがあるはずよ。ボートのほうはどうなの？」

「ああ、それを思い出させないでください。ぼくは一軍メンバーからはずされて、もう復帰できるだけの時間がないんです。みんな狂ったように練習してるし、ちゃんと身体を作る必要もあるから。ずっと期待してた青章《ブルー》（オックスフォードとケンブリッジの対抗戦出場者に与えられるメダル）だってもらえそうにない」

「でもチャンスはもう一年あるでしょ、コリン。あらゆる方面の遅れを取りもどすだけの時間が」

イモージェンはそう口にしたとたんに、来年度はどうなるかわからないことに気づいた。セント・アガサが本当に厄介なことになっているのなら、コリンの学部生としての三年目にも影響が出るのだろうか？　けれど、今の段階でそんなことで彼を悩ませても意味はない。

コリンは神妙に言った。「あなたの言ってくれたことを考えてみます、本当に」

フィオナがコーヒーポットと三つのカップが載ったトレイを手に、どうにかバランスを取りながらドアの向こうに姿をあらわした。

コリンは目をあげ、小さくつぶやいた。「だけどやっぱり、彼女は最高だ！」

イモージェンは帰宅後にアンドルーに電話してみたが、応答はなかった。その夜遅くに彼が電話をかけてきた。

「こっちはまだあれこれほじくり返してるところで、かなり長くかかりそうなんだ。まったくとんだ面倒を引き起こしてくれたよ。会計士たちも今後の展開を悲観してる——内心、儲け仕事がどっさりできたとほくほくしてるのかもしれないけどね。〈ファラン〉の株は公式には売買停止になってるが、水面下では昨日の四分の一の価格で取引されてるそうだ。というわけで例の告発者たちは、彼らが避けようとしたとかいう事態をみごとに招いたわけさ」

「わたしはビル・マクネアが細かい説明をはじめたら、何だかよくわからなくなっちゃって」

イモージェンは白状した。

「細部はすごく込み入ってるんだよ。だがひとつかふたつ、きみにも理解できそうなおぞましい事実がある。ロウィーナは主な被害者の一人だ。マックスは彼女の株も借り入れの担保にしてたんだけど、その返済に充てる金はひねり出せそうにない。彼の資産じゃとても足りないみたいだ」

「ひどいわ、アンドルー。ロウィーナはもうじゅうぶん苦しんだはずじゃない？　父親を亡くし、夫がひどい殺されかたをして、今度はこれ！」

「ぼくも彼女のことが心配なんだ。ほかにどんな収入源があるのかわからないしね。それに、セント・アガサのことも心配だよ。きみのカレッジは〈ファラン・グループ〉に千八百万ポンドも貸していたんだ、高利の社債と引換えに。それが今、紙くずも同然になりかけている……ケンブリッジのカレッジが破産するなんて、一度でも聞いたことがあるかい？」

16

学寮長はいつも早めに床《とこ》に就く。悪いニュースを伝えるために起こしてしまう危険は避けたほうがいい、とイモージェンは考えた。騒ぎが広まるまえにもう一晩だけ、彼を安らかに眠らせておくのも悪くはないだろう。

イモージェンはのちに、その判断は誤りだったと後悔することになった。あのとき話しておけば、学寮長はひどい一夜をすごしたろうが、少なくとも翌朝起きることへの準備はできていたはずだ。けれど、彼は完全に不意を衝かれた。

サー・ウィリアムははじめ、その知らせがろくに信じられなかった。というよりむしろ、まったく理解できなかったと言ってもよい。まだパジャマ姿でいるうちに《メテオール》紙から電話があり、例の惨事とそれがカレッジにもたらす影響を知らされる羽目になったのだ。途切れ途切れの朝食を終えるまでに、さらに四つの新聞社とラジオ局から電話が入った。

学寮長はことの重大性に気づかないまま、最初の二件の問い合わせに答えた。経済的な問題は会計係の専権事項だが、その会計係は今のところ学内におらず、いつもどるのかカレッジ側は知らされていない、と。そしてこの情報への反応から、下手に答えれば好奇心を煽《あお》るだけだとにわかに気づき、その後はいっさいのコメントを拒んだ。

その間《かん》、くだんのニュースはさまざまなルートでカレッジに達していた。深夜のニュース番組を視聴した教師たちが、一晩じゅう不安げに電話をかけ合っていたのだ。イモージェンが朝早く上級職員用の休憩室へ行くと、そこはすでに人でいっぱいだった。みなずらりと並べられた新聞の周囲にひしめき、その内容を気遣わしげに論じ合っている。どの新聞も問題のニュースを一面にでかでかと載せていた。唯一の例外は《ギャラクシー》で、三人のポップスターとともにジャーマンシェパードとたわむれる若い女優の姿がクローズアップされていた。

前夜の中ごろにロビンズウッド卿が発表した談話はろくに顧みられず、各紙が強調しているのは被害者たちの窮状よりも、〈ファラン・グループ〉の収支に生じたブラックホールの大きさ（評価は二億から二十五億ポンドまでさまざまだった）と、今は亡き経営者たちの悪辣《あくらつ》さだった。二、三の社説では、グループの現会長であるロビンズウッド卿が彼らの略奪に気づかなかった――悪くすると、気づいていながらとめられなかった――ことが批判されていた。

そんなわけで、イモージェンは学寮長が朝っぱらから医務室へやってくるのを見ても驚かなかった。てっきりいつもの鎮静剤をもらいにきたのかと思ったのだ。感心にもサー・ウィリアムは薬を求めなかったが、ぎょっとするほどやつれた、疲れきった顔をしていた。じっさいより二十歳も老け込んだようによろめいている。

「一度診察を受けられるべきですよ」イモージェンは言った。「どこにも異常はないか、ちょっと調べるために。ほんとに、どう見ても具合がよくなさそうだわ」

「そろそろ車検の時期というわけか？　情けないが、わたしは検査に合格できんだろうな。じつのところ、今日はいっさい路上に出るべきではない気がしているのだよ。例のニュースを聞いたかね、イモージェン？」

「はい」衝撃をやわらげようとしても無駄だろう。「ひどい話ですよね？」

「わたしはまだ今ひとつ理解しきれていないのだがね。どうやら、とんでもないことになったようだ。例のあのウェザビーのせいで。ちなみに、彼はまだあらわれる気配がない。まあ顔を出す勇気がないのだろう。あの日、ウェザビーを採用したことが悔やまれてならないよ。彼はカレッジの資産を片っぱしから現金化して、それをそっくり、〈ファラン・グループ〉の社債に注ぎ込んだらしいのだ。千八百万ポンドもな！　その社債には八パーセントの利子がつき、カレッジの当座の収入を倍加してくれるはずだった。しかし八パーセントの利子を約束されても、元手が消えたら何にもならんではないか？　知ってのとおり、ここは裕福なカレッジではない。その金はほとんど全財産なのだ」

「その債券は無価値になってしまいそうなんですか？」

「さてな。とにかく今回の〈ファラン〉のごたごたを解決するには、何か月もかかりかねないという話だ。間違いなく当面は何も取り返せんだろう」

学寮長は深々とため息をついた。「このカレッジには、わたしのまえにも一五五二年にまでさかのぼる二十三人の学寮長がいた。その多くは善良で有能な人物で、ほんの数人は怠惰《たいだ》あるいは無能、そして少なくとも一人はとてつもない悪党だった。だが彼らの誰ひとり、カレッジの全財産を失ったりはしなかった」

「まだ土地と建物があるわ」イモージェンは指摘した。

「ああ、もちろんだ。〝広々として美しい〟とガイドブックには書かれている。だがそうしたものは経済的には、資産というより負債に近いのだよ。たえず保守管理しなければならないからな。その費用はどうする？　まったく、イモージェン、こんな事態を許したわたしは学寮長の座を辞するしかなさそうだ」

「そんなにご自分を責めないで。あなたのせいじゃありません」

「いや、わたしのせいだ。あれほどウェザビーの好き勝手にさせるべきではなかったのだよ。どのみち、船が沈むなら船長も一緒に沈むものだし、わたしはある意味でこの船の船長だ」

「この船はまだ沈んでません、あなたには最後まで舵を取っていただかないと。ずっと沈まないことを祈りましょう。わたしたちにはあなたが必要なんです、ウィリアム」

学寮長をファーストネームで呼んだのは、これが初めてだった。自分が彼を〝ウィリアム〟と呼び、その手を取ったのに気づいてイモージェンは肝をつぶした。

「わたしは金勘定が得意ではない」サー・ウィリアムは言った。「誰かこちらの立場からカレッジの財政状態を把握して、被害を見積もり、それについてどうすべきか考え出してくれる人間が必要だ――それも早急に」

「さしあたり、前任者を説得して引退生活から復帰してもらえないかしら？　ハニウェル博士に」

「だがハニウェルは解決策というより、問題の一部なのだぞ。彼が至らなかったばかりにこのカレッジは苦境に陥り、さらにウェザビーのせいで破滅しかねないようなのだ。アンドルー・ダンカムがいてくれたら。彼にはわれわれが必要とするたぐいの知性がある。呼びもどすのは無理なのだろうな？」

「アンドルーはむしろ加害者の側に深くかかわっていて、今も〈ファラン〉の一員としてどうにか事態をおさめようとしているんです。一日じゅう働いてるはずですよ」

「やれやれ、何てことだ。とはいえ、当座はうちの出納係《すいとうがかり》に業務を引き継ぐように頼んでおいた。若手のマルカム・グレイシーだ。あの男はたいそう聡明なのではないかね？」

「ええ、たしかに」とイモージェン。

「それにきみの友人でもあるのだろう？」

「彼はよき友人です」イモージェンは言った。「五月祭の舞踏会《メイボール》のパートナーに誘ってもらいました」

「いいぞ、それはいい」サー・ウィリアムは言ったあと、ふたたび眉を曇らせた。「だがはたして今年はメイボールを開催できるか……事態がどれほど深刻かによるな。まあいずれマルカムが教えてくれるだろう。むろん、経理士たちにも応援を頼むつもりだ。せいぜいよい結果を祈るしかない。さてと、いつまでもここでおしゃべりしてはいられんぞ。やらねばならんことが山ほどあるのだ」

それから数日間のセント・アガサ・カレッジは、七年前にイモージェンがやってきてからいちばんみじめなありさまだった。

まずカレッジの大まかな財政状態があきらかになった。〈ファラン・グループ〉に注ぎ込まれたのは、自由に動かせる資産のほぼ全額だった。わずかに残ったほかの投資を引き揚げてあの手この手でしのげば、数か月はかろうじて種々の責務を果たせるだろう。だがそれにはすでにピーター・ウェザビーが課した倹約どころではない、大幅な支出の削減が必要だった。奨学金や研究助成金の打ち切り、給与の減額、終身在職権を持たない教員や下級職員たちの解雇など、あらゆる方面での支出カットは避けがたそうだ。

しかも、評議会の緊急会議で学寮長が語ったところによれば、そうした節約だけでは不十分なようだった。セント・アガサは〈カレッジ共済基金〉――主として、困窮したカレッジへの支援に使われる――に前例のない多額の援助を求めることになりそうだった。

「そして基金の本部はしぶしぶ多額の援助を認めても、むろんこのカレッジを厳しく監視したがるだろう――まったく喜ばしくないことに」学寮長は言った。

「トリニティ・カレッジ（ケンブリッジ大学有数の富裕カレッジ）に情けを乞うのはどうでしょう」バートン博士が

言った。「あそこなら、じゅうぶん余裕はあるはずだ」

その発言は突き刺すような沈黙に迎えられた。トリニティに情けを乞うなど、評議会のメンバーたちには究極の屈辱としか思えなかったのだ。

サー・ウィリアムは辞任を申し出た。それは満場一致で否決された。

すでにセント・アガサ・カレッジは少々ありがたくない形で評判になっていた。このカレッジが多額の損失でのっぴきならない立場になっているのは、今や周知の事実だった。《メテオール》紙を含むいくつかの新聞は、消えた会計係の話題も取りあげていたが、そちらはさしてものにはならなかった。なにせピーター・ウェザビーは跡形もなく消え失せたきりなのだ。

いっぽう〈ファラン・グループ〉は惨事の波紋が広がるにつれて、そこらじゅうの新聞にあれこれ書きたてられていた。ようやく年度末試験が終わって学部生たちの多くがカレッジから去った今では、イモージェンはいくらか時間に余裕ができていた。そこでいつになく時間をかけてあれこれ新聞を読み、その内容に意気沮喪《いきそそう》していた。セント・アガサ・カレッジはおびただしい敗者のひとつにすぎなかったが、被害の大きさではトップクラスだった。それに子会社や〈ファラン・グループ〉に依存していた小規模な企業の一部は倒産しかけているようだ。雇用が失われ、年金の基金にも支障が出ているという。紙面にはつましい個人投資家たちのことも報じられていた。今回の件ですべてを失い、これからどうやって子供たちを養ったり、老後を生き抜けばいいのか途方に暮れている人々の話だ。セント・アガサでは若手のフェローたちが次々とイモージェンのもとを訪れて懸念を打ち明け、予算削減の大ナタがいつふるわれるのか知っているかと不安げに尋ねた。それはイモージェンにもわからなかった。

そんなある朝、臨時の会計係に就任したマルカム・グレイシーがイモージェンに会いにやってきた。彼は通知書の束を手にしていた。

「まったくいやな一日になりそうだ」マルカムは言った。「十人以上に悪いニュースを伝えなきゃならないんだよ。こんな手紙は守衛室の郵便受けに放り込むこともできるけど、それじゃ何だか悪い気がしてね。じかに渡しにいくのがせめてもの礼儀ってものだよな。で、残念ながらきみが一人目というわけだ」

イモージェンは内心、たじろいだ。「わたしはクビになるの？」

「えっ、いや、まさか。きみにかぎって。ただし、カレッジは今度の長期休暇中はきみに通常の待機手当を支払えないそうだ」

痛手ではあるが、耐えがたいほどではない。「それならどうにかやっていけるわ」イモージェンは言った。「テスコのレジでバイトをする必要すらなさそう。両親がささやかな収入源を遺《のこ》してくれたし、下宿人も置いてるから。それにもちろん有給であろうとなかろうと、本当に必要なときには呼び出してもらってかまわないのよ。もっとひどい目に遭う人たちもいるんでしょうね」

「ああ、いるよ。新参のフェローの何人かはここを去るしかなさそうだ。解雇はされないが、助成金を打ち切られるケースもある」

「ベリンダ・メイヒューは？　それにカール・ジャナーは？」

「ああ、ほかにもまだいる。彼らのほとんどは覚悟してたはずだよ――最初の経費削減が実施されたときに暗に予告されたから。古参のフェローたちも自発的な減給を求められていて、みんな同意するみたいだ。だけどいちばん気の毒なのはスタッフだろう。守衛が二人と庭師、それに調理場のスタッフが六人もクビになる。その分、残された者たちも仕事が増えるはずだしね。とんだ災難さ。しかも恐ろしいのは、そこまでしてもろくに赤字の穴埋めにはなりそうもないことだ」

「カレッジの会計はそんなにめちゃくちゃになってるの？」

「それが奇妙なことに、ぜんぜんそうじゃないんだ。むしろウェザビーは前任のハニウェル博士が残した混乱状態を解消することからはじめたみたいでね。ぼくらは難なく彼のパソコンのデータにアクセスできたし、すべてが細部まできっちり整理されていた。ただし、あいにくウェザビーの主たる活動はカレッジのさまざまな投資を引き揚げて巨額の金をかき集め、それをそっくり〈ファラン・グループ〉に注ぎ込むことだった。結果はご承知のとおりさ」

「来週には五月祭のボートレースがあるけど……それにも影響が出そう？」

「いや。ボートクラブはカレッジとは別会計の組織だからね。さいわい、あそこの基金には手がつけられてない。ただし――すごく残念で、話すのは気が重いんだけど、イモー――舞踏会《メイボール》のほうは中止だよ」

イモージェンは息を飲んだ。学寮長にそれとなく告げられていたとはいえ、やはりショックだった。セント・アガサのメイボールは三年に一度しか開催されず、彼女は楽しみにしていたのだ。悪くすれば、もう二度と開かれない恐れもある。

「あら、ほんとにがっかり」イモージェンは言った。「でもそれぐらいは我慢しなくちゃね。もっとひどいことがいくらも起きてるんだから」

「これが片づきしだい、一緒に何かほかのことをしよう」

「それがいいわ。ねえマルカム、今日はあなたに〝よい一日を〟なんて言ったら悪趣味なジョークみたいだけど、せめて心ばかりの同情を受け取って」

「ありがとう。そろそろ悪い便りの配達を続けるよ。じゃあまた、イモー」

医務室を訪れた者たちの中には一人だけ、あきらかに目下の周囲の苦境に気づいていない者がいた。コリン・ランページはイモージェンの仕事場のドアの向こうから首を突き出し、ほかに誰もいないのを見ると、許可も待たずに入ってきた。何やら悦に入っているようだった。

「ちょっとお礼を言いにきたんです、ミス・クワイ」コリンは言った。「あなたにはきわどいところで目を覚まさせてもらったから。ぼくにそれがわかるだけの分別があってよかったですよ」

「じゃあフィオナと別れたの？」

「ええ、別れちゃいました。あなたが帰ったあと、じっくり考えてみたんです。で、彼女から遠ざかったとたんに魔法が解けて、ほんとに自由になった気分でしたよ。ずっと放ったらかしになってたあらゆることを思い出して。それにほら、ミス・クワイ、じっさいセックスがすべてじゃないんです」

「ええ、そのようね」イモージェンはかすかに皮肉を込めて言った。彼はすごく理解があって、ぼくのことを帰ってきた放蕩《ほうとう》息子みたいに扱ってくれました（放蕩の果てに家に帰った息子が手厚く迎えられるという、聖書の逸話より）。今回は落第点だろうけど、来年度にもどってくれれば最終的には第一級優等学位を狙えるだろうって。どう思います？」

「すごいじゃないの」とイモージェン。

「おまけに、ジミー・ダウンズのほうも悪くなかった。ジミーはボート部のキャプテンなんですよ。てっきり、あいつにはぼろくそに言われるかと思ったら――まあ、けっこう言われたけど、もっとひどいかと思ってたんです、わかるでしょ？　ぼくはカレッジの代表チームには復帰できません。ジミーが言うには、五月祭のレースを目前にしてトニー・ウィルキンズを放り出すのはフェアじゃないから」

「そりゃあそうよね」

「ただし、練習にはもどらせてもらえたんです。今朝も六時半に小型ボートで川に出て、七時からジムでたっぷり汗をかき、八時にシャワーを浴びて、おかげで気分がさっぱりして……」コリンは口ごもり、顔をしかめた。「これでよかったんですよね？　つまり、このまえ言ったようにフィオナはほんとに最高だけど、ほんとにすごいあばずれだから」

「人をそんなふうに言うものじゃないわ」イモージェンはたしなめた。「たんに彼女はああいう人で、あなたはあなた、というだけの話よ。あなたたちは互いにある一面しか知らなかったんじゃないかしら。それにあなたが賢明にも気づいたとおり、この世はセックスがすべてじゃない」

「ですよね」コリンは相槌《あいづち》をうったあと、にやりと笑みを浮かべた。「でもうまくいってたあいだはすてきだったな。ともかく、そんなわけでお礼を言いにきたんです、ミス・クワイ。イモージェンと呼んでもいいですか?」

「だから言ったでしょ、かまわないって。さあ、もう行って」

ランチタイムに帰宅すると、フランとジョシュはどちらも出かけていた。あまり食欲がなかったイモージェンはバターつきパンとリンゴをひとつだけ食べたあと、なぜかじっとしていられずに家の中を歩きまわりはじめた。

そうするうちに居間でふと、床に伏せたままになっていた〈ヘッドランズ〉のパンフレットに目がとまった。それを取りあげ、以前におぼろな記憶をかきたてられたランダムのポートレート写真にふたたび目をこらす。そして今度も頭の中で彼のあごひげを取り、髪を黒っぽく染めてみた。するととつぜん、記憶がよみがえってきた。たぶんこれだ。イモージェンはジョシュの部屋へ行き、いつでも使ってよいと許可されている彼のパソコンで、ある名前を検索した。すぐに手ごたえがあり、その名と彼女が捜していた日付が表示されたが、たいした情報は得られなかった。

イモージェンは友人から返された自分の車に乗り込み、大学図書館へ向かった。いつもなら自転車で行く距離なのだが、今はもっと知りたくて心がはやっていた。

図書館に着くとマイクロフィルム保管室へ行き、目当ての日付の前後数日間の新聞記事を次次とスクロールした。ドクター・フィリップ・スネッタトンなる人物は、十一人の老いた患者を殺害したかどで告発されていた。いずれも彼の治療を受けるうちに急逝《きゅうせい》したという。七日間にわたった審理の模様が大々的に報じられ、ついに彼が証拠不十分で不起訴となったことも派手に取りあげられていた。そうした記事に添えられた写真の男は、今より若めのドクター・ランダムとしか思えない顔立ちだ。

イモージェンの思考は当然ながら、アンドルーへと向いた。例の内部告発があった日以来、彼から連絡はない。べつに意外ではないだろう――彼は〈ファラン・グループ〉の件でいよいよ多忙になっているはずだ。フラットのほうは応答がないので、〈ファラン〉の本社に電話してみた。こちらは少なくとも誰かが受話器を取った。聞こえてきたのは、おなじみの声――フィオナの声だった。

「こんにちは、フィオナ」イモージェンは言った。「イモージェンよ」

「あら、こんにちは」とフィオナ。「ちょうどあなたに電話しようと思ってたの、イモージェン。あの厄介者を片づけてもらったお礼を言いたくて」

「わたしは必ずしも彼を片づけてはいないけど」

「まあね。でも彼は出ていったのよ、嬉しいことに！」

「彼もすっかりご機嫌みたいよ。どちらにもお喜びいただけてよかったわ」

「それと、もうひとつ言いたいことがあったの。このまえアンドルーの部屋で夜中にわたしが話したことは忘れて。あれは事実じゃない。ちょっと神経がたかぶってたの」

けれど、記憶は電灯のようにスイッチひとつで消せるわけではない。ひとたび口にされた言葉は、決して完全には消し去れないものだ。だが、そんなことを言いたてても意味はなさそうだった。

「〈ファラン・グループ〉の状況はどう?」イモージェンは尋ねた。

「最悪だけど死ぬほどじゃない（ポストパンクのロック歌手、アダム・アントのヒット曲のタイトル）、ってところよ。マスコミから隠れまわってるよりはこのオフィスにいたほうがましだわ。どのみち、マスコミはもうわたしには興味を失くしたみたいだけどね。それでわたしはここにいるってわけ。今度はロビンズウッド卿の個人秘書になったのよ。この仕事がけっこう気に入ってるの。それに彼のことも。彼はどこから見ても完璧な紳士だわ。だけど気の毒に、恐ろしく忙しそう」

「アンドルーのほうは?」

「ああ、さらに忙しそうよ。昼夜かまわず働きづめで。彼があんな仕事中毒だなんて、考えてもみなかった」

「彼と話せるかしら?」

「ええと、どうかな。いっさい電話はつなぐなと本人から厳命されてるの。でもあなたなら……ちょっと待って、イモージェン、彼に訊いてみる」

数分後にアンドルーの声が聞こえた。このまえ話したときより、さらに疲れきっているようだ。

「ぼくはまだ、積もりに積もった汚物の掃除で手一杯なんだよ」アンドルーは言った。「ロビンズウッド閣下もさ。理事職のコレクションにファラン社の役員を加えたときには、こんな羽目になるとは考えてもみなかったんだろう。それでも彼が本気で頑張ってるのは認めるよ。フィオナともばっちりうまくやってるようだしね。だけど、ただでさえ厄介事だらけなのに、マックスの件を捜査してる警官がそこらじゅうを這いずりまわって会社の記録を調べあげてるんだよ。ビジネス上の敵や、彼を殺す動機があったかもしれない人間を探して。そりゃあ、そういう人間は少なからずいるはずだ。だが捜査はまだろくに進展してないみたいだよ」

「アンドルー、わたしに五分だけもらえる?」

「まあ、それぐらいなら」

「あれからずっと、サー・ジュリアスの死からはじまる一連の出来事について考えてたの。きちんと整理できれば、すべてが大きな一塊《いっかい》の事件なのは間違いないからよ。最初は会長、続いてその後継者が相次いで舞台から消え、その直後に彼らの築きあげたグループが破産寸前だと判明するなんて、ただの偶然のはずはない。それにサー・ジュリアスはセント・アガサ・カレッジへの不満を口にしてたのに、そこが〈ファラン〉に多額の投資をしていたなんて。この件にはきっと何か裏があるんだわ。そしてどこかに、すべての謎を解く鍵があるはずよ。わたしはそれを見つけかけてるような気がするの」

「いいかい、イモージェン」アンドルーは言った。「こっちは金融界の大惨事をどうにかしようとしてるんだ。たしかにひとつの殺人事件があった――マックスの件だ。じつにひどい事件だったし、ぼくも犯人がつかまることを祈ってる。じっさいにはあやしいものだがね。とにかくジュリアスの件については、ぼくはもうかなり興味をなくしてるんだ。今は〈ファラン・グループ〉の混乱状態をどうにか整理して、何か手を打とうとしゃかりきになってるんだよ」

イモージェンは出鼻をくじかれた気分だった。悔しさをこらえ、こう続けた。「でもわたしには、すべてがつながってるように思えるの。それにしばらくまえから、その謎を解く鍵は〈ヘッドランズ〉にあるような気がしてたのよ。ジュリアスが亡くなった晩、例の奇妙な会議が開かれた場所にね。そうしたら今日、ものすごいことを見つけたの」

「へえ？」アンドルーはそれがどんなことなのかは尋ねなかった。

「あなたはドクター・フィリップ・スネッタトンの事件を憶えてる？」

「いや」

「もっとよく考えてみて。十三年前よ。ひとしきり世間を騒がせた事件」

「悪いけど、今は十三年前より目のまえのことに集中する必要があるんだ」

「アンドルー、いいから聞いて。ドクター・スネッタトンは十一人の老女を死なせたかどで告発されたの。そのうち六人は彼に有利な遺言書を作っていて、いずれの場合も自然死とする死亡診断書に彼が署名していた。最後の件まで、何も調査はされなかったわ。スネッタトンは彼女たちの主治医で、おおむね高血圧の治療をしていたそうよ。みんなハイリスクの患者で、亡くなっても意外ではなかったと彼は述べてるわ。そして結局、証拠不十分で放免されたの。もちろん、不起訴処分は十一件積み重なっても有罪にはならない。でも半ダースもの老女が医者に資産を遺《のこ》して亡くなるなんて、ちょっと異常だわ。だから彼は起訴こそ免れたけど、じつは有罪にちがいないと誰もが考えたのよ。で、その男が今はあごひげを生やしてランダムという名で以前と同じ手を使おうとしてるんだとしたら?」

「ランダムがスネッタトンだと考える根拠はあるのか?」

「ついさっきスネッタトンの写真を見たばかりよ。あらゆる新聞に載ってたわ。どれもしばらくまえのランダムはこうだったろうなというイメージどおり。あなたも〈ヘッドランズ〉のパンフレットの写真からあごひげを取ってみれば、同じ男だとわかるはずだわ」

アンドルーはしびれを切らしているようだった。「正直いって、イモー、今度ばかりはほんとに想像力を働かせすぎだよ。人をほかの誰かと見間違えるのはよくあることだし、十三年もまえの写真でどうして確信できるんだ?」

「もちろん確信はできない。でもこのまえロウィーナの家で会ったとき、彼はすごい剣幕でわたしに二度と訪ねてくるなと言ったのよ。何か隠したいのでなければ、どうしてそんなことを言うの?」

「まあ、こっちが馬鹿な猿芝居をしたからじゃないのか? たしかに、あれはぼくの責任だ。ランダムがぼくらを快く思わないのも無理はない。それだけで彼を大量殺人の犯人扱いするのはどう見ても飛躍しすぎだよ。たとえそのスネッタトンがじっさいに殺人鬼だったとしてもね。

それに誰もが彼は有罪だと考えたと言うが、結局のところ不起訴は不起訴さ」

イモージェンは食いさがった。「もうちょっとだけ我慢して、アンドルー。話を続けさせて。もしも彼が本当に殺人鬼なら、サー・ジュリアスを殺した可能性はじゅうぶんあるわけでしょ？」

「マックスのこともか？」

「そこはちょっとむずかしいところね。手法がぜんぜんちがうから」

「ちがうもいいところだよ。ぼくの仮説はシンプルそのものだ。おそらくマックスがジュリアスを殺し、誰か未知の人間、あるいは人間たちがマックスを殺した。ぞっとする話だが、いい厄介払いでもあった」

「でもアンドルー、もしもランダムがスネッタトンなら、わたしたちは彼と対決すべきじゃない？　道義的な問題として。今も危険にさらされてる人たちがいるかもしれないのよ。彼の患者たちの中には、ロウィーナの母親もいる。もしも彼がほんとに以前と同じことをしているのなら、もちろん警察にまかせるべき問題よ。でもわたしは彼らを巻き込むまえに確かめておきたいの」

「またそれか。警察に話しても鼻で笑われるだけだぞ」

「だけど、とにかくあそこへ行って彼に疑いをぶつけてみたい。それにいくつか追ってみるべき手がかりがあるわ。イーストハムのパブにいたあの老人、ベンを覚えてる？　彼は何か興味深いことを話そうとしてたみたいなのに、あなたが黙らせちゃったのよ。だからもういちど彼と話してみたいの。また海辺への小旅行はどう、アンドルー?」

「ほんとに、イモー、とても休暇なんか取れないんだよ。いつになったら取れるやら。この調子じゃ永久に無理だろうな。それにはっきり言って、どうせ無駄足だと思うよ」

「いいわ、アンドルー。それならわたし一人で行くことにする」

「ああ、それがいい、行かなきゃ気がすまないんなら。ただし、けんもほろろに追い返されてもぼくを責めるなよ」

彼はとにかくわたしに電話を切らせたいんだわ、とイモージェンは考えた。「じゃあ明日にでも行ってみる。ところで、これからロウィーナに電話するつもりなんだけど」

アンドルーは音をたててため息をついた。「ぼくはいつになったら彼女に会えるのかなあ?」

「さあね。でも彼女にあなたからよろしくと伝えておくわ」

「ああ、うん、イモー、頼むよ。ぼくからのありったけの愛を込めてね」

遠慮もへったくれもない人ね、とイモージェンは考えた。

数分後、ロウィーナに電話したイモージェンはアンドルーの言葉をそっくりそのまま伝えた。

ロウィーナは言った。「ありったけの愛? 最後の一滴まで? 本気のはずないわ」

「たぶん本気だと思うけど」

「でも、ほかの人たちにも少しは取っておかなきゃ。たとえば、彼はあなたのことも愛してるはずよ」

「彼なりにね」とイモージェン。「彼なりの、かぎられたやりかたで」それから、恐る恐る尋ねてみた。「お母様はいかが？」

「ああ、相変わらずよ。何もまともにできないことに苛立《いらだ》ってるわ。残念ながら記憶のほうもさっぱり回復しないようだし」

イモージェンは思わず、初代ファラン夫人は遺言書を作っているのか尋ねたい思いに駆られたが、いくら何でも差し出がましいことに気づいた。とはいえ、記憶のおぼつかない虚弱な老女はたやすく説得されてしまいかねない。

「お母様はまだドクター・ランダムの治療を受けてらっしゃるの？」イモージェンは尋ねた。

「ええ、そうよ。たまには気分を変えてはどうかと言ってみたけど、やっぱり母は耳を貸そうともしなかった。こちらも無理強《じ》いする気はないの、イモージェン。あなたがドクター・ランダムに不満なのはわかってるけど、母は信頼しているし、わたしも彼のどこが問題なのかわからない。彼とは長い付き合いだしね。もうこのままにしてもいいかしら」

きっぱりとした、いくらか冷ややかにさえ聞こえる口調だ。それじゃ二人ともお大事に、とだけ言ってイモージェンは受話器を置いた。

17

翌日、イモージェンはいささか不安な思いで〈ヘッドランズ〉へと車を走らせた。ドクター・ランダムとの対決が愉快なものになるはずはない。道中ずっと、彼への疑惑をさっさと警察に話すべきではないかと考えていた。けれど、それをすんなり信じてもらえるとは思えなかった。やはり行動に移るには、もっとたしかな根拠が必要だ。

イモージェンは受付のデスクで氏名を告げ、ドクター・ランダムにお会いしたいと言った。今度はほとんどすぐに彼が書斎から飛び出してきて、受付係に席をはずすように身ぶりで指示した。

「ミス・クワイ！　ここで何をしているんだ？」ランダムは食ってかかった。「きみが歓迎されないことは、このまえ会ったときにはっきりさせておいたはずだぞ」

イモージェンは彼の目をひたと見つめて言った。「おはようございます、ドクター・スネッタトン」

もしもこちらの見込み違いで、その名に心当たりがなければ、ランダムは戸惑うはずだとイモージェンは踏んでいた。だが彼がじっさいスネッタトンなら、こんな挨拶をされれば狼狽《ろうばい》するだろう。その読みは当たった。とっさの動揺しきった反応は明白だった。だが彼はものの数秒で立ちなおり、ショックを怒りに変えていた。

「ミス・クワイ」ランダムは言った。「わたしはかつてフィリップ・スネッタトンと名乗っていた。きわめて由々《ゆゆ》しき告発を受け、不起訴処分となった男だ。あきらかにきみはそれを知っているようだがね。罪には問われなくても、世間の風当たりは強かった。そこでわたしはしばらく警察の保護を受け、新たな身分を与えられて新たな場所へ移されたんだ。そうこうするうちに、騒ぎはおさまった。わたしは医師免許を取り消されてはいなかったから、新たなスタートを切ることができた。その後は長年かけて、まずはささやかな診療所を開き、しだいに専門分野を開拓して〈ヘッドランズ〉へとつなげたわけだ。たぶんきみはそれも承知していて、だからこそ妙な口実を使って〈ヘッドランズ〉へやってきたのだろうがね」

今度はイモージェンのほうが虚を衝かれたが、それでもどうにか平静を取りもどして言った。

「いいえ。あのときはわたしたちのどちらも、そういうことはいっさい知りませんでした」

「それは奇妙だ。じつに奇妙だぞ。とはいえ、これできみの詮索がましさに対するわたしの断固たる反応を理解してもらえるだろう。ちなみに、ミス・クワイ、医師会とイーストハム警察がこうした事実をすべて把握していることはたしかだよ。おそらく彼らはこちらが引退するまで監視を続けるだろう。それはわたしが背負わねばならない十字架だ。しかし、もうひとつ言っておかねばならないが、まさにその当局者たちのおかげで妙な噂が広まらずにすんでいるんだ。今の話はこの近辺の住民や、〈ヘッドランズ〉を利用するかもしれない人々には知られていない。わたしはいっさい法を犯していないとはいえ、事実が知れれば破滅を免れないだろう。いわば、有無を言わさぬ終身刑に処されているわけさ」

イモージェンは無言のまま、どうにかこれを理解しようとした。

ランダムが続けた。「だからわたしが患者の――とりわけ死亡診断書の――取り扱いにきわめて慎重なことは保証できるよ。もう二度と疑惑をかきたてるわけにはいかないからな」ランダムはうっすら笑みを浮かべた。「そんなわけで、きみに過去を知られたことがわたしにはどれほど不安かわかってもらえるだろう。いったいどうして気づいたのか、尋ねてもかまわないかな？」

イモージェンは彼に話した。

「その情報を誰かに話したのかね？」

「アンドルー・ダンカムに。あまり興味を示してもらえませんでした」

「彼はその話をさらに広めそうかな？」

「それはまずないと思いますけど。やめるように言っておきます」

「きみ自身も他言はしないと保証してもらえるか？」

「誰にも話すつもりはありません」

厳格そのものだったランダム医師の態度が、親しげと言ってもよいほど軟化した。彼はふたたび――今度はなるほど患者たちにとってはさぞ魅力的なのだろうと思えるような――笑みを浮かべたあと、静かな、くつろいだ口調で言った。「当然ながら、ミス・クワイ、他人に被害をもたらしかねない秘密の情報を持つことには責任がともなうものだ」

「わかります」

医師は無造作に言い添えた。「場合によっては危険ですらある」

「それはいったいどういう意味でしょう？」

「一般的な見解だよ――とくに何がどうというのではなく。では失礼、ミス・クワイ。よくご理解くださってありがとう。どうぞ気をつけて」
医師はまた微笑み、彼女を玄関の外へと送り出した。

イモージェンはゆっくり車のそばへもどり、そこで立ちどまって懸命に考えた。今しがた聞かされた話からして、ランダムの患者たちが何か危険にさらされている恐れはなさそうだ。それに高齢の女性たちに尽くすのは法律違反ではない。彼は高齢の女性が本当に好きな可能性すらある。彼女たちをせっせと治療すれば金にはなるのだろうが、それが責められるべきこととは思えない。とはいえ、自分がまだあの医師に好意も信頼も抱いていないことはわかっていた。それに彼はあの最後の言葉で何を伝えようとしたのだろう？

ランチにはまだ少々早すぎたし、考えなければならないことが山ほどあった。そこでイモージェンは〈ヘッドランズ〉の正面の広々とした駐車スペースに車を置いたまま、あの崖の上の小道を通って町まで歩くことにした。今日はアンドルーと一緒に来た日ほど天気がよくないが、歩くのも悪くはなさそうだ。そよ風に吹き流される雲のところどころに、青空がのぞきはじめている。

崖の先端に近づくと、ときおり強めの風に打たれていくらか不安になったものの、風は陸側に吹いているので、崖下へ飛ばされることはなさそうだった。やがて遠くのほうにひとつの人影が見えた。もう少し近づくと、その男はサー・ジュリアスが転落したあの危険区域のフェンスの外側に立っているのがわかった。何ごとか語り合っているかのようにじっと眼下の海を見おろし、彼女には気づいてもいないようだ。

それが誰かはすぐにわかった。前回はサー・ジュリアスの墓のそばで目にした、デリク・デイカーだ。

「気をつけて！」イモージェンは言った。「あなたがそんなところにいるのを見るだけで、ぞっとする！」

デリクはふり向き、フェンスを飛び越えて彼女と向き合った。

「まえにもどこかで会わなかったか？」

「ええ、会ったわ」イモージェンは彼に思い出させた。話しているうちに、自然とこんな考えが浮かんだ――ひょっとして、彼は犯行現場を再訪していたのだろうか？

デリクは言った。「それじゃ、あんたはくそったれファランのことを知ってるんだな？　おれはときどきここへ来るんだよ、あいつの身に起きたことを祝いにね。だけど、これが最後かもしれない」

「もう許して忘れるってこと？」

「ここで起きたことはぜったい忘れない。しっかり頭に焼きつけてるところさ――細かいところまでぜんぶ忘れないように。でも、もうそんなことには背を向けなきゃ。つまりそう、まえに進むんだ。カールにそう言われたんだよ。あんたはカール・ジャナーを知ってるかい？」

「よく知ってるわ」

「すごいやつだよな？　すごくいかしてる。あんなやつにはこれまで会ったことがない。ほんとに闘志満々で、今はくそったれファランの評判を永遠に打ちくだくような本を出そうとしてるんだ。うっひょー！　それを拝めるように、ほんのしばらくファランを生き返らせてやれたらな」

「じゃあ、あなたもついに満足できるわけね、デリク？」

「満足なんかするもんか。おれは決して満足しないし、したくもないさ。でも現状では、それが精一杯ってとこだろう。だからもう手を打って、自分の人生を取りもどすんだ。それもすべてカールのおかげさ！」

「それにあなたのお父さんの、でしょ？」

「かわいそうな親父！　まあ、徐々に立ちなおりつつはあるけど」

「それは何よりね。あなたがたのどちらにもお祝いを言わせて」

　イモージェンは内心、カールと自分自身にも祝いを述べたい気分で小道の先へと踏み出した。そして歩きながら、もういちど頭の中であれこれじっくり考えてみた。

　思えばセント・アガサ・カレッジの──それに〈ファラン・グループ〉の幾多《いくた》の従業員と株主たちの──破滅へとつながりそうな一連の惨事は、この崖の上からはじまったのだ。マックスに支配権を握らせることになったサー・ジュリアスの死は、公式には事故とされているし、じっさいそうだったのかもしれない。だがリーザが話していた──検死審問ではいっさい触れられなかった──あの〈ヘッドランズ〉での謎めいた会合には、何やら陰謀めいたうさん臭さが感じられる。

アンドルーは端《はな》から、マックスがサー・ジュリアスを殺したと信じきっていた。それはイモージェンには少々疑わしく思えたし、マックス自身の死でありそうもないことに見えてきた。それでは二人の殺人者がいなければならないことになるからだ。とはいえ、その可能性も除外すべきではないのかもしれない。とりわけ、ふたつの死亡事件がまるで異質なものであることを思えば。

サー・ジュリアスとマックスはどちらも敵を持っていた。それはたしかだ。マックスが権力を引き継いだことが今回の破綻を招いたわけだが、グループ内の問題はしばらくまえからはじまっていたように思える――サー・ジュリアスなら奇術師さながらの手腕でうまくごまかし続けたのかもしれないが。どのみち外部にどんな敵がいるのか、イモージェンには知るよしもない。それになぜかロバート・デイカーが暴力的、というか、どんな形の殺人にも手を染めるとは思えなかった。

そこではたと、カール・ジャナーを容疑者とする新たな考えが浮かんだ。彼には動機がある。サー・ジュリアスが生きていれば、名誉毀損をちらつかせる彼の巧妙な戦略のせいで、どこの出版社も例の調査書を世に出す危険は犯さなかったろう。だがジュリアスとマックスがともにいなくなった今では、カールはどんどんことを進めて巨額の金を手にするはずだ。ただしサー・ジュリアスが亡くなったときカールが〈ヘッドランズ〉のそばにいたと考える理由はないし、彼がマックスの件のような血なまぐさい殺人を好むとも思えない。

やはり犯人、あるいは犯人たちは、〈ファラン〉の重役陣から探すしかなさそうだ。だがロビンズウッド卿を容疑者とみなすのは無理がある。彼はどちらの死からも利益を得ていない。むしろ今のように、とつじょ降りかかった山ほどの厄介事に対処するより、ちょっとした閑職で報酬を得ているほうがはるかに楽だったろう。それに〈ヘッドランズ〉で何かの謀議があったとしても、彼は加わっていなかった。その点ではイモージェンの知るかぎり、内部告発者のマクネア夫妻や、不正が暴《あば》かれた当日にそそくさと辞職したというマーケティング担当重役のハンコックも同様だ。

するとサー・ジュリアスの件に関しては、どう見てもルーシア・ファランとランダム医師がいちばんの容疑者だろう。サー・ジュリアスが亡くなったおかげで彼らは自由に結婚できるようになり、おそらくルーシアは多額の遺産を手にするはずだ。それにランダムにとって、旧知の仲で以前の名前も知っていたはずのサー・ジュリアスは、さっさと取り除きたい、目の上のたんこぶだったのかもしれない。ほかに容疑者として残るのは、あの謎めいたピーター・ウェザビーだろう。あの男さえ見つかれば、多くのことがあきらかになるはずだ。

ひょっとして、フィオナがやった可能性はあるだろうか？　彼女には動機がなさそうだ。サー・ジュリアスの愛人の座にぬくぬくとおさまり、彼の死後はマックスに乗り替えていたのだ。それにマックスの遺体が発見された朝にかけてきた電話の、あの苦痛に満ちた声。あの声を思い浮かべるだけで、彼女にあんなことができたはずはないと心の底から確信できた。とはいえアンドルーのフラットで夜中にフィオナを苦しめていた、あの不可解な秘密の件がある。いずれまた彼女と話してみなければ。

そうして考え込んでいるうちに、イーストハムの町に着いていた。イモージェンは〈漁師の旗亭〉へと足を向け、このまえアンドルーと来たときに話したベンの姿を探してみた。あの日の会話を見なおすたびに、あれほどアンドルーがせっつかなければ続きを聞きたかったベンの言葉を思い出していたのだ。

今では日差しが強まり、風はおさまっていた。店のおもての素朴な木のテーブルが並んだ庭では、大勢の客がベンチに腰をおろしている。ベンはそのひとつを占領し、空になりかけた一パイント用のグラスをむっつり見おろしていた。

「ご一緒してもいい？」イモージェンは言った。

ベンは最初は彼女が誰かわからず、「とめるわけにもいかんからな」と気のない口調で答えた。

「わたしを憶えていないのね？　この春、ここであなたとおしゃべりしたイモージェンよ」

「ああ、そうか。思い出したよ。あのおかしな名前の子だな。相棒はどこだ？」

「今日はアンドルーは一緒じゃないの」

「そうそう。アンドルーだ。あいつが一杯おごってくれたっけ」

その意味に気づいてイモージェンは彼にお代わりを買ってやり、話を切り出した。「あなたはまた一人ぼっちになったのよね。ほら、お友だちのチャーリーについて話してくれたでしょ、けっこうなお金を手にして町から出ていったとか。彼はそれきり姿を見せないの？」

「ああ、きれいさっぱり姿を消したきりだよ。こっちは今でも寂しく思ってるがね」

「わたしはチャーリーに興味があるの」

「そんなやつはこの世にあんた一人ぐらいのものさ。おれを除けば、誰もチャーリーのことなんか知りたがらない。そりゃまあ、あいつはむさ苦しい宿無しで、ひげもろくに剃らなかったさ。おまけに、ちょっと妙な臭いもした。もっとも、そんなのじきに慣れちまう。少なくともおれはそうだったがな。それにあいつは金さえあれば大酒を食らってた。しこたま飲んだあとは、このまえ話した崖の途中のくぼみ――おれとよく一服しにいった草ぼうぼうの洞穴みたいなとこで、酔いが醒めるまで眠りこけるんだ。まあ落ちこぼれのクズ野郎と言ってもいい。だがほんとはハエ一匹傷つけないようなまともなやつで、いい友だちだった。このあたりじゃ〝小商い《こあきな》〟と呼ばれてることをしてて――」ベンはウィンクした。「要は〈ヘッドランズ〉で治療を受けてる、アルコールに飢えたやつらに酒を流してたのさ。チャーリーが酒を買ってゆき、窓から中へ渡すって寸法だ。もちろん、買い値の三倍の値段でな。まあ、ちょっとした内職だ」

「でも彼はその商売をやめて町を離れたのね。ひと財産築いたから？」

「いやいや。わずかながら儲けた分は、そっくり飲んじまったよ。だがあいつには友だちができたんだ――それでおれから離れちまったわけだから、そんなものできなきゃよかったのにな。とにかくあそこじゃ〝患者〟と呼ばれてるたぐいの、一階の部屋に泊まってた男で、そいつがチャーリーに興味を抱いたんだ。ときどき夜にチャーリーが配達に行ったとき、窓越しに話すようになったのさ。

そいつはチャーリーに言ったそうだよ――きみはせっかくの才能を無駄にしている、もっと成功できるはずだが、それにはまず身なりを整えることだとかね。そしてスーツを買う金を渡してくれたんだ。おれに言わせりゃ、馬鹿なまねをしたものさ。ふつうならチャーリーはその金を自分用の酒に注ぎ込んで、二週間も酔いつぶれただけだろう。ところがどうだ、人間ってやつは驚かせてくれるものだぞ。チャーリーは言われたとおりにスーツを買った。数日後にそれを着込んだあいつを見たが、実のおふくろさんにだって誰だかわからなかっただろうよ。あいつは身体をきれいに洗ってひげを剃り、散髪までしていた。そしてその数日後に、一言の挨拶もなしに姿を消しちまったんだ。

あとに残されてたのは、どう見てもたいした代物《しろもの》じゃない古い服だけさ。おおかた例の男がいくらか金も渡してくれたんだろう。ひょっとするとかなりの大金、というか、チャーリーには大金に思えただけの金をな。それであいつはさっさと町から出ていったんだ。どこかよそで一旗揚げるつもりだったのかもしれない。いったいなぜなのか、おれにはさっぱりわからんけどな。今となっては永遠の謎だろう」

ベンは深々とため息をつき、グラスの酒を飲みほした。イモージェンは彼のためにもう一杯買ってきた。

「その恩人について、もう少し何か聞いてる?」

「いや。そいつが何者なのかも知らん。とくに聞き出そうともしなかったしな。だがチャーリーがいなくなったのはショックだったし、いまだに残念でならないよ。いつも胸に言い聞かせてるんだ、あいつはいつか出てったときと同じぐらいとつぜんもどってくるかもしれないぞって。そうだろう？」

イモージェンは尋ねた。「彼がいなくなったのは、いつのことだったか思い出せる？」

「あんたと最初に会うまえだったんだろうな、そのことをあんたに話したんだから。だがそれほどまえじゃなかったはずだ。はっきりいつとは言えないが」

「ねえベン、チャーリーの古い服はどうなったの？」

「あんなもの、もう誰にも用はなかったはずさ。一ペニーにもならんような代物だ。だがまだどこかにしまい込んであるよ。あいつのために取っておいてやろうと思ってな。あいつが舞いもどってきたときのために。例の立派なスーツを質入れして、その金も使っちまってたら、古い服を見て喜ぶかもしれないだろ。だがまだそんなことにはなってない。なぜそんなことを訊くんだ？」

「ちょっと興味があっただけ。それじゃベン、今度はあなたの人生について話して」

思わぬ聞き手を得て興奮したベンは、とりとめのない話を長々と語りはじめた。貧困の中ですごした子供時代、低賃金の仕事と数度の失業を経たのちの、まずまず幸福な結婚生活。その妻は寿命をまっとうせずに亡くなり、二人の子供たち——一人はアメリカにいる——とはまったく会っていないこと。

「だがこの年齢《とし》になると、そんな暮らしは寂しいもんでね。チャーリーはあんがい大事な相棒だったんだ」

イモージェンは興味深く耳をかたむけたあと、立ちあがってベンに礼を言った。彼女が札入れを取り出し、いくらか心付けを渡そうとしているらしいのを見て取ると、ベンは片手をふって退《しりぞ》けた。

「今は年金でこれまでになくいい暮らしをしてるんだ。誰にも金を恵んではしくはない。だがもう一杯おごってくれるのはかまわんぞ。そいつはチャーリーを偲《しの》んで飲むとしよう」

イモージェンはふたたび崖の小道をたどり、車を置いてきた〈ヘッドランズ〉へと向かった。いつもなら両目を見開いて周囲の海や雲を大喜びで眺め、道端のハマカンザシやヒースの繁みを脳裏に刻んだことだろう。だが今は心が興奮で沸き立っていた。〈ファラン・グループ〉をめぐるジグソーパズルがもう少しで完成しそうな気がした。あと二、三の断片がそろえば、それであがりだ。

その日は驚きの連続だったが、もうひとつ思いがけない出会いが待っていた。駐車場に入ろうとしていると、ばったりリーザと出くわしたのだ。このまえアンドルーと来たとき町まで一緒に歩いた〈ヘッドランズ〉の若いメイドだ。建物のわきから自転車を押して車道へ向かっていたリーザは一目でイモージェンに気づき、自転車を塀に立てかけて笑顔で近づいてきた。

「こんにちは、リーザ」イモージェンは言った。「調子はどう?」

「上向きってところかな。新しい仕事が見つかったんです――花屋の〈ダフネ〉に」

「じゃあもう〈ヘッドランズ〉とはおさらばね」

「まったくせいせいしますよ。今は退職前の通告期間を務めてるけど、今週末で終わりです。

ほんとにどれだけ嬉しいか。ここはどうにも我慢できなくて」

「たしかに、わたしもここでは働きたくないわ」とイモージェン。

リーザは言った。「そういやこのまえ、あなたのことを考えてたんです。ほら、いつかサー・ジュリアス・何とかが亡くなった晩に談話室でちょっとしたパーティがあったことを話したら、あなたはすごく興味がありそうだったでしょ？　そうしたら一、二週間前に、そのうちの一人がまたここに来たんです――ほんの何日か泊まっただけだけど。車は地下にとめてました。あそこはバックで入れるしかなくて、ちょっぴり大変だから、誰もあんまり使わないのに。それにその男は何だか動揺してるみたいで、一歩も外には出ませんでした」

「パーティの顔ぶれのうちのどの人だったの、リーザ？」

「口ひげを生やした男。すぐにわかりましたよ」

「でも彼はもう行ってしまったのね？」

「ええ。夜のうちに。まえの晩までここにいたのに、朝にはいなくなってたんです」

「彼の車は？　ひょっとして、ブルーのアウディじゃなかった？」

「そうそう。その車も消えちゃいました」

「へええ……ありがとう、リーザ」

「あなたはここで何かおかしなことが起きてると思ってたんでしょう？」リーザは抜け目なく言った。「何かうさん臭いことが」

余計な面倒には巻き込まれたくないと言いながら、じつはリーザ自身もその談話室であった集会に興味津々なのだろう。今の話はたぶん、行方不明のピーター・ウェザビーに関する最初の目撃情報だ。けれどそれをリーザに話すのは、自分の役目ではないような気がした。

「たしかにサー・ジュリアスが亡くなったのは思いがけないことだったけど、もうずいぶんまえの話よ」イモージェンは言った。そしてその当たり障りのない言葉に妙な尾ヒレをつけたりはせず、新しい仕事がうまくいきますようにと言って軽く手をふり、リーザを帰路につかせた。

18

イモージェンはアンドルーからの電話をいっさい期待しなくなっていた。近ごろはこちらからの一方的な通信手段になっていたからだ。

そんなわけで、イーストハムからもどった数分後に彼から電話がかかってきたのは驚きだった。

「まだウェザビーからは何の便りもないのかい？」アンドルーは言った。

「ええ、でも彼の噂は耳にした。数日前にちょっとだけ〈ヘッドランズ〉に姿を見せてるの。その後はわたしの知るかぎり、何の情報もなしよ」

「それはともかく、きみに伝えたいニュースがあるんだ。ほんとはマルカム・グレイシーに伝えたかったんだけど、今しがた電話してみたら応答がなくてね」

「マルカムならどこかそこらにいるはずよ。ついさっきカレッジに着いたとき、姿を見かけたから。何かメッセージを伝えましょうか？」

「きみはセント・アガサ・カレッジ宛てに発行された千八百万ポンドの債券のことを憶えてるかな？」

「忘れるものですか。ここが破産しかけてるのはそのせいなのよ！」

「いやね、その投資を確保した見返りとして、ピーター・ウェザビーに〈ファラン・グループ〉から四パーセントのコミッションが支払われたことがわかったのさ」

「へぇーっ！」

「なあ、イモー、四パーセントなんて大したことないように聞こえるが、この場合は千八百万の四パーセントだからな。きっかり七十二万ポンドだ。ひと財産だよ」

「何だか想像もできない。そのお金はどこへ行ったんだと思う？」

「その手の金がしばしば行くところだろうな。巨額の金が必要に応じて消えたりあらわれたりする、カリブ海の不思議な小島さ」

「それって取り返せるの？」

「やってはみるつもりだよ。警察にウェザビーの捜索願を出したところだ。彼がつかまれば、まあポケットを揺さぶってやるぐらいのことはできるだろう。だが彼のポケットは空っぽかもしれない」

「ねえアンドルー、ちょうど今日は〈ヘッドランズ〉へ行ってきたところで、いくつか報告したいことがあるの。まずドクター・ランダムと話したら、彼は自分がスネッタトンであることを認めたわ。ただし、当局は事情をすべて知っているそうよ。十数年前に不起訴の評決が下されたあと、彼はうまいこと新たなスタートを切らせてもらい、その後は模範的な医師としてやってきたんですって」

「じゃあ、彼への嫌疑は晴れたわけか?」

「ある意味ではね。たとえかつてはやましいところがあったのだとしても、それは過去の話で、もう高齢の女性たちが危害を加えられる恐れはなさそうよ。でもべつの意味では少しも嫌疑が晴れたわけじゃない。わたしはいよいよ確信を深めたわ。やっぱり何かの陰謀があって、〈ヘッドランズ〉がその中心になっていたのよ」

「ほう。それは興味深いね」だがアンドルーにとっては、カレッジの社債のほうがより危急の問題らしかった。「じゃあ失礼するよ、イモー」彼は言った。「グレイシーにもういちどかけてみたいんだ。彼に事情を知らせておかないと」

「ええ、そうね」イモージェンは言った。「でもそのまえに、ちょっとだけ聞いて。もう少しでサー・ジュリアスの身に本当は何が起きたのがわかりそうなの。それがわかれば、マックスの件も解明できるかもしれないわ」

「だが警察はマックスの件については何もつかめてないみたいだぞ」

「彼らはそうかもしれない。今のは、わたしたちが解明するという意味よ」

「だったらきみが一人で解明するしかなさそうだ」

「ああ、アンドルー、アンドルー。あなたのことがすごく――というか、ちょっぴり好きだけど、ときどき心底いやになる。ここまでずっと一緒にやってきたのに、もう手を引くつもり?」

「ああ、そのつもりだよ。ぼくは歩きながらガムを嚙《か》めなかったとかいうフォード大統領と似たようなものでね。じっくり嚙みしめなきゃならない経済的問題がどっさりある今は、ほかのことはろくに考えられないのさ」

「やれやれ、仕方がないわ。まだそんな馬鹿な隠喩を考え出せるところを見ると、あなたはだいじょうぶそうだし。なぜもう少しで謎が解けそうな気がするのか、くだくだ説明するのはやめておく。だけどその件でフィオナと話す必要があるの。彼女に代わってもらえる?」

「フィオナは今日は出社していないんだ。ロビンズウッドが休暇をやったのさ。たぶん買い物でもしてるんだろう。彼女は調子が悪いと高い服を買いにいくんだよ。そうすると元気が出るみたいで」

「彼女は元気を出す必要があるわけ?」

「このところ、どうも気分の上下が激しくてね。やたらとハイになったかと思うと、急に落ち込んで涙ぐんだりするんだよ。以前はそんなことぜったいなかったのに。何かがすごく気になってるらしいのに、話そうとしないんだ」

「彼女が何をそんなに気にしているのかも、わたしなら言い当てられそうよ」

「まあ、頑張ってくれ」アンドルーは言った。「きみに電話するよう彼女に伝えておくよ。じゃあ、こちらはそろそろ大量のガムの咀嚼《そしゃく》にもどらないと」

翌朝、フィオナが電話をかけてきた。好天の土曜日で、彼女も上機嫌のようだった。

「イモージェン！」フィオナは言った。「わたしに何のご用？」

「あなたとぜひゆっくり話したいの。できれば、じかに顔を合わせて」

「いいわ。いつ、どこで？」

「わたしがそちらへ行って、あなたをランチに連れ出してもいいわ」

「それじゃあなたには面倒なだけでしょ。ねえ、イモージェン、もうずいぶんケンブリッジには行っていないの。そこには数えきれないほどいい思い出があってね。若いころのボーイフレンドの半分近くはケンブリッジにいたのよ。わたしがそっちへ行って、あなたをランチに連れ出すのはどう？　ねえ、そうさせて。どこかうんとすてきなところへ行きましょう、費用は気にしないで」

「そういうわけにはいかないわ。こちらがお願いしてるのに」

「馬鹿らしい。ぜひそうさせて。ケンブリッジでの一日！　すてきだわ！　とにかくどこかいい店を予約して、あなたの家への行きかたを教えて！」

フィオナは鮮やかな黄色の屋根なしスポーツカーでやってきた。みごとなブロンドの髪を魅力たっぷりになびかせ、明るい色の軽やかな長めのサマードレスに、踵《かかと》の高いサンダル。露《あらわ》わな腕と足首は、けちのつけようがない美しさだ。ニューナム・クロフト町の通りを優雅に進み、ラマス・ランドの草地を横切ってレストランへと向かうあいだも、彼女は四方八方から感嘆の目を集め、イモージェンまでおこぼれの栄誉に浴している気分になった。

ランチのあいだじゅう、フィオナは楽しげにしゃべり続けた。コリン・ランページの近況を尋ねられたイモージェンは、このまえ見かけたときには彼は元気満々で、相変わらず女子学生たちの崇拝の的《まと》のようだったと話した。

「ほんとに、いい子なのよね。彼に必要なのは成長することだけ。ねえイモージェン、人はだんだん若さがすべてじゃない、むしろ逆だってことに気づくものよ。成熟と経験はすごく大事だわ。少なくとも、男性の場合は……じつはね、わたしはちょっとマーティン・ロビンズウッドに参ってるみたいなの。彼はすごく威厳があってハンサムだし、奥さんを亡くしてるのよ。今は六十五歳なんて、ぜんぜん高齢《とし》じゃないしね。あんがいわたしは本来、結婚に向くタイプなんじゃないかと思いはじめてるの。じっさい、マーティンとの結婚生活がありありと目に浮かぶほどよ」

「あなたはレディ・ロビンズウッドになるわけね」

「ええ、愉快でしょ？　そうしたらわたし、令夫人の立場を大いにエンジョイするつもり。マーティンはほんとに超一流の名士よ――王族とも付き合いがあるほどの。ええ、あなたが何を考えてるかわかる。ジュリアスとマックスからまたワンステップ前進。でもほら、ジュリアスは大物ぶっていないときはほんとに愛すべき人……だったのよ。マックスのほうは、たしかに間違いだったと認めるわ。彼はほんとにひどかった。詳しく話す気はないけど、どのみちもうあまり長くは続かなかったと思う。でも彼があんなふうに亡くなったのはショックだったわ」

表情が不意に曇った。

「ああ、やだ!」フィオナは言った。「ほんとにもう! ねえイモージェン、今でもあのことを考えるたびに落ち込んじゃうの。何と、悪夢まで見て! 文字通り、地獄のような悪夢よ」

「無理ないわ。いずれはおさまるはずよ」とイモージェン。

「そうだといいけど。うんざりだわ。最悪なのは、罪の意識を感じること。ずしりとのしかかる自責の念に耐えられないの」

意気揚々たる様子は消え失せ、フィオナは今や、アンドルーのフラットで夜中に話したときとそっくりの口調になっていた。

イモージェンは言った「あなたがそんなに罪悪感を抱くことはないわ。マックスの死に関与したわけじゃないんでしょ?」

「そりゃあ、彼を殺したり、誰かをそそのかして殺させたりはしてないわ。でもわたしがちゃんとしてれば、あんなことにはならなかったはずよ。たんにあの晩、彼を一人にしたことを言ってるわけじゃなく、ほかにも理由があるの。わたしはほんとにひどいことをしたのよ。でなけりゃ、端《はな》からマックスとかかわったりはしてなかったはずなのに。

お金のためよ、イモージェン。恐ろしいものね、お金って。自分が持ってるべきものじゃないのに、わたしは今もそれを使ってる。すぐそこにあるのを見ると、つい使わずにはいられないの。そうすればしばらくは気分がよくなるから。たとえば、わたしが着てるこのドレス。これのおかげで今朝は有頂天になるほど気分が舞いあがったわ。ところが今は……ズズーン！　これはただの一時的な麻薬で、またどん底の気分。これじゃたとえマーティンにプロポーズされても、結婚なんかできない。わたしがしじゅう落ち込んでたら、彼だって耐えがたいはずだもの」

フィオナは少しだけ泣き、そのあと注意深く両目を拭った。

「こんな話ばかりでほんとにごめんなさいね、イモージェン。わたしと話したいと言ってくれたときには、こんなことになるとは思ってもみなかったでしょ」

「むしろわたしのほうがあなたにひどいことをしてるのかもしれない」イモージェンは言った。「でも仕方がないの。さっきお金の話をしてたわね。それがことの発端だったんじゃない？　すべての元凶」イモージェンは深々と息を吸い、先を続けた。「つまり、それはあなたを買うためのお金だったのね？」

「ええ、そうよ。そしてわたしはそれを受け取った。お金だけ受け取って逃げ出した――持ち逃げしたの。でもね、お金のためだけじゃない。どうしても最後までやりきれなかったの。ともかく、わたしは裏切った。そしてそこから、いろんな惨事が起きはじめたのよ」

「それだけが原因じゃないはずよ」イモージェンは言った。

「でも最悪のことはみんなそこからはじまった。いちばんひどいのは殺人よ。なのにそれやこれやで、わたしのほうはすごくいい思いをした。お金を返すこともできたはずだけど、そんなことをしたってもう彼には何の意味もない。だからいっそ手っ取りばやい麻薬を選ぶことにしたの」

「でもこれでわたしも事実を知ったわけだし、それを最後まで追及するつもりよ。そうするしかないの。その〝彼〟が誰なのかは見当がついてるけど、どこにいるのかわからなくて……住所を教えてくれる？　それと、どんな結果になっても準備はできている？」

「ええ」とフィオナ。「わたしはじゅうぶん長くこれを胸にしまい込んできた。もうどうにでもなれって心境よ」

イモージェンはバッグから手帳を取り出し、何も書かれていないページを破り取った。「じゃあここに書いて」

フィオナはくっきりとした、丸っこい、女学生じみた字でこう書いた。

ドクター・J・F・ラランド
アンジュー通り五十一番地
サン・ルイ島
パリ四区
フランス

フィオナが洗面所で化粧直しをしているあいだに、イモージェンは支払いをすませてタクシーを呼ぶように頼んだ。

ニューナム地区の家にもどると、フランとジョシュが待っていた。すっかり立ちなおったフィオナは元気におしゃべりし、平底舟《パント》の漕ぎかたを教えてほしがった。ジョシュはふたつ返事で引き受け、器用に竿を操りながら、クッションに優雅にもたれたフィオナの姿を楽しんだ。フランはちょっぴり妬《ねた》ましげだった。

その後はイモージェンがみなのためにお茶を淹《い》れたが、しばらくするとフィオナはもう家に帰ると言い出した。

「あなたに知られちゃってよかったわ」フィオナは別れぎわにイモージェンに言った「胸のつかえが取れてすっきりした感じ。こういうのって……ギリシャ語で何ていうんだった？」

「カタルシスよ」

イモージェンはすでに身の引き締まる思いで、これからしなければならないことへの覚悟を決めようとしていた。

19

その日のパリは陰気な曇り空だった。イモージェンは以前に一度泊まったカルチェ・ラタンの質素なホテルにチェックインしたあと、サン・ミッシェル広場のそばの小さなレストランで昼食を取り、ぶらぶら河岸へと向かった。

やがて目のまえにセーヌの流れを二分するシテ島と、そこにそびえ立つノートルダム大聖堂の威容が浮かびあがった。イモージェンは地図を片手に、右へ曲がって川べりのトゥルネル通りを進むと、歩行者専用の橋でサン・ルイ島へ渡った。

こんな場合でなければ、イモージェンはさぞ幸福な午後をすごせたことだろう。この島はパリの近代化の波から取り残されていた。けばけばしいホテルや流行の先端をゆく店はなく、メトロはおろか、車の往来もあまりない。本質的には、いまだに十七世紀と十八世紀の中間あたりにとどまっているようだった。島の背骨をなすサン・ルイ・アンリル通りの細長い街路には、いかめしい邸宅と手工芸品や日用品の店が仲良く肩を並べている。

イモージェンは自分をここまで導いた使命をさっさと終わらせる気になれず、しばらくアンリル通りをぶらついた。最後に通りの先端のちっぽけな公園を少しだけのぞくと、ついに島の北側の、セーヌの流れと右岸に面したアンジュー通りへ歩を進めた。その細い通りは、力強く流れる茶色い川から低い石垣で隔てられていた。通りの向かい側には、見あげるばかりの威風堂々たる屋敷が立ち並んでいる。

〝威風〟という言葉がよく似合うはずだ。そうした屋敷の多くには、そこがかつて、革命まえのフランスで威信を誇った人々の住居だったことをさりげなく示す銘板がついていた。ブルボン王朝の宰相、帝国議会議長、錚々《そうそう》たる王侯貴族たち、それに王妃付き近衛師団長や皇太后の画家にして従者、といった具合だ。どの建物も今では少々落ちぶれているが、まだまだ捨てたものではない。いわば高貴な寡婦《かふ》といった感じで、大事に保存されて堂々としている。ただし今ではそのほとんどがいくつかに分割されて、見るからに高価なアパートになっていた。

どこも入り口は広々とした大きなアーチで、その中に手の込んだ古風なノッカーがついた両開きのドアがある。ドアの多くは閉ざされていたが、ひとつだけ開いており、平石が敷き詰められた美しい中庭が見えていた。今は動いていない噴水と、満開の花をつけた生垣がある。

通りの端に近い五十一番地に着くと、イモージェンは黒いペンキ塗りの近寄りがたい堅固なドアのまえで立ちどまった。居住者の表示は見当たらない。イモージェンは重々しいノッカーに手をかけ、それを引きあげたあと、しばしためらった。どうにか決意を奮い起こしてノッカーを金属版に打ちつけようとしたが、すぐにその必要はなくなった。とつぜんドアが開いて、帽子をかぶった若めの男が姿をあらわしたからだ。彼はひょいと帽子をあげて「マダム！」と上の空《うわそら》でつぶやきながら、わきによけてイモージェンを中に通すと、何かの用事を果たしに出ていった。

中庭に入ると、以前は守衛室への入り口だったとおぼしき小さな戸口のわきに、六つの名前が記されたプレートが見つかった。それぞれの名前の横にプッシュボタンがついている。いちばん下から二番目の名前はドクター・J・F・ラランドだった。

中庭の隅には、建物の二面を直角に這いあがる広々とした石の階段があった。イモージェンはエレベーターよりもそちらを選んで上階へのぼり、堂々たる羽目板張りのドアのまえに立った。こちらのドアの横には呼び鈴の引きひもがある。それをぐいと引っ張ると、アパートの奥のほうから騒々しいベルの音が聞こえた。反応があるまで、ずいぶん待たされたような気がした。何もかもが非現実的に思え、不安がこみあげてくる。いったい誰と顔を合わせることになるのかわからなかった。誰かが出てくるとすれば、おそらくはメイドか受付係だが、ひょっとすると当惑顔の医師をまえにして、とんだ無駄足を踏んだことを知らされるだけなのかもしれない。

だがドアが開くと、イモージェンはまさに自分が会いにきた男の顔を目のまえにしていた。それこそ彼女が望み、期待していたことだったにもかかわらず、あり得ないことを目にしたようなショックを覚えた。

「ミス・イモージェン・クワイ!」サー・ジュリアス・ファランは言った。「これはこれは……驚きだな。入りたまえ、ミス・クワイ!」

20

忘れもしないあの重たげな足どりで、サー・ジュリアスはイモージェンをみごとな玄関ホールの奥の広々とした優雅な部屋へと導いた。美しい彫刻がほどこされた大理石の暖炉の上には華やかな金めっきの鏡がかけられ、天井には凝《こ》った装飾の蛇腹《コーニス》がぐるりとめぐらされている。そして生き物のように優美に揺れ動くシャンデリア。黒っぽいどっしりとした家具は、それよりもう少しあとの武骨な時代のものだろう。

サー・ジュリアスはぶかぶかのグレーのセーターとスラックスにサンダルという装《よそお》いだった。立ちどまってこちらをふり向くと、相変わらず顔が赤らんでいるのがわかった。いかにも不健康そうにぶくぶく太り、両目がわずかに血走っている。周囲に酒の気配や臭いは感じられないが、ざっと見たかぎりでは、最後に会ったときより肉体的には衰えたようだった。

それでも、初めは戸口にあらわれたイモージェンを見てぎょっとしたのだとしても、彼はすばやく立ちなおっていた。その口調は冷静で、なめらかと言ってもよいほどだった。

「で、きみはなぜこの心地よい僻地《へきち》へやってきたんだ?」サー・ジュリアスは尋ねた。

「あなたに会いにきたんです、サー・ジュリアス」

「それはそうだろうが。一人でかね?」

「はい」

「どこかそこらに誰かがひそんでいるのじゃあるまいな? あるいはスコットランド・ヤードからの訪問者が二名ほど待機中とか」

「いいえ」

「何かたちの悪い小さな機械を隠し持ってもいないのか?」

「今度もノーです」

「それを聞いて嬉しいよ。さてと、きみはあきらかに一般には知られていない情報をつかんでいるようだ」

「はい。あなたは生きているという情報を」

「それは反論の余地もない。どうしてわかったんだ、ミス・クワイ？」

イモージェンはいっさい他人を巻き込みたくはなかったので、こう答えた。「当面、それを話す必要はないと思います」

「いいだろう。ではそれはわきに置いておくとして、きみはその情報をどうするつもりなのかね？　どう見ても、今日わたしに会いにきたのは何か目的があってのことだろう。きみはわたしに天罰を下す女神、あるいは怒れる復讐の天使としてやってきたのか？　それとも金の件でかな？　沈黙の代価を求めにきたとか」

「ちがいます」とイモージェン。「これからどうするかは、まだ決めていません。それはふたつの死と経済的な危機について、あなたにどんな言い分があるのかによります。ふたつの死というのは、チャーリーという人物がイーストハムの海辺で命を落とした件と、マックス・ホルウッドが田舎の別荘で殺された件。経済的な危機というのはもちろん、〈ファラン・グループ〉の株の暴落です。それについてあなたはほかの誰より事情をよくご存じで、何か手を打てるんじゃないかと思って」

サー・ジュリアスは言った。「ミス・イモージェン・クワイ、きみはひどく危うい領域に立ち入っているのだぞ。自分の命を危険にさらしかねないことに気づいているのかね？　むろん、わたしはさまざまな可能性を空想しているだけだがね。われわれは今、セーヌ川からほんの数十フィートのところにいる。これまであの川は無数の人間の遺体を呑み込んできたが、その死の多くは謎に包まれたままだ。まことに便利な処理法なのだよ。それを考えてみたまえ」

イモージェンは声が震えないようにしながら答えた。「わたしを怖気《おじけ》づかせようとしているのね？　そんな脅しは通用しませんよ。そんなことをすればただではすまないでしょうから。わたしは滞在中のホテルにここの住所を知らせてあるし、一部始終を記した手紙をケンブリッジのあちらこちらに残してきたんです」

サー・ジュリアスは言った。「きみは勇敢な女性だよ――無謀と言ってもいい。そんな方法では身を守れんぞ。わたしはさまざまな名義のパスポートを半ダースは持っているし、ヨーロッパの国境は穴だらけだ。誰かが国際警察《インターポール》への通報を指示するまえに、こちらはさっさとどこか遠くへ逃げ出しているだろう。とはいえ、ミス・クワイ、われわれは必ずしも敵対する必要はない。わたしはしばらくまえから、さきほど言った復讐の女神が遠からずやってくると踏んでいたんだ。どうせ避けがたいことなら、もっともらしい役人風の姿よりきみのような親しみやすい姿で来てくれたほうがいい。ここはひとつ、じっくり話し合ってみようじゃないか。飲み物ぐらいは用意できるから、ミス・クワイ――あるいは、いつぞや許してもらった呼び方でよければ、イモージェン――お茶でもどうかね？」

われながらいささか意外なことに、イモージェンはいただきますと答えた。

サー・ジュリアスは足を引きずりながら部屋を横切り、ベルを鳴らした。ほどなく肉付きのいい年輩の女性があらわれ、サー・ジュリアスが大声で指示を伝えるあいだ、無表情に突っ立っていた。

「アーメイリーはうちの家政婦でね」サー・ジュリアスはイモージェンに説明した。「耳が少少不自由なんだ。きわめて口が堅いが、それもそのはず、周囲で何が起きているのかさっぱり聞こえんのだよ」

やがてアーメイリーがお茶とプチフールの皿が乗ったトレイを持ってきた。イモージェンはお茶だけ受け取り、お菓子は辞退した。

サー・ジュリアスが言った。「さてと、われわれはこうして誰にも邪魔されない、二人だけの小さな世界とでもいうべき場所にいる。つまり、さきほどきみが提起した問題を心置きなく話し合えるというわけだ。あくまで仮定の話としてだがね。互いに何も認めるわけではなく、必要とあればすべてを否定できる」

イモージェンはとつぜん腹が立ってきた。「わたしがここへ来たのは、馬鹿げたゲームをするためじゃありません」彼女は言った。「仮定の話なんかいらない、こちらは本当は何があったのか突き止めようとしているんです。まずことの発端からはじめましょう、いいですね？あなたは、つまりお金持ちの名士だったサー・ジュリアス・ファランは、しばらくまえに酔っ払ってイーストハムの〈地獄の崖っぷち〉と呼ばれる場所から転落したものと考えられている。あなたの妻と主治医がその真下で発見された遺体をあなたのものであると証言したんです。ところが、あなたはたしかに生きてここにいる。誤った身元確認がたんなるミスだったとは思えません。誰かべつの人間があの崖から転落したのも、ただの事故ではなかったはずよ。そしてたぶんその被害者はチャーリーと呼ばれる初老の男性だった。腹の探り合いはやめましょう、サー・ジュリアス。誰が彼を突き落としたの？」

「おやおや、イモージェン、人を脅しつけようとするのはやめてくれ。それではうまくいかんぞ。わたしを告発するのはあんがいたやすくはないはずだ。きみもじゅうぶん承知しているように、警察に訴えたところでまずは鼻で笑われるだけだろう。とはいえ、きみと話し合うのはちっともかまわない。こちらが口にすることを――少なくとも当面は――いっさい外部に漏らさないということならな」

「わたしは何も約束するつもりはありません」とイモージェン。

「いいだろう。ならばこちらは何ひとつ認めず、すべてを否定できるままにしておこう。で、きみの質問は何だったかな？」

「誰がチャーリーをあの崖から突き落としたのか。あなた、それともティム・ランダムかマックスだったんですか？」

「だが、あれは事故だったのかもしれないぞ」

「そしてチャーリーは偶然、あなたが着ていそうな服の中に落っこちたわけ？　それであなたの奥さんまであなたと見間違えたの？　ほんとに、サー・ジュリアス、馬鹿な言い訳はやめて！　わたしと率直に話し合う気があるのなら、今すぐはじめてください」

「よろしい。あれはわたしがやった。次の質問は？」

「なぜそんなことをしたんですか？」

「きみはすでにお見通しのはずだがね。じつに単純きわまる――見ようによっては、単純すぎるほどの話だ。〝事件の陰に女あり《シエルシエ・ラ・ファム》〟とはよく言ったもので、魔性の女がどんな大混乱を引き起こせるかは驚くばかりだよ。自分は抜け目がなくて経験豊かだと思っている男が、ころりと色香にのぼせあがってしまうんだ」

「あなたご自身とフィオナのことですね？」

「ああ、そうとも。二人の年齢差にもかかわらず、わたしは彼女に心から好かれているものと信じ込み、彼女のほうもそれらしくふるまった。おりしもわたしは七十歳を目前に、〈ファラン・グループ〉の支配権を譲り渡す気になっていた。以前からずっと、いずれ引退したらパリへ行き、遠い昔に中断したままのプロジェクトを再開しようと考えていたんだ。さらに今ではべつの夢もできていた――フィオナをパリへ連れてゆき、二人で幸せに暮らすというのぼせあがった夢だ。

滑稽《こっけい》だと言う必要はないぞ。じつのところ、自分でもわかっていたんだ。しかしわたしは物心ついてからずっと自分のほしいものを手に入れることに慣れていたから、今度もそうできると考えたのさ。それにフィオナも承知した。むろんこちらもそれほど初心《うぶ》ではないから、彼女が金に惹かれたのであろうことは察しがついたがね。おそらく、わたしが金持ちの年寄りだということを考慮したのだろう。だがそれはかまわなかった。じつにもっともな話だ。わたしは金には興味がないと言い張る連中には何の感銘も受けない――彼らはただの世間知らずか偽善者で、おおむね後者だからな。フィオナはそのどちらでもなさそうだった」

「じっさいフィオナは彼女なりにあなたが大好きだったのだと思います」イセージェンは言った。

「そう信じたいものだ。それはともあれ、わたしはかなり以前から、いちばんすっきりした経済的な引退方法のひとつは忽然《こつぜん》と姿を消して、死亡したとみなされることだと考えていた。四十年かそこらまえに、まさにそれを実行したお茶目な牧師がいてね。彼は妻と海辺で休暇を楽しんでいた。そしてある朝、海へひと泳ぎしにいったはずだった。ところがその後、浜にきちんと折りたたまれた衣服が置かれているのが見つかって、牧師は死亡したものとみなされ、彼と仲睦《なかむつ》まじかった妻は多額の死亡保険金を受け取った。ただし彼らのどちらにとっても不運なことに、以前の教区民の一人が大陸のどこかのリゾート地で愛らしい若い情婦と腕を組んだ牧師にばったり出会ってしまったのだがね。

それこそ、〈ヘッドランズ〉にチェックインしたときわたしがしようとしていたことだ——むろん、もう少し慎重にな。わたしはその計画をフィオナに打ち明け、彼女がその気になるように多額の金をちらつかせた。前金として、二十五万ポンドを現金で渡すと言ったんだ。さらに今後のパリでの豪奢《ごうしゃ》な生活や、容赦ない現実として、あまり遠くない将来にわたしが死ぬであろうことも話した。彼女はわたしが四本の冠動脈のバイパス手術を受けて、少々気の滅入る診断を下されたことを知っていた。それでわたしが提示したけっこうな一括契約《パッケージ》を受け入れたというわけさ。たぶん愉快ないたずらだとでも思ったのだろう。

そしてそこへ例のチャーリーが登場する。もしもわたしが神を信じていれば、チャーリーは天の賜物《たまもの》だったと言うところだろう。わたしが〈ヘッドランズ〉に着いた翌晩、そっと窓をたたく音がして、見ると外にあのみすぼらしい男が立っていたんだ。彼はわたしのために酒を手に入れてやろうと言った——法外な値段でな。こちらがそれを買ったのは、もっぱら彼を喜ばせるためだ。わたしは酒をすごすきらいがあるが、依存症ではないし、〈ヘッドランズ〉にいたのはじつのところ、行方をくらます準備をするためだった。チャーリーを一目見て、この男は背丈も体格も自分とちょうど同じぐらいだと気づいたが、そのままでは誰も彼をわたしと見間違うことはなさそうだった。

わたしは窓越しにあれこれ語り合い、チャーリーと親しくなった。そして、きみはたいそう頭のいいやつだから、あとは身体を洗ってひげを剃り、まともなスーツを買いさえすればビジネスマンとして成功すること間違いなしだと吹き込んだ。彼はそれをそっくり真に受けた。すっかり感激し、わたしの言うことは何でも鵜呑《うの》みにするようになったんだ。そこで彼にスーツを買って身なりを整えるための金をやり、今度は〈ヘッドランズ〉の敷地の外で会おうと持ちかけた。そうすればぶらぶら散歩しながら、彼の将来の仕事のプランを話し合えると。わたしはチャーリーに数千ポンド融通するはずだった——彼にしてみれば途方もない大金だ。わたしは外出を許されていないので昼間は無理だが、明日の晩ならこっそり鍵を手に入れて抜け出し、約束の時間に会えるはずだと言ってやった。

おおかたすっぽかされるかと思っていたのだが、彼はそこそこ身ぎれいにして、しらふのまま、新しいスーツを誇らしげに着てやってきた。晴れた明るい夜だった。わたしたちは〈地獄の崖っぷち〉まで足をのばし、そこでしばらく立ちどまった。わたしは海を指さし、沖をゆく船が見えるか彼に尋ねた。そして懸命に目をこらす彼を背後から突き飛ばすと、彼はあっさり落ちていった。わけもなかったよ」

「でもティム・ランダムとルーシアは遺体をあなたのものだと確認したわ。本当にそう思ったはずはないのに。何か謀議があったんですね？」

「そう呼びたければ呼べばいい。主導者はわたしだ。彼らはわたしが何をするつもりか知っていて、それをうまく仕上げるために自分たちがすべきことを心得ていたのさ」

「どうしてあの人たちがそんなことをする必要があったのかしら？　彼らにとっては危険なことだったでしょうに」

「少しはな。だが警察や検死官が疑いを抱く心配はなかった。いちばん身近な二人の人間がはっきり身元を確認したのだからな。それにティムとルーシアには喜んで協力する理由があった。ティムはわたしとは旧知の仲で、いろいろ弱みがあったんだ――こちらは彼の過去について、表沙汰になっていないことまで知っていたうえに、今の活動についてもいろいろまずいことを知っていた。ルーシアのほうは多額の保険金を受け取ってティムと結婚できるし、彼らはどちらも一緒になりたがっていたのさ。マックスもその計画を知って嬉々としていたよ。彼は〈ファラン〉のトップの座を死ぬほど奪いたがっていたからな。じっさい、そのために必要とあれば人を殺すことも辞さなかったろう」

「あなたがチャーリーを殺したように？」イモージェンは言ったが、サー・ジュリアスはその合いの手を無視した。

「だが結局」彼はしめくくった。「わたしは判断ミスを犯し、その代価を支払うはめになったわけだよ。いちばんの失敗は他人を信頼したことだ。フィオナを信じて騙された——彼女は金だけ取ってここへは来なかったんだ。おまけにマックスなら〈ファラン〉をうまく経営できると思ったのに、彼は無謀な賭けでたちまち会社を窮地に追い込んだ。わたしはあれほど愚かだった自分を許せない」

「あなたには本当にこれをただの判断ミスとしか考えられないの？　もしもみんなが期待を裏切らなければみごとに成功したはずの、すばらしい計画だったというわけ？　あなたが崖から投げ捨てたのは人間の命だったのに、それは気にもならないんですか？」

「あれはきわめて無用な人間の命だ」ジュリアス・ファランは言った。「酔いどれの老いた宿無しなど、誰の役にも立たん。二人であれこれ話したときにも、彼は自分が生きていようと死のうと誰も気にしないと言っていた」

「それは必ずしも事実じゃありません」とイモージェン。「彼にはベンという友だちがいた。ベンはいまだに彼を恋しがってます。それにチャーリーは希望を抱いていた。あなたのおかげでひとかどのビジネスマンになれると思ってたんですよ」

サー・ジュリアスは肩をすくめた。「あの男に事業の経営などできたはずはない。何ひとつうまくはできなかったろう」

「でもあなたは彼にうまくできると信じ込ませた」

「いいから、イモージェン、時間を浪費するのはやめようじゃないか。こちらはどのみちチャーリーなぞに興味はないんだ。彼はただの人間のクズだったのさ」

イモージェンは怒り狂った。「よくもそんな口をききながら、自分はいっぱしの人間みたいな顔をしていられたものね」

「つまり、わたしは一種の怪物というわけか。そうは思わんぞ。わたしはたんに合理的なだけだ。ほとんどの人間は合理的になる度胸がないのさ」

「じゃあマックスは？　あなたはマックスのこともただの人間のクズだとみなしてたんですか？」

「馬鹿げた比較だ、それぐらいわかるはずだぞ。チャーリーは取るに足りないやつだったが、マックスは力があって危険だった。周囲にただならぬ危害を及ぼしていたんだ。それをとめるしかなかった」

「だから彼を殺してそれをとめることにしたの？」

「きみはとても頭のいい女性だ、ミス・イモージェン・クワイ。初めて会ったときには感銘を受けたし、今もそうだよ。きみがこの世から消されることになれば、大きな損失だろう。ちなみに、どうしてマックスを殺したのはわたしだとそれほど確信しているのかね？」

「種々の状況からして、そうとしか思えなかったからです。今しがた言われたように、マックスはあなたが生み出した事業を破滅へと追い込んでいた。いっぽうあなたは殺人を犯すにはまたとない立場だった、もう死んでいたんですから。それにあなたは非情そのものだわ。ほかの誰があれほど残忍な殺人を犯す動機と機会と精神力を兼ね備えているかしら？」

「きみの推理は完璧だ。よって、こういう結論は避けがたいだろうな――やったのはわたしにちがいない。じっさい、そのとおりだよ」

「でも、まだよくわからないことがあるんです。あなたは舞台から姿を消すために、マックスに支配権を譲られたわけでしょう？　ならばぜんぶ身から出たさびじゃないですか」

「それはすでに認めたはずだ。さっきも話したとおり、当時のわたしは理性を失って、早く自分なりの天国へ行きたくてならなかったのさ。そこで無理やり考えたんだ――マックスなら今までこちらがしてきたようにグループを維持してゆくだろうとね。結局のところ、マックスはわたしが手ずから後継者として選んだ男だ。多くの点でわたしに似ている――ただし、彼のほうがいくらかギャンブラーだが。じっさいどれほどひどいギャンブラーか、わたしはまだ気づいていなかった。だから結局、彼のしていることを見ていられなくなったんだ」

「いつマックスを殺そうと決めたんですか？　ほかにも何か理由があったのかしら？」

「何週間もかけて膨れあがった決意が、あの夜、とつぜん頂点に達したのさ」

「でもとっさの犯行じゃなかったはずだわ。あなたは凶器を携えて〈ライラック荘〉へ向かったんですもの」

「たしかにわたしは凶器を携えていた。以前にいちど――若いころにナポリの裏通りで喧嘩騒ぎがあったとき――人を殺すのに使った美しく危険な短剣だ。あの夜も必要ならそれを使う覚悟でコテージへ向かったが、まだマックスを説得して翻意させられるのではないかと希望を抱いていた。

まずはフィオナに電話をすると――彼女は当然、わたしがまだ生者の国にいるのを知っていたわけだが――彼女はわたしとじかに顔を合わせたり金を返したりせずにすむなら何でも進んで協力したがった。そこでマックスと二人きりで話したいのだと言うと、その夜は彼は一人でコテージにいるはずだということだった。どうやらわたしだけではなく、若きアンドルー・ダンカムも〈ライラック荘〉へ行くはずなのを彼女はうっかり忘れていたようだがな。
　わたしは急遽、パリからルートン空港へ飛んだ。そこで予備の名前のひとつを使って車を借り、西へと向かってその夜遅くにコテージに着いた。私道にはすでに一台の車がとめられていて、コテージの戸口に近づくと、激しい口論が進行中なのが聞こえた。それにはいっさいかかわりたくなかったから、こちらは車にもどって小道の少し離れたところへ移動し、もう一台の車が走り去るまで待っていたんだ。
　そのあとコテージに――あそこの鍵は以前に渡されていたから――勝手に入り込み、マックスを探しにいった。彼は自分の書斎にいたが、髪をふり乱して少々動揺しているようで、なかば酔ったまま、鼻血を拭いていた。わたしに会えて嬉しそうではなかったし、仕事の話はしたがらなかったよ。
　それでもこちらは引きさがらなかった。本当に〈バイオノミアルズ〉に大金を投じたのかと尋ねると、彼はそうだと答えた。おまえはどうかしていると言ってやったよ。〈バイオノミアルズ〉は〈ファラン〉が吸収するにはあまりに巨大で値が高すぎる。それに創立者のビーブナー博士とは長年の付き合いだから、わたしはあそこの新薬が食品医薬品局《FDA》から認可を得られそうにないことを聞いていたんだ。だがマックスは、〈バイオノミアルズ〉のことなら自分のほうがよく知っている、この世のほとんどあらゆることを自分のほうがよく知っているのだと言い張った。わたしたちは長い、込み入った、険悪な議論を続け、その間《かん》さらにバーボンを飲んだマックスは当初のわずかな自制心すら失った。そしてついに、さっさと失せて死人にもどれとわたしに言ったんだ。

それだけならこちらは言われたとおりに立ち去って、マックスには自業自得の苦汁《くじゅう》を嘗《な》めさせておいたかもしれない。だが出ていく準備をしながら、ふと気になって、わたしが来る直前の喧嘩騒ぎについてマックスに尋ねてみた。するとあれはアンドルー・ダンカムとロウィーナのことで言い争っていたのだという。娘の名を聞いて、当然ながらわたしは耳をそばだて、おまえはあの子に何をしたのかと問いただしたよ。するとマックスは話しはじめた――胸の悪くなるような詳細までひとつも省かず、ほとんど拷問に近い行為で得られた快感を強調してな。言語を絶するおぞましさだった。

そこでついに、わたしは怒りにわれを忘れた。短剣はいつでも取り出せるようにしてあったし、かつての試練で使い方も学んでいた。一突きで正確に心臓を貫き、念のため二度目は腹を刺した。心臓のほうが決め手となり、マックスはわたしの目のまえで息絶えた」

「それであなたは嬉々として車で立ち去ったのね?」

「嬉々となどするものか。ロウィーナがどんな目に遭ったかを思えば、喜べるはずはなかろう。だが自分のしたことには満足していたし、今でもそうだ。わたしはドアに鍵をかけて外から窓のひとつを割ったあと、車でルートンまでもどり、空港に車を乗り捨ててここに帰った。むろんひとたび現場を離れれば、自分に嫌疑が降りかかる恐れがないのはわかっていた。死者は犯罪など犯さないものだ」

「アンドルーが疑われることになるとは気づかなかったんですか？」

「気づいたとも、空港へ向かう途中でな。だが心配はしなかった。彼の犯行だと証明されるはずはなかったからだ。あんな喧嘩でおそらくは血まみれになったまま、何の痕跡も残さずにあの窓を割れたはずはない。それに現場には、彼のものではないＤＮＡと指紋がそこらじゅうに残っていたはずだ。わたし自身は、指紋を採られたことはない。ならば犯人は未知の侵入者ということになる。警察はいまだにその線を追っているのだろうよ」

イモージェンは言った。「あなたは残酷きわまるやりかたで人の命を奪ったのに、それをごく軽く考えているみたいだわ」

「マックスについてはみじんも良心の呵責《かしやく》は感じていない。あいつは当然の報いを受けたのさ。この世の誰ひとり、マックスの死を悼《いた》んだりはせんだろう。ロウィーナもな。あいつが死んだおかげであの子は解放されたんだ」

「ロウィーナはあなたがまだ生きていることを知っているんですか？」

「いや。そんな重荷を負わせる気にはなれなくてね。あの子はまだ、わたしは崖から落ちて死んだと思っているはずだ」

イモージェンは信じられない思いだった。「どうしてそんなひどいことができるの？　ロウィーナはあなたのお葬式で涙に暮れていましたよ」

「そりゃあ、女は父親を亡くすと取り乱すのさ。だがどのみち、いずれは起きることではないか。人はそうしたことにも慣れてゆくものだ。まあすべてが無事に過去のこととして葬り去られれば、そのときはあの子に秘密を明かそうかとも考えていたのだが、人の命を奪うしかなかったことまで知らせる気はなかったよ。ロウィーナはひどく繊細で高潔だから、そんなことには耐えられんだろう」

「あなたには驚かされるばかりだわ、サー・ジュリアス。何もかもふつうじゃない感じ」

「一歩間違えばさらにひどいことになるからだ。それにあの子が不自由なく暮らせるように手は打ってある」

「あなたはわたしとはべつの惑星にいるみたい。事実を知れば重荷になるなんて……あなたはまさにその重荷をフィオナに負わせたんですよ。そのせいで彼女は心底みじめな思いをしているわ。それだけじゃない。フィオナはあまりマックスに好意を抱いてなかったかもしれないけれど、彼が殺されてるのを発見したショックで、いまだに動揺しきってしじゅう悪夢を見ているんです」

「フィオナにはたっぷり代価を支払った。その金を取りもどそうとする気はない。彼女の感情にまでは責任を負えんな」

「じゃあ〈ファラン・グループ〉の株価の暴落で被害をこうむっている大勢の人たちは？　彼らのことが気にならないんですか？　〈ファラン〉や子会社の従業員たちは？　各地の代理店や納入業者、〈ファラン・グループ〉のおかげで経営が成り立っている会社のこととかは？

それに出資者たち。何千人もの小口投資家たちのことは？」

「こうしたさいには必ず脚光を浴びる、例の哀れな未亡人と孤児たちか！　だがどうしたものか、あまたのお涙頂戴記事にもかかわらず、誰もじっさいに飢え死にしたりはしないんだ。貧者のみなさんには申し訳なく思うが、ほんの少しだけだよ。金を失う余裕のない人間は、リスクをともなう投資に手を出すべきじゃないのさ」

「ならばセント・アガサは？　あそこも大損害をこうむったんですよ」

「ああ、そうそう、何かそんな記事を読んだな。セント・アガサ・カレッジ――わが懐かしの母校《アルマ・マータ》だ。といっても、わたしへの扱いはあまり寛大なものではなかったが。セント・アガサはいくら出資しているのかね？」

「千八百万ポンド。ほとんど全財産です。ピーター・ウェザビーがそれを〈ファラン・グループ〉に、つまりマックスが発行した社債に注ぎ込んだんですよ」

「そして、今やそれは紙くずも同然というわけか。ウェザビーは馬鹿者だ。いいことを教えよう、イモージェン、たった一言で言いあらわせる教訓だ。すなわち、〈貪欲と無知は致命的な組み合わせ〉。それを憶えておきたまえ。とはいえ、千八百万ならさほどの大金ではなかろう」

「わたしにはただの小遣い銭《ポケットマネー》だとは思えませんけど」

「まあ中小企業の資本金といったところだな。たしかにセント・アガサはせいぜい中規模の事業だ。わたしはいつも、もっと価値のある企業を朝食前に売り買いしてきたぞ」

とつじょ義憤《ぎふん》をかきたてられたイモージェンは、深々と息を吸った。

「せいぜい中規模の事業！」彼女は言った。「ならば、そのセント・アガサがいかなるものなのかお話しします。あそこは幾多《いくた》の人々が幾多の歳月をかけて築きあげた学びの場です。建築学的にも歴史的にも重要な、時を越えた知性の勝利、かけがえのない宝物、それがセント・アガサ・カレッジよ。こんなことでつぶすわけにはいかないの！」

「見あげた忠誠心だな」とサー・ジュリアス。そっけない口調だが、あきらかに胸を打たれたようだ。「さてと……」彼は言った。「それぐらいの金なら、わたしの個人的な財源から都合できそうだ。いいだろう。わたしは決してカレッジのよきメンバーではなかったが、これがいい機会なのかもしれない。もう面倒を見なければならないものは何もないのだし、さっきも話したとおり、わたしの命はもう長くはなさそうだ。それで手を打とうじゃないか」

イモージェンは言った。「そうできれば最高でしょうけど、セント・アガリだけ救ってほかの従業員や投資家たちを見殺しにするのはよくないような気がします」

「〈ファラン・グループ〉の負債はどれぐらいなのかね？」

「最後に話したときのアンドルーの説明によれば、ざっと見積もって四億八千万ポンドぐらいで、さらに増え続けているということでした」

「それはたしかに大金だ。残念ながらわたしの尻ポケットにも四億八千万は入っていない」

「でもあなたは〈ファラン・グループ〉の生みの親で、曲がりなりにもあそこの大黒柱だったはずだわ。それに、あなたは世界的な〝投資の魔術師〟と呼ばれてたんですよね。ならば魔法の杖をふって、その損害をそっくり消し去れないものかしら？」

「これはまた突拍子もないことを」サー・ジュリアスは言った。「現実の世界では、込み入った難解な問題を杖のひとふりで解決したりはできんものだぞ――政治家どもは、自分たちにはそれができるとみなに信じ込ませようとするがね。わたしなら〈ファラン・グループ〉を救えるか？　手短に答えれば、わからない。詳しい事情を知らなければ、試すことすらできないだろう。どう見てもわたし一人では無理だ。なかなか面白いチャレンジではあるが……忘れちゃいかん。誰しもひとたび死ぬと、それ以上の行動はしにくくなるのだよ」

イモージェンは黙ったままだった。

サー・ジュリアスはしばらく置いて続けた。「どうやらこの問題はすべて、わたしが最初にした質問に尽きるようだな。きみは自分が手にした情報をどうするつもりかね？」

イモージェンは答えた。「わたしは今や、より多くの情報を手にしたわけですよね？　あなたに二件の殺人を打ち明けられたんですから。もうそれを避けては通れません。その情報を当局に引き渡すしかなさそうだわ」

「警察にか？　さっきも言ったが、おそらく鼻で笑われるだけだぞ」

「それはよくわからないけど、とにかくまずアンドルーに話して、彼からロビンズウッド卿に伝えてもらいます。ロビンズウッド卿なら、警察にも真剣に取り合ってもらえるはずよ。彼はあらゆる有力者にコネがあって、間違いなく上は歴代の警視総監、ひょっとしたら内務大臣にまで通じているみたいだし」

「言っておくが、こちらは罪を告発されても素直に逮捕されて罰を受けるつもりはないぞ。ただしこの居心地のいい家を離れて、もっと安全な、おそらくは人里離れた避難所を探すしかなくなるはずだ。ここで世話をしてくれている、すばらしいフランス人医師からも遠く離れて。それは死につながるだろう。どのみち、こんな状態で生きているのは不思議だと言われているのだからな。そうなれば間違いなくセント・アガサ・カレッジを――ましてや多くの従業員や、例の哀れな未亡人と孤児たちを――救う望みはいっさいなくなるわけだ」

「だから沈黙を守れというわけですね？　それはできません。二件の殺人について口をつぐんでいるなんて」

「きみは手に負えない道徳家だよ。それが命取りになりかねんぞ。本当にヤーヌ川で生涯を終えるのが怖くはないのかね？」

「はい」とイモージェン。

「まあ、怖気《おじけ》づかんのは正解だ。わたしはきみを始末するつもりはない。なぜだろう。自分の真意を探ってみなければ。まあ要はきみが好きなのだろう。本当にこのパリでわたしと暮らす気はないのかね？」

「サー・ジュリアス、冗談はやめてください。これは真剣な話なんですよ」

「冗談だとはかぎらんぞ。だが、どうやら答えは断固たる拒絶のようだな。ではよく聞きたまえ、こちらも真剣そのものになろうじゃないか。今はいろいろ差し迫って、あまり時間がないうえに、わたしは殺人罪で裁かれるつもりはない。そこで提案があるのだが……まず、きみはさきほどアンドルー・ダンカムとロビンズウッドの名を挙げた。そう、たしかにきみは自分の知っていることを彼らに話すしかない。彼らはそれを信じるはずなのだろうな？」

「たぶんどちらも心底ショックを受けるでしょう。でもええ、彼らは信じると思います」

「わたしの名刺を持っていくといい。署名しておけば彼らはわたしの字だと確認できるはずだし、彼らが連絡できるように電話番号も書いておく。それで、あの二人にこう持ちかけるのだ——わたしに一月《ひとつき》の猶予と彼らの協力を保証し、その間《かん》にわたしが〈ファラン〉の状態を好転させられるか様子を見てはどうか。そしてさしたる成果が認められなければ、わたしを告発すればいい、とな」

「もし成果があがったら？」

「それなら、もうわたしをそっとしておいてくれてもいいんじゃないのかね？」

「そうはいきません。それで二件の殺人が帳消しになるわけじゃなし」

「いやはや、仕方ない。では最大限の譲歩をするとしよう。わたしは自分の命の残高を決して高く見積もってはいない。必要ならばそれを絶つ手助けをしてくれそうなオランダのクリニックと連絡を取り合っているほどだ。そこでどうだろう、例の件に成功しようとするまいと、わたしの——何と言えばいいのかな？——社会への負債を今から一月後に清算するというのは。むろん、それまでに自然死しなければの話だが……おや、不満げだな、イモージェン。まだ道徳的ジレンマにとらわれているのか？」

「わかりません。ちょっと混乱しているの」

「ではその道徳的ジレンマをマーティンやアンドルーと分かち合うことだ。彼らのほうがきみより責任ある立場なのだぞ。じつのところ、おおかたの人間は倫理的な配慮より成果を得ることを重視しがちなものだがね。ロビンズウッドは世知にたけた男で、稀代のフィクサーだ。きっと道徳的ジレンマのひとつぐらい解決できるだろう」

イモージェンの思考がふと脇道へそれた。「あなたはたしか、何かのプロジェクトを再開したいということでしたよね。どういうプロジェクトですか？」

「十五世紀フィレンツェの研究さ。意外かね？　わたしだってまったく無教養な人間じゃないんだぞ。これでも金がすべてというわけじゃない。だが残念ながら、そのプロジェクトは未完のままで終わりそうだ。わたしの身体が持たないだろう」

「十五世紀のフィレンツェといえば、マキャベッリが生きた時代と場所ですね？」

「代表的な人物はほかにもいるぞ。たとえば、きら星のごとき偉大な芸術家たち。その中でよりにもよってマキャベッリの名を挙げるとは……おそらく、それがきみのわたしへの評価なのだろう。じじつ、ニッコロ・マキャベッリはわたしが大いに崇拝する人物の一人でね。今は彼の著作やそれに対する反響を研究しているんだ。資料も山とある」

「マキャベッリは都合が悪くなれば約束を破ってもかまわないと考えていたんじゃありません？」

「まあいわば、融通のきく男だったのさ」

「ならばどうしてわたしやロビンズウッド卿があなたの約束を信じられるんですか？」

「おやおや、イモージェン――わたしは十五世紀フィレンツェではなく、現代のヨークシャーの人間だぞ。ヨークシャーの人間はタフな取引をすることで有名だ。だがひとたび話が決まれば、それを守ることは請け合える。きみもわたしを信じてくれてかまわない。さてと、ではきみをディナーに連れ出すとしよう、対岸のすばらしいレストランへな」

かすかな目まいを覚えつつ、イモージェンは言った。「それは遠慮させてください。もうホテルにもどりたいんです」

「朱に交われば赤くなるというわけか？　いいから、聖人ぶるのはやめなさい。たった一度の美味《うま》い食事ぐらいで義理を感じることはない。あとは一晩じっくり考えて、もしもそうしたければ明朝にでもわたしを当局へ売り渡せばいい」

「そういうことなら」とイモージェン。「はい、ありがとうございます。あなたが暴飲暴食しないように見張らせていただきます」

「死ぬほど飲み食いするのも、この世を去るひとつの方法かもしれんな」サー・ジュリアス・ファランは言った。

21

ケンブリッジにもどった日の晩は、床《とこ》に就いてもなかなか眠れなかった。さまざまな思考が脳裏に渦巻き、何度も寝返りを打ったあと、イモージェンはここしばらく枕元に置いてある本を二章ほど読んだ。その後はまたひとしきり寝返りを打ち、階下におりてお茶を淹《い》れると、ベッドにもどって数時間にも思えるあいだ眠れぬままに横たわっていた。やがてついに深い眠りに落ち、目覚めたときにはいつもの起床時間をとっくにすぎていた。

イモージェンは電話のベルに起こされた。最初は、聞こえてきたのが誰の声なのかわからなかった。

きびきびとした男らしい声で、切迫感に満ちている。

「ミス・クワイかな?」その声は言った。

「そうですが」

「ミス・クワイ! マーティン・ロビンズウッドですよ! これはいったいどういうことですか?」

イモージェンは〝いったい何の話でしょう〟などと言って時間を浪費せず、できるだけ落ち着いた声で答えた。「サン・ルイ島でサー・ジュリアス・ファランと話してきたんです」

「サー・ジュリアス・ファランだと称する人物と話したわけですね?」

「あれはサー・ジュリアス・ファランでした。わたしは彼のことをとてもよく知っているんです」

「だがそれは荒唐無稽《こうとうむけい》な話だ。サー・ジュリアスは半年近くまえに亡くなったんですよ」

「けれどあれはサー・ジュリアスで、彼はたしかに生きています。少なくとも、おとといの晩には生きていて、わたしの目のまえで豪勢なディナーを食べていました。でもあまり具合がよくなさそうで……心臓がかなり弱っています」

「あなたはわたしに、とうていあり得ないことを信じさせようとしている。ところが、こちらはそれを信じはじめているんです」ロビンズウッド卿は言った。「じつは半時間ほどまえにパリから電話がありましてね——ジュリアスにそっくりの声で。てっきりどこかのペテン師かいたずら者のしわざかと思い、さっさと電話を切ろうとしたら、断固たる声で切るなと命じられました。それにジュリアスのしゃべりかたにはときおり、ほんのかすかにヨークシャー訛《なま》りが顔を出す。わたしのように親しくなければ気づかない程度の訛りがね。それで、その男の話をかなり信じる気になったわけです。だがそら、もしもじっさいジュリアスが生きているとわかれば、経済界のそこらじゅうで大混乱が起きるはずだ。あれが本当にジュリアスなら、彼は自殺を偽装したとしか考えられませんからね」

「現にそうだったんです。わたしはパリで午後から夜までずっとサー・ジュリアスとすごしました。そして一部始終を聞かされたんです。サー・ジュリアスはあなたが信じなかったら見せるようにと、署名入りの名刺をくれました。あれはわたしがイモージェン・クワイなのと同じぐらいたしかに、サー・ジュリアス・ファランでした」

「彼は詳しいことはあなたから聞けと言っていた」とロビンズウッド卿。「とても疲れて息切れしているようで、あまり長くは話そうとしなかったんですよ。こちらはむろん、あの役員会のランチで紹介されたあなたのことを憶えていました。今もここにいるアンドルーによれば、あなたは信頼できる証人らしい。だがもしもこれが事実なら……朗報なのか悪いニュースなのかはわからないが、とにかく衝撃的なことは間違いない」ロビンズウッド卿は一息ついたあと、力を込めてくり返した。「じつに衝撃的だ！」

イモージェンは言った。「わたしもすっかりショックを受けてしまって。どうすればいいのかわからないんです。サー・ジュリアスは責任をあなたがたと分かち合うべきだと言っていました」

「そもそも、あなたには何の責任もないはずですよ。〈ファラン・グループ〉の会長はわたしで、最終的な責任はわたしにある。だがミス・クワイ、当面はあなたのほうが事情をよくご存じのようだ。サー・ジュリアスはあなたが一部始終を話してくれるはずだと言っていました。そうしてもらえますか？」

イモージェンは「できるだけやってみます」と答えた。すでに頭の中で何度も練習していたので、何も言い漏らさないようにしてそれを復唱した。

ふたつの殺人の件に話が及ぶと、ロビンズウッド卿は「そんな、まさか！」と苦悶の叫びをあげ、最後まで聞き終えるとこう言った。「ではジュリアスは一月《ひとつき》で〈ファラン・グループ〉の経営を立てなおせるというのですね？」

「必ずしもそういうわけではありません。ただ、いくらか好転させられると考えているようでした」

「それだけでも信じがたい話ですよ。こちらは何とか破産を食いとめるので精一杯なのだから。しかしそんな奇跡を起こせる者がいるとすれば、ジュリアスだろう。では今しがたわたしに話してくれたことをアンドルーに話してください。すべてを彼と話し合う必要があるので」

受話器を渡されたアンドルーは言った。「話はだいたい聞こえたよ。じゃあ、あれは偽装でジュリアスはまだ生きてるんだな?」

「ええ、そうよ」

「そして彼がマックスを殺したのか?」

「ええ」

「何はともあれ、それはあのたぬき爺さんの唯一の善行だな」とアンドルー。「ロウィーナは知ってるのかい?」

「たしかなことはわからないけど、たぶん知らないわ。彼女の父親が話していないことは間違いなさそう」

「なあイモー、彼女はいろいろ辛い目に遭ってきたんだ。それにすごく繊細で、きみほどたくましくはない。葬儀のときもひどく動揺してたよな。すべてが偽装だったなんて知らされるのと知らずにいるのと、どっちが余計に辛いのかわからない……」

「でも彼女に選択の余地はないのかも」イモージェンは言った。「どのみち、いずれは何もかも明るみに出てしまうかもしれないわ」

「ロウィーナには誰か頼れる人間が必要だ。これがぜんぶ片づいたら、ぼくが引き受けるべきだと思うかい?」

「彼女の息子たちも一緒にね」イモージェンは彼に思い出させた。

「ああ、そうそう、息子たちもだ。まえにいちどだけ会ったけど、二人ともいい子だよ。彼らには父親が必要だ――マックスみたいなやつじゃなく、本当の父親が。ぼくは男の子が好きなんだ。以前はボール蹴りをしたりするのも大好きだったし……親父になるのも悪くない」

ようやくアンドルーが電話を切ると、イモージェンは考えた――彼は自分自身のことやわたしのことを少しはわかってるのかしら？　わたしは繊細ならざるたくましい女どころじゃない。今はぼろぼろに打ちのめされた気分だ。

ロビンズウッド卿は半時間後にふたたび電話をかけてきた。そっけない断固たる口調で、「ミス・クワイ」と切り出した。「あなたにはわたしがいいと言うまで、サー・ジュリアスについてわかったことを誰にも、いっさい口外しないでいただきます」

イモージェンは憤然《ふんぜん》と問いただした。「ロビンズウッド卿。あなたは何の権利があってわたしにあれこれ指図なさるんですか？」

ロビンズウッド卿は「失礼はお詫びします」と答えたものの、少しもすまなげな口調ではなかった。「では、わたしが追ってご連絡するまで、何も口外なさらないよう切にお願いするということにしましょう。これはただならぬ結果を招きかねない繊細きわまる問題なので、じゅうぶんよく協議するまえに話が広まるのを許すわけにはいかないのです。このお願いが関係者全員のためだということを信じていただくしかありません。さっきも言ったように、責任はもっぱらわたしにあります。あなたにはできるだけ早くまた連絡するようにしましょう。それでよろしいですか？」

「たぶん」イモージェンはおぼつかなげに答えた。

「ありがとう。じっさい、あなたはまだ誰にも話していないと考えてよろしいのですな？」

「いっさい話していません」

「誰か知っていそうな人間に心当たりは？」

「ええと、レディ・ファラン——ルーシアのことですが——とドクター・ランダムは偽装については知っているはずです。それにフィオナ。ほかには思い当たりません」

「フィオナは他言する気はありません。ルーシアとティムも、当然ながら口をつぐんでいるでしょう」

「でもそれは考えものだわ」イモージェンは言った。「わたしは子供のころからずっと、真実はいずれあきらかになるものだと言い聞かされてきました。たしか学校で習ったラテン語の格言もあったはずだわ——マグナ・エスト・ヴェリタス……」

「エト・プリーヴァリービト」ロビンズウッド卿はしめくくった。「真実は偉大で、かつ広まる。だが残念ながら世間には、真実が広まらないほうを大いに好む人々がごまんといるのですよ」

空っぽのマグとトーストのかけらから、フランとジョシュがすでに朝食をすませて出かけたことがわかった。イモージェン自身の朝食の時間もとっくにすぎていたが、どうにも食欲が出なかった。不安と落胆がずしりと胸にのしかかり、しかも薄暗い、陰気な空模様だ。

イモージェンは自転車でカレッジに出かけたが、そこの雰囲気も心はずむものとは言えなかった。中庭を横切る途中で出会い、コーヒーでもどうかと医務室に招いた生活指導主任のバートン博士によれば、このところ続々と嘆かわしい手紙が届いているという。新たに入学を許された若者たちが今になって決意を変え、第二志望のカレッジへの進学を希望しているというのだ。

「みな心にもない弁解を考え出すみごとな才能を発揮しているが」バートン博士は言った。「要は、このカレッジが破産するのを恐れているんだよ」

「まさか本当に破産したりはしませんよね？」

「ああ、破産まではな。だがマルカムによれば、当面はおっかなびっくり様子を窺《うかが》っているが、あまり楽観はできないそうだ」

イモージェンはここ数日ほどマルカム・グレイシーと話していなかったので、ちょっと会計係のオフィスを訪ねてみることにした。

マルカムは疲れきった顔で書類の上にかがみ込んでいた。彼は〈ファラン・グループ〉からウェザビーに支払われた手数料を取りもどせる可能性は低いと見ており、どのみち千八百万ポンドの投資が泡と消えそうなのに、七十二万ポンドきりでは焼け石に水だと指摘した。そこでやむなく比較的新顔の教師と大学院生たちに謝罪の通知を配布して、どこかよそに魅力的な仕事があればチャンスをつかむようにすすめたばかりだという。

「そんなことをしなきゃならないのが悔しくてね」マルカムは言った。「反応はご想像どおりさ。今までぼくが話した相手はみんなすごく寛大だった。こんなことになったのは、ぼくのせいじゃないとわかってるんだ。彼らがあのいまいましいウェザビーについて言ってることをきみに話す勇気はないよ。ともあれ、きみは安全だ、イモー。休暇明けからまた給与支払い名簿に載るはずだ」

「じつはうちの下宿人のことが心配で」イモージェンは言った。「フランセス・ブリャンよ」

マルカムは顔をしかめた。「もちろん、フランならぼくも知ってる。いい子だよね。だけど残念ながら……」彼は最後までは口にしなかった。

イモージェンはランチを取りに帰るついでにちょっと寄り道をして、フランの大好物の生クリームがけイチゴを買い入れた。いよいよ五月祭――毎年すべての試験が終わって学生たちが休暇に入る六月初旬ごろに開かれる、あの気楽な、底抜け騒ぎの大学祭――がはじまろうとしていることが妙に恨めしく思えた。期間中の舞踏会が中止にならなければ、自分もマルカムと行くはずだったのだ。彼はさきほどその件に触れるのを如才《じょさい》なく控えたが、たぶんその夜もカレッジの帳簿、あるいはその電子版にへばりついてすごすのだろう。

家に着くと、フランとジョシュもランチを取りに帰宅して、哀れな出来合いのラザニアを二人で分け合っていた。例のマルカムの通知書を目のまえに置いていたフランが、無言でそれをテーブルのこちら側へ押してよこした。やっとのことで泣くのをこらえているようだ。彼女がすでに来年度の研究プランを立て、それを実行に移すのを心待ちにしていることをイモージェンは知っていた。だがこれでは何か仕事に就くしかないかもしれない。

そのとき、彼女を不器用に慰めようとしていたジョシュがはたと思いついたように言い出した。「やあ、生クリームがけイチゴか！　しかも太陽が顔を出しかけてるぞ。なあ、今日は追《バン》突《プス》レースの初日だ。このイチゴと冷えたワインを持って、あの愉快な年中行事を見にいかないか？」

なるほど空は明るく晴れはじめている。イモージェンはじっさい感じているよりも熱心にその提案に飛びついた。フランは弱々しく微笑んで同意した。

川辺へ足を運ぶと、五月祭のボートレースが大いに盛りあがっていた。この大会ではさまざまなカレッジのチームが十七、八艘のボートから成る半ダースほどのグループに分かれ、一組ずつ一列になってレースを進めてゆく。それぞれのボートが前方のボートに追いついて舳先をぶつければ、そのまま追い抜いて順位をひとつあげられるという仕組みだ。四日間のレースを終えた時点で第一グループの首位にいるボートが、その年の〈川の王者〉ということになる。

初めは最下位のグループからなので、ジョシュはイモージェンとフランを下流の草深い〈グラッシー・コーナー〉へ連れていった。そこでは能力と真剣みに少々欠けるクルーのボートがしじゅうもつれ合って土手に突っ込み、役にも立たない衝突《バンプ》をしていた。あちらこちらで混乱しきった指示が飛び交い、見物人たちの多くを楽しませている。

午後のもう少し遅い時間になると、三人はほかの観客たちと一緒に、上位のチームがしのぎをけずる上流のゴール付近へと移動した。トップグループの五番目という過去最高の位置につけたセント・アガサ・カレッジの第一ボートは、日に一度は追突《バンプ》を果たして優勝を飾るという一年越しの野望を抱いていた。

ちょうど目当てのボートが姿を見せ、興奮が一気に高まった。すでにトップの三チームはそのままの順位でゴールしている。残る希望はセント・アガサのチームが四番目のボートを抜いているかだ。だが残念ながら、抜いてはいなかった。それどころか、うしろのボートに追い越されている。ジョシュはさっと携帯電話を取り出し、下流のどこかにいる謎の有力者を相手に大声で罵《ののし》った。

「トニー・ウィルキンズだよ！　あいつが整調手《ストローク》の器じゃないのはわかってたんだ。すっかりビビってるじゃないか。何と〈ディットン・コーナー〉でオールを引っかけて、『この馬鹿野郎！』と言ってやる暇もなくあっさりバンプされたらしいぞ！　そういや、とんだ馬鹿野郎は二人いるわけだ。もとはといえば、さんざん練習をさぼって代表チームから放り出されたコリン・ランページのせいだからな。おかげでうちが優勝する望みは露と消えたよ」

イモージェンは控えめに「残念無念」と言った。フランは無言のままだ。どちらもほかに、つかのま忘れかけていた気がかりなことがあったのだ。けれどもジョシュはすっかり頭にきていた。

「カレッジが滅びかけてるだけでも最悪なのに」彼はぼやいた。「そのうえ、いまいましいウィルキンズにレースをぶち壊されなきゃならないのかよ！」

翌朝の朝食時に電話が鳴り、受話器を取るとロウィーナからだった。彼女はあきらかに動揺しているようだった。

「母のことなの、イモージェン」ロウィーナは言った。「何だか馬鹿なことをしちゃって……できればあなたから話してもらえない？　母はあなたに好意を抱いていたから――いまだにイザベルと呼んでいるけど。わたしのことはほんの子供だと思ってるのよ。あなたが言ってくれれば耳をかたむけるはずだわ。でも電話に出すのは無理そう。いつも混乱しちゃうの。ねえ、イモージェン、厚かましいお願いなのはわかってるけど、もしも都合がつくようなら……」

「すぐに行くわ」イモージェンは言った。

初代のファラン夫人はイモージェンが来ることを知らされ、楽しみにしていたようだった。昼食時まで、少々支離滅裂ではあるが愉快なおしゃべりが続いた。

食事がすむと、ロウィーナが母親に言った。「ねえ、〈誕生日の女子会《バースデイ・ガールズ》〉のことをイモージェンに話したら？」

「あら、そうだったわね。あの会のメンバーと再会できて、ほんとにすてきだったわ。ええと、イモージェン――イモージェンでいいのよね、それともイザベル？――もうずいぶんまえに、わたしたちみんながこの近くで同年代の子供たちを育てていたころの話よ。わたしたちはよくある小さな仲良しグループを作って、お互いの家で集まったりしていたの。アイリーンとモニカとアリソンとわたしで。そうしてじきに、年に四回だけ特別な昼食会をすることにしたわけ。それぞれの誕生日に、数マイル向こうの町にある〈ヒクストン・ハウス〉というちょっと上等なレストランでね。それは数年間続いて、〈誕生日の女子会ランチ〉と呼ばれてたけど、メンバーの三人がよそへ引っ越して打ち切りになってしまったの。それが今年になって、アイリーンがもういちどみんなで集まるというすばらしいアイデアを思いついてね。〈誕生日の女子会ランチ〉が復活したのよ！　つい先週！」

老婦人はそのときのことを思い出して頬を紅潮させていた。

「もちろん、おそらくこれが最後になるとみんな気づいていたわ。アイリーンはまだまだ元気だけれど、ほかの三人はさまざまな理由で身体が衰えて、顔をそろえるだけで一苦労だったの――それだけの価値はあったけど！」

ミセス・ファランはランチの内容を一皿ずつ説明し、続いて三人の友人たちの長年にわたる活動や、それぞれの健康状態をこと細かに話しはじめた。イモージェンが見るに、それがよい刺激になっているようだった。

やがてついに、ロウィーナが言った。「まだランダム先生のことを話してないわ」

「あら、ええ……もちろん、もっと早くイモージェン――それともイザベル？――に話すべきだったけど、ランダム先生のことは忘れかけてたの。ひどい話よね？　でもそう、ランダム先生がウェルバンで開業していたころは、わたしたちはみんなそこの患者だったわ。そして長年たった今も、そのうちの三人――モニカとアリソンとわたしはまだ先生のお世話になってることがわかったの。ランダム先生が開業医をやめたあとも診察している数少ない特別の患者としてね。ランダム先生はその後、あのイーストハムの施設を買い取って、何て言うか――自由に飲みすぎる人たち？――にすばらしい治療をはじめたのよ。しかもそれを公共サービスとしてやっていて、研究用の財団まで作ろうとしているの……」

ロウィーナがうながした。「何かママの遺言書にかかわる話があったんじゃなかった？」

「ええそう、とても興味深い話よ。わたしたちは三人とも、そのすてきな計画に協力していることがわかったの。みんなそれぞれ遺言書を書きかえて、そのすばらしい事業を支えるためにできるだけ多くの資産をランダム先生に遺《のこ》すことにしたのよ。結局のところ、こちらは誰もお金に困っていないし、子供たちもみんな大きくなって豊かな暮らしをしているわ。だからいずれ時が来れば、ランダム先生はそのお金を自由に使えるはずよ」

老女はふと何か思いついたように言葉を切り、それから言った。「もちろん、少しでもロウィーナに迷惑をかけそうならそんなことはしなかったわ。でもさいわいロウィーナはしばらくまえに、自分は何不自由なく暮らしてるからママのお金はママのしたいことに使ってほしいと言ってくれてね。ランダム先生を助けるのはまさにわたしのしたいことなの。さてと、もうずいぶん長くおしゃべりさせてもらったわ。そろそろ休むとしましょう」

母親が部屋から出てゆくと、ロウィーナは言った。「あれはちょっといやな感じがするんだけど、どう思う？」

「どう見ても変よ。あきれたわ。ところで、あなたは今でも不自由なく暮らしているの？」

「あら、ええ。父がわたしの持参金の使途を慎重に限定しておいてくれたから。それにはマックスも手を出せなかったの。それより、あなたはずっとティム・ランダムに疑いを抱いて、母の主治医を変えさせたがっていたでしょ？　もしかして、何かわたしの知らないことを知っているんじゃないかと思って」

イモージェンは尋ねた。「あなたはドクター・ランダムの過去について何も聞いたことはない？」

「ちょっとおかしなことがあったらしいのはずっと知っていたけど、ずいぶん昔の話みたいだし、彼はもうじゅうぶん罪を償《つぐな》ったはずだと父は言ってたわ。それに母はあの人に心酔しきってるから、無理に引き離す気にはなれなくて。でも医者が自分の利益になるように高齢の患者たちに遺言書を書きかえさせるなんて……正直いって、わたしは震えあがってるの」

「当然よ」とイモージェン。「ランダムは口のうまい男だわ。今の彼は清廉潔白だとわたしも信じ込まされてたほどよ。でもこれから彼の前歴について、知ってるかぎりのことを話すわね。あなたをさらに動揺させてしまうかもしれないけど」

彼女が話し終えると、ロウィーナは言った。「それじゃ、どうすればいいの？」

「これはわたしの手には負えない」とイモージェン。「警察にまかせるべき問題よ。さいわい、ケンブリッジで警官をしてる友人がいるの。彼はきっとすごく興味を持つわ」

「あなたがいてくれてどんなに心強いか……」ロウィーナは言った。「わたしはほら、ここでは一人ぼっちでしょ。母はいるけど、頼るより責任を感じることのほうが多いの」

「アンドルーとは今も連絡を取っている?」

「いいえ、あんまり。彼はいつも忙しそうだから。仕事が山ほどあるみたいで、たまに電話で話すときも疲れきってるわ。ここでじかに会えればいいんだけど。彼に会って、手を触れられれば」

「あなたはチャンスさえあれば、アンドルーと本気で恋をしそうなことを言ってたわよね」

「ええ。今になってわかった、たしかに可能性はあるわ」

「彼は一日じゅう働きづめみたいだけど」イモージェンは言った。「たまには休みを取れるはずよ。いいわ、まかせて。ぜんぶわたしにまかせてちょうだい」


家にもどると、イモージェンはアンドルーに電話してみたが、彼はまたもやつかまらなかった。マイク・パーソンズのほうはうまいこと電話がつながり、イモージェンがランダム医師について知っているかぎりのことを話すのに辛抱強く、平然と耳をかたむけた。

「きみはほんとにあちこち首を突っ込むな、イモー」というのが彼の感想だった。「だが過去の実績からして……ああ、もちろん真剣に受けとめてるよ。ただ、うちの管轄じゃないからな。ほら、イーストハムにぼくの友人がいるのを憶えてるかい? まずは彼にちょっと探らせてみよう。そのドクター・ランダムとやらについて、あっちでわかってることを洗い出してもらうんだ。今はまだだとしても、きっと何かわかるはずだよ。三人の高齢女性があやしげな過去のある医師のために遺言書を書きかえるとは……そういや、ランダムって名前はどこかで聞いたような気が……」

「サー・ジュリアス・ファランの遺体を確認した人よ」

「そうだ、思い出したぞ。きみはその件についても何かうさん臭いところがあると考えてたんだよな。だけどこっちは、今度ばかりはきみの見込み違いだと考えたんだ。おい、まさかそのドクター・ランダムがサー・ジュリアスを殺したとかいうんじゃなかろうな？」

「そうじゃないのはぜったいにたしかよ」イモージェンは言った。

22

翌朝八時にアンドルーに電話すると、今度はうまくつながった。アンドルーはイモージェンの声を聞くなり、話をさえぎった。

「イモー！　今朝の新聞を見たかい？」

「いいえ、まだよ」

「えらい騒ぎだぞ。〈バイオノミアルズ〉の株価が跳ねあがったんだ。ビーブナー博士がメイン州——それともアラスカだったかな？——の隠遁所《いんとんじょ》から姿をあらわして、特許権を会社へ返還しようとしてるんだ。うっかり彼の個人名義にしていたとか言って。もちろん、そんな話は誰も信じてない。みんな何を信じるべきかわからないのさ——マーティン・ロビンズウッドとぼくを除けばね。あれはジュリアスのしわざにちがいない。彼とビーブナーは長年の複雑な関係なんだ。たぶん彼がビーブナーに何か便宜をはかるか脅しをかけるかして、その結果がこれなのさ。〈ファラン・グループ〉はいちおう〈バイオノミアルズ〉の親会社のわけだから、こちらの株も急上昇だ」

「じゃあもう危機はすぎ去ったの？」

「残念ながら、そうはいかない。例の新薬にはまだ疑問符がついてるからね。だが回復への第一歩ではある。どん底は脱したよ。セント・アガサが買った社債にもまだいくらか価値があるのかもしれない。まあ今後の展開を見守るとしよう」

「サー・ジュリアスの件を公《おおやけ》にするか隠しておくかについては、もう何か結論が出た？」

「閣下からきみへの伝言をあずかってるよ。彼はいくらか状況が好転しそうな今の時点で事実を明かすのは正気の沙汰じゃないと言っている。ジュリアスにはまだほかにも秘策があるかもしれないしね。きみにも自分、つまりロビンズウッドを信じて当面は沈黙を守ってほしいそうだ。すべては彼の責任だから、きみは何も心配しなくていいってさ」

「わたしは事実を隠すのは道義的にどうかと心配なのよ」

「そこまで良心的なのはさぞ不便だろうな。ほんとに、イモー、しばらくはなりゆきにまかせるしかないんだよ。市場では信用がすべてなんだ。それにジュリアスは一か月ほしいと言ったんじゃないのか？」

「ええ、そう言っていた」

「じゃあもう放っておけよ。なあ、わかってるのか？　これは朗報、特大のグッドニュースなんだぞ。いずれマーティンからも直接連絡があるはずだ、約束するよ」

イモージェンは話題を変えた。「ロウィーナはいろいろ大変みたいよ、アンドルー。彼女はサー・ジュリアスが生きてることを知らない。だからまだ父親を亡くした喪失感と夫が無惨に殺されたショックから抜け出せないの。しかも今度は母親についての心配事ができてね――ミセス・ファランはドクター・ランダムに財産を贈る遺言書を作ったそうよ」

アンドルーはすぐさま同情を示し、「やっぱりぼくが行くしかないな」と言い出した。「マーティンもそろそろぼくに休暇を取らせるべきなのはわかってるんだ。近いうちにどうにかするよ。ぼくは彼女に会いたくてたまらないんだ、イモー、ほんとに、胸がきりきり痛むほど」

「じゃあ彼女のところへ行って痛みを静めるのね」イモージェンはそう言いながら、自分のほうも胸にかすかな痛みを感じていた。


まだ朝の九時にもならないというのに、イモージェンが上級職員用の休憩室へ行くと、すでに届いた今日の新聞の周囲でがやがやと話し声がしていた。ようやく希望がにじみはじめたようなざわめきだ。

ニュース記事としては、〈バイオノミアルズ〉社が特許権を回復したのはさほど劇的な話題ではないので、一面に載せているのは《フィナンシャル・タイムズ》だけだった。けれどおおむね経済面では大きく取りあげられている。マルカム・グレイシーはこれを読んだのだろうかと、イモージェンはあたりを見まわした。だが彼の姿は見当たらなかったので、中庭の向こうの会計係のオフィスへと向かった。きっと彼はそこで仕事中なのだろう。

軽くノックしてドアを押し開けたとたんに、イモージェンは驚愕のあまり立ちすくんだ。マルカムはデスクに向かい、そのかたわらには本来の会計係のひょろ長い姿がたたずんでいる。ピーター・ウェザビーは彼女の記憶にあるあの取りすました、冷静沈着な超然たる人物ではなくなっていた。その顔は青白くやつれ、落ち着かなげで、表情もどこかおどおどしている。彼はイモージェンを目にしても何も言わなかった。

マルカムがデスクの奥の椅子から立ちあがり、堅苦しい口調で言った。「ミス・クワイ！　ご覧いいときに来てくれました。われわれはちょうど証人が必要そうな話をしてたんですよ。ご覧のとおり、ミスター・ウェザビーがもどられたんです――あるものを携えて」

ウェザビーは例の冷ややかな声で話しはじめたが、いつもの明確な口調ではなく、少々おぼつかなげだった。「わたしはふたつのものを持ってきたんだ。ひとつはこのカレッジの会計係を退《しりぞ》く旨の手紙、もうひとつは銀行為替手形だよ」

マルカムがデスクに置かれた一枚の紙をイモージェンのほうに押し出した。彼女はそれを取りあげて目をこらした。とある大手銀行宛てに発行された為替手形で、受取人はセント・アガサ・カレッジ、金額は七十二万ポンドだ。

「こんな貴重品を郵送するのは好ましくない」ウェザビーは言った。「そうでなければ、こんな面談はせずにすんだのだがね。これはわたしが千八百万ポンドの社債の発行を仲介した手数料として〈ファラン・グループ〉から受け取った金だ。四パーセントというのは手数料として高くはないが、元が大きければかなりの額になるからな」

「たしかに！」イモージェンは言った。こんな金額のものを目にしたのは生まれて初めてだった。

「よくもそこまで大胆な――意地汚いことができたものですね」マルカムがウェザビーに言った。

「ひとつの行為でそんな大金を得られるのは大きな誘惑だ」ウェザビーは言った。「わたしがそれに屈した理由を逐一述べる気はないがね。強欲な元妻、統合失調症の息子、多額のローンと多くの負債――そんなところだ。同情を求めようとは思わない。見てのとおり、こちらはたんに金を返しにきたんだ」

「そうでもなければ、こちらがあなたを追いかけまわしてたはずですよ」とマルカム。

「それは少々むずかしかっただろうな。だがわたしは自分のしたことを後悔しているよ。おかげで多くのものを失いそうだ。ただでさえ、わたしは会計士協会と揉めていた――だから以前の職場をやめるしかなく、その半分の給与で快くセント・アガサへ来たわけだが――今度は間違いなく登録を取り消されるだろう。だがまあ、きみたちはわたしを自己憐憫《じこれんびん》にひたらせておく必要はない。中西部に事務員の仕事が見つかったし、どうにかやっていけるさ」

彼がじっさい打ちひしがれているのに気づき、イモージェンは意外にもいくらか同情を覚えた。

マルカムはもっと手厳しかった。「このまま行かせるわけにはいきませんよ」彼は言った。

「取引の仲介手数料を取るのは犯罪ではないはずだぞ」

「よしてください。あなたはカレッジへの責務を怠ったんです」

「きみが今手にしている手紙は学寮長に宛てたものだ。辞意と心からの謝罪がしたためられている。それについてどうするかは学寮長、あるいは評議会の決定しだいだよ」

「学寮長はカレッジ内の宿舎にいるはずです。これから一緒に行って、あなたの手紙をじかに届けたらどうかな?」

「学寮長には会いたくない。お互い、ばつが悪いだけだろう。その手紙はきみが渡してくれ。こちらはさっさと部屋を片づけて出ていくよ」

「そりゃあ、ぼくにはあなたを逮捕する権利はなさそうだけど」マルカムは未練たっぷりに言った。「新しい住所は教えてくださいよ」

「その手紙に書いてある」ピーター・ウェザビーは言った。「失礼、ミス・クワイ、ちょっとそこをどいてもらえるかな? 外へ出たいのでね」

「では結局のところ、あの男にも良心はあるのだな!」学寮長は言った。

「どうだか」とマルカム。「例の大暴落が起きなければ、彼はまんまと巨額の手数料をせしめてたはずですよ。あれは〈ファラン・グループ〉の帳簿に書かれてるだけで、カレッジ側の記録には載っていなかった。あの大暴落でそれが明るみに出て、ようやくこちらにもわかったんです。ウェザビーはもう長くは隠れていられないと気づいたんでしょう。金を返したのは、それがいちばん自分のためだったからです」

「きみは皮肉屋だな、マルカム」学寮長は言った。「わたしはもう少し寛大な見方をしたいところだ。あの気の毒な男はさぞみじめで不安なときをすごしたにちがいない。内心、深く思い悩んでいたはずだぞ」

「じゃあどうするおつもりですか、学寮長？」

「それはわたしではなく、評議会が決めることだ。このまえ法律家のサザーランド教授と話したら、ウェザビーが見つかれば間違いなく民事訴訟、それにおそらくは刑事訴訟の対象になるはずだと言っていた。だがそれはウェザビーが不正に得た金を返すまえの話だ。今さら彼への法的措置を講ずるのはカレッジのためにもならないだろう。わたしはそういう立場を取るつもりだ」

マルカムはイモージェンに目を向け、〝こりゃだめだ〟といわんばかりのジェスチャーをした。

学寮長はそれを見とがめて言った。「わたしのことを騙されやすい老人だと思っているのだな？　まあ、そうかもしれない。だがこれぐらい長く生きると、厳しい態度を取ることにあまり魅力を感じなくなるのだよ。まあどうなるか様子を見てみよう。さてと、ひょっとしてきみたち二人は今夜の予定は空いているかね？　わたしは久しぶりにカロラインと宿舎でのんびり食事を取るつもりなのだが、きみたちも一緒にどうだ？　彼女はきっと喜ぶぞ。ただし、今回の危機についてはできるだけ話さんことにしよう」

マルカムとイモージェンは喜んで招待を受け入れた。

「でもこの危機について話さないなんて、可能でしょうか？」とイモージェン。

「まあ、たしかに無理だろうな」サー・ウィリアムは悲しげに言った。

〈泉の中庭〉を通って仕事場へもどる途中で、イモージェンはカール・ジャナーにばったり出くわした。

「あのニュースを聞いた、カール？」

「もちろん。ウェブでその後の動きも追ってるよ。今朝も株価の回復は続いてる」

「で、それはあなたの出版計画にどう影響するの？」

「そりゃあ有利に働くさ」とカール。

「そんな一人笑いをしてないで、カール。理由を教えて」

「おかげで〈ファラン〉がずっとニュースで取りあげられる。うまくいけば、今後も何日か手に汗握る展開が続くだろう。こちらにとっては、どんなニュースもグッドニュースなんだよ。ロビンズウッドがまんまと窮地を脱すれば、それは大きな話題になる。ふたたびすべてがおかしくなれば、これまた格好の話題になるはずだ。どうころんでもおいしい状況ってわけさ。ぼくらの本の出版元はすでに発行部数を増やしたそうだよ」

「あなたはさぞ大儲けするんでしょうね。富豪の社会主義者になってしまうジレンマが心配じゃない？　あなたは富か社会主義思想のどちらかをあきらめるべきじゃないかしら」

「陳腐な質問には、陳腐な答えを返すとしよう。そのふたつは難なく両立するはずだ。手にした富を社会主義思想の普及に使えばいいのさ」

「そうして自分の安楽な立場を否定するの？　それともあなたの社会主義思想はあくまで他人ごとで、自分はぬくぬく贅沢をしててもかまわないわけ？　それはやっぱり顰蹙《ひんしゅく》を買うんじゃないかしら」

「どれもこれも言い古された批判だよ、きみ。今後もしつこく口にされるんだろうがね」

「じゃあ、あなたは嬉々としてわが道をゆくのね」

「今のところは嬉々としてるよ。それはそうと、このまえボブ・デイカーと話したんだけどね。彼はきみがチューズデイ・マーケットに訪ねてきたのを憶えてて、よろしく伝えてくれってさ」

「彼はその後どうしてる？」

「ああ、まずまず元気だよ。ぼくらの本の校正刷りを見せたら気に入ってくれてね。彼に関するかぎり、これでもう昔の恨みは晴らせたそうだ。それに〈ファラン・グループ〉に会社を売ったとき、現金で支払わせたことを喜んでるよ。そうでなければ、〈ファラン〉の株式で受け取るはずだったんだ。デリクにも彼女ができたみたいで、ボブは息子が結婚するものと信じきっている――ぼくとしては、彼女はあまり早まらないほうがいいんじゃないかと思ってるけど。ボブは息子のために手近な場所に家を買い、町で店のひとつも持たせて、孫たちに囲まれることを夢見てるんだ。ただの空頼みかもしれないが、当面はそれで満足してるよ」

「どうかうまくいきますように」イモージェンは言った。

昼食を取りに家へもどると、フランはいくらか落ち着きはしたものの、まだしょげ返っていた。そこで、どうやら事態が改善しそうなことをイモージェンはいそいそ彼女に話してやった。それを聞いて、ジョシュも満足そうだった。常に楽観的で、最悪の事態は現実には決して起きないと考えがちな彼には、何もかもじきに解決するとしか思えなかったのだ。彼の思いは数マイル先のケム川に向いていた。

「昨夜はあなたに会えなかったけど、イモー」ジョシュは言った。「すごいニュースがあるんですよ。コリン・ランページがセント・アガサの第一ボートの整調手《ストローク》に復帰したんです。ボート部のキャプテンがぐっと怒りを呑み込んで、彼にもどるように言ったらしくてね。おかげでうちのチームは昨日、水曜にやられた分を取り返したんです。〈ロング・リーチ〉でまえのボートに難なく追いついて。そんなわけで、セント・アガサは最初の順位にもどりました。ただし残りは二日しかないから、トップに立つのは無理でしょう。少なくとも今年は。でも来年は――ともかく、コリンにはまだ出てもらえそうだから、来年こそは優勝だ！」

サー・ウィリアムとレディ・Bとの肩のこらない夕食は楽しく、気心の知れたマルカムが一緒だったのも悪くなかった。

土曜の朝には、アンドルーが電話してきた。

「〈ファラン〉の株価は昨日も終日、好調のままだったよ」アンドルーは言った。「今日は取引は休みだ。まだまだ先は長いけど、週明けの月曜もこれが続くことを祈ろう」

「そのころにはわたしは湖水地方へ行ってるはずよ」イモージェンは言った。「ほら、しばらく休暇を取って、ルーシーとエマとウォーキングざんまいの日々をすごすの。忘れてた?」

「いや」

「忘れてたくせに。とにかく、出発は明日の朝。何もかも忘れて、至福の二週間をすごしてくるわ」

「そういや、こっちのニュースは何と、まる一日の休暇を取れたことだよ」とアンドルー。

「しかも、それは今日なんだ。ぼくはどうするつもりだと思う?」

「ウェルバン・オール・セインツのロウィーナの元へまっしぐら」

「ご名答。で、ぼくは彼女とうまくいくかな?」

「その〝うまくいく〟っていうのが正確にはどういう意味なのかわからないけど、何だか意味深な言いかたね。とにかくロウィーナがあなたに好意を抱いてるのはたしかよ」

「なあイモー、古典的な表現をすれば、ぼくは名誉あるふるまいをするつもりだよ」

「例のフィールディングの小説の登場人物は何て言ったんだった?『彼の思惑は名誉あるふるまいをすること、すなわち一人のレディの財産を結婚という手で奪うことだった』あなたが考えてるのがそういうことじゃなければいいけど」

「そんな言いかたはやめろよ。ぼくはただ彼女と結婚したい、もういちど言うが、彼女と結婚したいだけなんだ——金のためじゃなく」

「どのみちロウィーナは無一文になるかもしれないわ。良心の呵責《かしやく》に駆られて全財産を〈ファラン〉に寄付しかねないもの。このまえも何かそんなことを口にしていた」

「たぶんそれは数日前よりはいくらか可能性が低まったんじゃないかな。だがね、イモー、ぼくはたとえ彼女が無一文でも結婚したいんだ」

「あなたはすっかり舞いあがって、両目がお星さまだらけの状態なのよ」

「きみが何を考えてるかはわかるよ。ぼくの最初の結婚はひどい失敗に終わった。でもあれから多くのことを学んだんだ、一部にはきみのおかげでね。ロウィーナとなら、きっとうまくやれるさ。幸運を祈ってくれ」

「大事なアンドルー、もちろんあなたの幸運を祈ってる。それに、彼女の幸運も」

今の最後の言葉が、ロウィーナには幸運が必要そうだという嫌味に聞こえたりしませんように。それにどうか、アンドルーがわたしと一緒になる可能性も完全に消えてしまったわけではありませんように、とイモージェンは祈った。

「ありがとう、イモー」アンドルーは言った。「今夜また電話して首尾を報告してもいいかな?」

「ええ、そうして。わたしは湖水地方へ持ってく荷物をバックパックに詰めてるはずよ。あまり遅くまで待たせないでね。明日は早くに発つ予定なの」

アンドルーは約束どおり電話してきた。メッセージは簡潔だった。「すべて順調。今夜はここに泊まるつもりだよ」

23

イモージェンは気のおけない友人たちと、陽光と風雨がさまざまに入り混じった湖水地方で至福の二週間をすごした。

ダーウェント湖とバタミア湖とロウズ湖の周囲を歩き、キャットベルズ山とヘイスタックス丘陵にのぼり、ワーズワースやラスキンのゆかりの地を訪ね、イングランド最深のワスト湖と観光客でにぎわうボウネスまでドライブした。クルモック湖で泳ぎ、ケズウィックの湖畔の劇場で芝居見物をして、グラスミアで名物のジンジャーブレッドを買い、みやげ物屋で他愛ない買い物をしたりもした。そのほかはおおかたベッドですごし、のんびり朝食を取り、新聞はまったく読まずに、ニュースと言えばテレビで〈今日の主な項目〉を見るだけだった。

そうして地理的に離れていると、ここしばらくの心配事も意識の中で徐々にかすんで、取るに足りない、遠い出来事になってゆくようだった。

やがてこんがり日に焼けて元気を回復したイモージェンがケンブリッジにもどると、待ちかまえていたフランが「ねえ見て！」と一枚の紙を取り出した。それはマルカム・グレイシーが以前に転職をすすめる書類を送った人々に配ったちらしで、結局のところカレッジはすべてを失うわけではなさそうなので、あまり性急に行動しないようにと書かれていた。

フランがパブで祝杯をあげるためにジョシュの手を引いて小躍りしながら出てゆくと、イモージェンはマルカムに電話した。

「ぼくも何だかキツネにつままれた気分で、どう考えればいいのかわからないんだ」マルカムは言った。「でもとにかく見通しは上々のようだから、みんなを悩ませておくのはどうかと思ってね」

イモージェンはベリンダ・メイヒューなど数人の友人たちについて尋ね、彼らにもこの明るいニュースが伝えられたことを確かめた。

家には二週間分の郵便物がたまっていたが、そちらはもう少し熟成させておくことにして、次は留守番電話に残された四件のメッセージを再生してみた。

一件目は彼女が出かけて間もなくアンドルーが残したもので、もっぱら「やったー、おい、やったぞ！」という言葉から成っている。イモージェンは微笑み、次のメッセージへと進んだ。二件目は一週間ほどあとにロウィーナが吹き込んだもので、動揺しきった声だった。イモージェンはすぐさま彼女に電話した。

「イモージェン、休暇からもどったのね？」ロウィーナは言った。「あなたと話せてほんとに嬉しい。ねえ、イモージェン、父が生きてることがわかったの。あなたがもう知ってることも聞いたわ」

「どうしてわかったの？」

「この目で見たからよ！　それでなきゃ、ぜったい信じなかったでしょうね。とんでもないシヨックで、今でも信じられないぐらい。でもイモージェン、ほんとに数日前に父と会ったの。わたしはここ――ウェルバンの家で、ピアノを弾いていた。そうしたら父がごく静かに部屋に入ってきて、ふとふり向くと、すぐそこに立っていたのよ。幽霊でも見たような気がしたわ。父はわたしのかたわらに立って、たった一言、『美しい』と言ったの。もちろんわたしじゃなくて、シューベルトの曲のことだけど」

イモージェンは最初に思いついた質問を口にした。「お父様はどんな様子だった?」

「ひどく具合が悪そうだった。冠状動脈のバイパス手術や、主治医の警告について話してくれたわ。もう長くは生きられないような口ぶりだった。でもこちらは父が生きているのを見ただけで肝をつぶして、よく話を飲み込めなかったの」

イモージェンは勇気をふり絞って尋ねた。「お父様に会えて嬉しい?」

「正直に答えれば、わからない。わたしはもう父のために涙を流し、その死を受け入れはじめていたのよ。そのまま何も知らずにいたほうが幸福だったかもしれない。どのみち前途はなさそうだしね。父はもう二度と会うことはないはずだと言っていた。長居はせずに、わたしがあとを追うことも許さなかったわ。

でもひとつだけ伝えたいことがあったとかで……それがちょっとおかしな話なの。おまえはわたしに愛されてるとはちっとも知らなかっただろうなんて言うのよ。もちろん、わたしは父に愛されてることを知ってたし、それはずっとわかっていたわ。父はどうしてそんなに鈍感だったのかしら? でもたしかに、父は奇妙な人だった。わたしは自分の父親が善人じゃないことも、ときにはどれほど辛辣《しんらつ》で非情になれるかも知っていた。それをよく恥じたものだけど、彼はわたしの父親だったのよ。たぶん今もよね。これから父がどうなるのかわかればいいのに」

イモージェンは尋ねた。「お父様がまだこの世にいることはアンドルーにも話したんでしょうね？」

「もちろん。そうしたら、彼はもう知ってたことがわかったの。どうやらマーティン・ロビンズウッドから誰にも言うなとか口止めされてたみたい。そんな指示は拒むべきだったのに。そのことで彼と初めて喧嘩をしそうになったほどよ。わたしはアンドルーを愛してる――彼は頭がよくてウィットがあるし、愛情深くて音楽にも造詣《ぞうけい》が深いけど――あまり意志が強くないのよね。それに、この件をあとで知ったらわたしがどんな気持ちになるか理解してなかったの。どうも男性って、他人の感情について想像力に欠けるきらいがあるんじゃないかしら」

「その現象にはわたしも気づいてた」とイモージェン。

「だけどわたしはアンドルーにプロポーズされたら彼と結婚するし、プロポーズされなければこちらから申し込むつもりよ」

「じゃあ彼は果報者だわ。いずれはあなたのほうが主導権を握りそうね、ロウィーナ。しっかり手綱を引き締めてれば、彼はいい夫になるはずよ」

「ねえイモージェン、あなたが一時期、彼と親密だったことは聞いてるわ。わたしにはこんなことを訊く権利はないけれど、あなたも少しは考えたことが……」

「アンドルーとの結婚を？　そうね、たまにはそんな考えが浮かんだけど、すぐにまた消えてしまったわ。どのみち二人のどちらにとっても、あまりいい結果にはならなかったと思う」ロウィーナは言った。「明日はアンドルーと一緒にマーティン・ロビンズウッドに会いにいく予定なの。とても重要な会議が開かれるのよ。アンドルーはあなたもマーティンから出席を求められるはずだと言ってるわ。ほんとに、あなたも来られるといいけど。それとイモージェン、できるだけ早いうちにまたゆっくり会いましょう」

「ええ、ぜひ」とイモージェン。

三件目の録音メッセージはロビンズウッド卿からで、できるだけ早く彼の私的な番号に電話してほしいとのことだった。

イモージェンの電話に応じたロビンズウッド卿の声は、まえよりも温かみがあった。「よければイモージェンと呼ばせてください。わたしのことはどうぞマーティンと」彼は湖水地方での休暇についてあれこれ質問し、あちらでも最新のニュースをチェックしていたか尋ねた。イモージェンはいいえと答えた。

「ではこれを知って喜んでもらえるでしょうが」とロビンズウッド卿。「〈ファラン・グループ〉の株価の回復はその後も続いていましてね。最終的にはセント・アガサ・カレッジの社債も含め、すべての債務を償還できそうだ。おかげでわたしは身に余る多大な評価を得ているが、じつのところいちばんの要因は、ビーブナー博士が〈バイオノミアルズ〉社に特許権を返還したあと、例の新薬が認可を得られる見込みがなぜかにわかに高まったことなんですよ。ただの偶然なのか、何か込み入った策謀の成果なのかはわからない。だがわたしにはどうも後者のほうで、背後のどこかにジュリアスがいるように思えてならないんです」

「ではサー・ジュリアスがみごとにやってのけたと考えていらっしゃるんですね？」

「そのとおり。だがここ数日は彼と連絡が取れなくなってしまってね。アンドルーかわたしが毎日、パリの家に電話していたのに、とつぜんことわりもなしに交信が絶たれてしまったんですよ。いくら電話しても応答がない」

「ひどく具合が悪いのかもしれないわ」とイモージェン。

「それはわたしたちも考えました。当然ながら、こちらもパリにはいろいろつてがあるので、あのサン・ルイ島の住所へ使いの者をやってみたんです。すると例の医学博士は一夜のうちに、跡形もなく消え失せてしまったことがわかった。唯一残されていたのは家政婦宛ての封筒で、中にはかなりの額の謝礼が入っていたそうです。その家政婦は耳が遠く、何を訊いても困惑するばかりで、いっさい情報は提供できません」

「あなたはサー・ジュリアスが約束したことをご存じのはずです」

「社会への負債を清算するとかいう約束ですね？　つまり彼は命を絶つつもりなのだとお考えなら、わたしはずっとあやしいものだと思っていましたよ――はたして彼はそれを実行するだろうかと。ジュリアスはあなたを騙したんです。驚きましたか？」

「ええ、ほんとに驚きだわ。あれは本気で言ったのだとばかり思ってましたから。でもたしかに、サー・ジュリアスはこうも言っていました――自分はいつでもさっさとどこか遠くへ逃げ出せるって」

「まあ、そういうことです。そしてこちらには――少なくとも、アンドルーとわたしには――ひとつの問題が残された。われわれはこのままジュリアスに関する事実を公表せずにおくべきなのか、もしもそうなら、いつまでか。じつのところ、イモージェン、すべてはあなたしだいだと思います。なぜなら、あなたが何を話しても最初はなかなか信じてもらえないだろうが、いずれはみなを説得できるはずだし、そうすればこちらはまずいことになるからですよ。たとえジュリアス本人は行方知れずのままでも、彼の死が偽装だったことの確証が何かつかめるはずだ――たとえば、遺体の発掘調査などでね。いずれにせよ、すぐさまわたしに質問がぶつけられるはずだし、こちらは否定するわけにもいかないだろう。だからここはまず事実を知る者たちで協議して、次はどうするかを決めるしかない。ちなみに、今やロウィーナも事実を知る者たちの一人です」

「知っています。今しがたまで彼女と話していたので」

「すでに彼女とアンドルー、それにルーシアとティムには明日の正午にわたしのフラットへ来るように言ってあります。むろん、フィオナも同席するはずです――彼女も事実を知っていますから。あなたには直前のお知らせになってしまったが、イモージェン、事態は急を要するのでね。何とか都合をつけていただけますか――どうでしょう?」

「ともかく何とかします」イモージェンは言った。

四件目のメッセージはマイク・パーソンズからで、やはり早めに連絡がほしいというものだった。イモージェンはさっそく彼に電話した。

「やあイモージェン」マイクは言った。「きみはとんだ詐欺師に騙されてたんだ。例のご立派なランダム先生は、ぜんぜん身の潔白を認められてなんかいないぞ。本当の毛色は薄汚れた灰色ってところだ。医師登録は抹消されなかったというのは事実じゃない。殺人罪では起訴されなかったが、その件にまつわる種々の疑わしい行為で登録を取り消されたのさ。だからもう医師を名乗る資格はないし、イーストハムの警察や医師会は彼の過去については知らなかったんだ」

「いやだ、わたしったら何て馬鹿なの？」イモージェンは言った。

「きみは彼の言葉をまるごと鵜呑《うの》みにしたんだな？」

「すごくもっともらしい説明だったから、すっかり信じちゃったの。確認しようとは考えてもみなかった。当然、確認すべきだったのに」

「そりゃ、ほとんどの人間はおおむね言われたとおりのことを信じるものさ。でないと世の中がうまくまわらない。とはいえ、きみもこれでわかっただろう。こんど口先上手な詐欺に騙された人々について読んだら、よくあることだと思えばいい。まあ、そういじけるな。きみはわれわれ警察の目を彼に向けさせて社会に奉仕したんだ」

「このまえ話したあの老婦人たち――〈誕生日の女子会〉の人たちはどうなるの？」

「だいじょうぶだよ。当面はスネッタトン、別名ランダムが何かの罪で告発されてるわけじゃないから、訴訟に持ち込むにはしばらくかかりそうだけどね。こっちにはいろいろ、危険にさらされてる人々を守る方法があるのさ。また何かあったら知らせるよ」

イモージェンは自分の騙されやすさにがっくりしながら、受話器を置いた。今しがた手にしたあらゆる情報をどうにか受け入れようとしていると、湖水地方で味わったばかりの喜びが容赦《ようしゃ》なく意識の外へ押しやられていった。これから下さなければならない決断の重みに、心は千々《ちぢ》に乱れていた。

24

グリーン・パークを一望におさめるロンドンの高級アパートの一室で、ロビンズウッド卿は客人たちを丁重に迎えた。

イモージェンは少し早めに到着したが、フィオナはすでにそこにいた。たいそうくつろいだ様子で、さりげないが垢抜けた、とてもおしゃれな装《よそお》いだ。五分後にアンドルーとロウィーナが到着し、彼らが背後のドアを閉めるか否かのうちにルーシアとティム・ランダムがやってきた。

どこかぎごちない雰囲気だった。その場の者たちのほとんどは親しい間柄にもかかわらず、互いに言うべきことがろくになく、誰もこの会合に出席するのを喜んでいないようだった。だがロビンズウッド卿はそんな堅苦しさにまったく気づいていないかのように、みなに気さくに話しかけながらシャンペンを注いでまわった。

「みなさんに祝ってもらえるかな」彼は言った。「フィオナとわたしは婚約したんです」

フィオナが嬉々として満足げに彼の手を取った。つかのま彼女と視線が合ったイモージェンは気づいた――フィオナのほうも、このまえケンブリッジで交わした会話を思い出しているにちがいない。まったくたいしたものだ。たしかに彼女は自分の望みをかなえるすべを心得ている。

やがてロビンズウッド卿がみなに腰をおろすように言い、自分自身も肘掛け椅子のひとつに身を落ち着けた。あきらかに、そこにすわった者が会議の進行役であることを示すように置かれた椅子だ。彼は泰然自若としていた。いかにも幾多《いくた》の危機を切り抜けてきた外交官らしく、今回のことにもまったく動じていないように見える。

「さて、みなさんはなぜこうしてここにお集まりいただいたのかご承知のはずです」彼は切り出した。「わたしは今や、何の因果か〈ファラン・グループ〉の会長となり、いっぽうサー・ジュリアスが生存していることを知っているのは――ピーター・ウェザビーを除けば――この室内にいるわれわれだけだからです。わたしたちはそれについてどうすべきか決めなければならない。ここにウェザビーからの手紙がありますが、彼は議論に加わることを望まず、何でもこちらが決めたことを受け入れるそうです。どうやら彼は中西部のどこかへ雲隠れしたようでね。もう二度と便りが来ることもないでしょう」

ティム・ランダムが言った。「わたしは不本意ながら足を運んできたんだ。いったい何を討議すべきなのかわからんね。われわれにできることはただひとつ――つまり、何もしないことだ。世間に関するかぎり、ジュリアスはすでに死んでいる。検死審問が開かれ、評決が下された。誰もそれに疑問を抱いてはいない。疑問を抱く理由もないからな。ジュリアスが自ら訴え出ることはないだろう。頼むから、マックスのもたらした被害の多くが回復されたことに感謝して、寝た子を起こすようなまねはやめようじゃないか！」

ロビンズウッド卿は答えた。「そう簡単に議論を封じてしまうわけにはいかない。これから話し合おうとしているのは、すでにただならぬ懸念と注目を巻き起こし、場合によっては世界的な大スキャンダルにもなりかねないことがらなのだから。それには道義的なものから実際的なものまで種々雑多な問題が含まれていて、われわれはそのすべてに対処しなければならないんだ」

ティム・ランダムがやり返す。「善人ぶるのはやめてほしいね、マーティン。道義的な問題など知ったことか。誰しもいざとなれば、わが身をいちばんに考えるしかなかろう」

アンドルーが言った。「ドクター・ランダムの姿勢はわかります。彼とルーシアは失うものが大きいですからね。事実を明かせば、虚偽の証言で公正な審理を妨げようとした彼らはひどく厄介な立場になるでしょう。おまけに二人の結婚は無効となり、どちらも重婚罪に問われかねない。彼らがすべてを隠しておきたがるのは当然ですよ。だがジュリアスの計画に加担してこんな恐るべき事態を招いたからには、どんな結果も自業自得と言うしかないでしょう。ひょっとすると彼らは隠匿罪に問われるかもしれないが、こちらはそのために意見を左右されるべきではないと思います」

ティム・ランダムは気色ばんで言った。「わかっているぞ、ダンカム！　きみはミス・クワイと一緒に〈ヘッドランズ〉の周囲を嗅ぎまわっていたんだ。こちらとしては、その女の口にするたわごとがこの会合で取りあげられないことを祈るよ。なにせ彼女は詮索好きで出しゃばりなばかりか、悪意に満ちているからな。つい先日もわたしはこれとはべつの件で地元の警察から差し出がましい――とんだ損害をもたらしかねない――調査を受けたばかりだが、それも彼女のさしがねにちがいない」

ロビンズウッド卿は平然たるものだった。「悪いがティム、当面の課題にもどらせてもらうよ。さっきも言ったように、これには道義的な問題と実際的な問題、あるいはその両者にかかわる問題がある。おそらくわれわれが真っ先に考えなければならないのは、はたしてこのまますべてを隠し通すことが可能かという点だろう。〝真実はいずれ明るみに出る〟という格言もあるほどで、どこか思わぬ方面から発覚しないともかぎらないからな。

たしかにきみが指摘したように、今のところジュリアスの死についていっさい疑問は抱かれていない。どう見てもじっと身を伏せていそうなピーター・ウェザビーを除けば、この部屋の外にはこちらの知るかぎり、あの死者がジュリアスではなかったことを知る者はいないはずだ。とはいえ今後数世紀のあいだ、彼の墓には証拠が残り続けるだろう。それにマックスの殺害事件に関する調査の結果、何かが判明するかもしれない――わたしの聞いているかぎりでは、警察は何の結論も出せず、事件は静かに葬り去られそうだがね。

要は、どれぐらいリスクがあるかの問題なのだが、現状ではリスク評価は推測の域を出ない。

いちおうわたしの推測では、かりにわれわれが沈黙を守れば、ジュリアスがいわば〝死んだまま〟でいられる可能性は九十パーセントといったところだろう」

誰もこの主張に異議は唱えなかった。

ロビンズウッド卿はさらに続けた。「そこでまず決めなければならないのは、今すぐ口を開くか永久に沈黙を守るかだ。これは二者択一の問題で、わたしとしては、結論を先延ばしするつもりはない。そうなると次の実際的な問題は、事実を公《おおやけ》にした場合の代価と利益だ。〈ファラン・グループ〉の会長であるわたしの務めは、〈ファラン〉の従業員と株主たちの利害を最優先することだろう。目下のところ事態はまずまず順調で、わたしは奇跡を起こす男とみなされている。シティの見方も好意的だ。だが金融界は信頼性を高く評価し、予想外の事態を嫌うものでね。あれこれ悪《あ》しざまに言われている今は亡きジュリアス・ファランがとてつもないスキャンダルの渦中によみがえれば、シティは控えめに言っても、歓迎はしないはずだ。短期的にも中期的にも、大きなダメージになるだろう。

それに間違いなく、ティムとルーシアには多大な個人的損害が生じるはずだ。〈ファラン〉の役員であるアンドルーとわたし自身も、きわめて厄介な立場に陥るだろう。いかなる結果が予想されようと、われわれにはもっと幅広い情報開示の義務があるはずだと言われかねない。

すると次の問題は――事実を明かせば誰が利益を得るのか、という点だ。事実がわかったところでマックス・ホルウッドやイーストハムの不運なチャーリーが生き返ることはない。それにおそらく、さきほど挙げた従業員や株主たちの利益にもならないはずだ。ではいったいどんな利益があるのだろう？　ここでわれわれの考慮の対象は実際的な問題から道義的な問題へと移ることになる。

人はまぎれもない事実を何より優先する絶対的な義務を負っているのだろうか？　真実はただそれだけであきらかによいものだから、世に知らしめなければならないのか？　ミス・クワイ、あなたは辛抱強くわたしの講釈に耳をかたむけてこられたが、おそらくこの点に関しては強固な意見をお持ちのことでしょう」

イモージェンは答えた。「わたしは道徳哲学者ではないので、そんな問題を理論的に考えたことはありません。ただ気になっているのは、サー・ジュリアスは本人の認めるところによれば、二人の人間を殺しているという点です。『やっぱり、これを公表すればいろいろ面倒そうだからやめましょう』とすんなり言えそうにはありません。べつに〝まぎれもない〟ものじゃなくても、わたしたちにはたしかに事実を話す義務があると思います。市民としての義務とでも言うのかしら」

「まさに完全主義者ですな」とロビンズウッド卿。

「いえ、必ずしもそうじゃありません。これがもっとささいな問題なら、わたしだって大騒ぎはしないでしょう。でも殺人は殺人です」

フィオナが尋ねた。「わたしも意見を言っていい？」

「もちろんだ」とロビンズウッド卿。

「ええと、わたしはもしもジュリアスがうまく逃げ出したのなら、もうそれでいいと思うの。

たしかに彼はいろんな意味でろくでなしだったけど、それとはちがう面も持っていた。じつは昨日、彼から手紙が届いてね。『あの金は取っておきたまえ、きみのものだ。一緒にいられたあいだは楽しかったよ』ですって。わたしがどんな仕打ちをしたかを思えば、ほんとに寛大だわ」

イモージェンは尋ねた。「あなたはほんとにそのお金を取っておくつもり？」

「いいえ、〈ファラン〉の共同募金箱に投げ込むわ、もう使ってしまった分はべつだけど。今はそうするだけの余裕もあるし。わたしはお金持ちと結婚するんですもの、そうよね、マーティン？」

ロビンズウッド卿はごくうっすらと笑みを浮かべた。

アンドルーが言った。「何よりもまずロウィーナの意見を聞くべきですよ」

しだいに悩ましげな顔になっていたロウィーナが口を開いた。「もちろん、わたしも基本的にはイモージェンと同じ意見よ。でも今回はその基本原則を守るのがすごくむずかしそうだわ。父がいろいろひどいことをしたのはわかっているし、それについては弁護の余地もない。でも結局のところ、彼はわたしの父親なのよ。それに高齢で病に侵されている。だからたとえそんな基本原則のためでも、『そうね、警察に行方を追わせましょう』なんて言えるはずがないでしょ？　とりわけ、このまま放っておいてもほかの誰かの害にはなりそうもないのなら」

イモージェンは言った。「どのみちサー・ジュリアスはつかまらないんじゃないかしら。自分はいくつもパスポートを持ってるし、ヨーロッパの国境は穴だらけだと言っていたから、きっとうまく逃げるのに必要な戦略を知っているはずよ」

「ええ、だけどやっぱり……実の父親が指名手配されて殺人者なのだと知れ渡り、さらに辱《はずかし》められるのを見るのは……もちろん、わたしには反対する権利はないけど、とんでもなく心が痛みそうなのはたしかよ。それに、子供たちへの影響もあるし」

ティム・ランダムが苦々しげに口をはさんだ。「ロウィーナがあれこれ言うのはけっこうだがね。しょせん何があろうと、彼女は責任を問われないんだ。それにジュリアスは彼女のために会社とは関係ない資産をたっぷり確保してやっていた」

それを聞いてロウィーナは言った。「わたしの家は父が結婚祝いに贈ってくれたものだから、手放さないつもりよ。でも残りの財産は法律家たちが適当な方法を見つけしだい、〈ファラン・グループ〉に還元してもらいます。わたしはピアノ教師の仕事に就けばいいわ。生まれて初めて自分で生活費を稼ぐことになるけど、それを楽しみにしているの」

ロビンズウッド卿が言った。「さて、イモージェン、結局あなたしだいということになりそうですな。どうやら実際的な見地からすると、事実を公表するのはまったく誰のためにもならないようだ。むろん誰にも、あなたが自分で正しいと思うことをするのをとめたりはできないが、ここはひとつ胸に問うてみてはどうかな？　ほかの人々を犠牲にしてまで、己《おのれ》の正しさに固執すべきなのかとね。むずかしい問題ではあるが、あなたはそれに向き合うしかない」

イモージェンは言った。「あなたはとても頭のいいかたですね、ロビンズウッド卿。この件の道義的な責任を首尾よくそっくりわたし一人に負わせてしまったわ。今のところ、こちらは途方に暮れています。あなたのおっしゃるとおり、これは二者択一の問題で、わたしがその決断を迫られている——行動するか、それともしないのか。妥協策はない。いつまでに決めればいいのかしら？」

「残念ながら、あまり長くは待てません。衝撃的な発表をすることになるのなら、それはわたしの役目で、ぐずぐず先延ばしにするわけにはいかないので」

室内の静寂は耳に聞こえるほどだった。そのさなかにとつぜん、〈アイネ・クライネ・ナハトムジーク〉の冒頭のメロディが響き渡った。イモージェンのハンドバッグの中からだ。

「いやだ！」イモージェンは言った。「すみません。携帯電話の電源を切り忘れてしまって」

「廊下で受けてはどうですか」とロビンズウッド卿。

ほんのしばらくでも中座できるのを喜びながら、イモージェンはすばやく部屋の外に出た。電話してきたのはマイクだった。イモージェンはカーペットが敷き詰められた廊下のちょうどいい場所に置かれた大きな肘掛け椅子に腰をおろした。かたわらのテーブルにはフラワーアレンジメントが飾られている。

「今はだいじょうぶかな？」マイクは尋ねた。

「ええと、そうでもないけど……」とイモージェン。

「じゃあ手短に話すよ。ちょっと知らせておきたいだけだから」マイクは言った。「例のイーストハムの友人によれば、彼らはランダムについてがんがん追跡調査をしているそうだ。彼がここしばらくのあいだ、資格もないのに医師を名乗る以外にも何か不正行為をしてたのかどうかはまだわからない。だがかりに老いた女性患者たちとその遺言書に何か悪さをするつもりだったのなら、もうぜったい手出しはできないはずだよ。きみときみの友人は枕を高くして眠れるわけさ」

「それを聞いてほっとした」とイモージェン。「ありがとう、マイク」

「それと、イモー、ちょっと興味をそそることがあってね――またあの〈地獄の崖っぷち〉から転落した遺体が発見されたんだ。今度は重要人物じゃない。半年近く前から行方知れずだった宿無しの男だよ。友人のベン・何とかが身元を確認したそうだ。またひとしきり、あそこは危険だとかいう抗議が起きそうだけど、まあそれだけだろう」

「その情報もありがとう、マイク」イモージェンは電源を切って電話をバッグにしまいながら、懸命に考えてみた。

半年近く前から行方知れずだった宿無しの男？　まるでチャーリーのように聞こえる。遺体の身元を確認した友人のベン？　それはわたしが会ったあのベンで、被害者はやはり、彼が話していたあのチャーリーにちがいない。たまたま二人のベンと二人のチャーリーがいたとは思えない。けれどチャーリーはとっくに死んだはず。わけのわからない話だ。

そこで、はたと気づいた。イモージェンはこのまえチャーリーの件でサー・ジュリアスをなじったとき、ベンの話をした。その後、サー・ジュリアスはひそかに帰国してロウィーナを訪ねている。おそらく彼にはもうひとつ、やることがあったのだ。最後にもうひとつだけ。

サー・ジュリアスは家政婦にたっぷり謝礼を残していった。ベンにもたっぷり謝礼を支払ったのだろう。チャーリーの衣服を使うため――遺体の確認をしてもらうために。

激しい驚きとともに、どっと安堵《あんど》がこみあげた。道義的な責任の重圧がみるみる消えてゆく。もうサー・ジュリアスに罪の報いを受けさせる必要はなくなった。彼は自ら罰を下したのだ。すべては終わった。

イモージェンは室内にもどった。

「お待たせしてすみません」彼女は言った。「どうすべきか決めようとしていて――結論が出ました。わたしも、今さらすべてを公表しても得られるものはないというみなさんの意見に賛成です。どのみちサー・ジュリアス・ファランはもう二度と姿を見せることはないでしょう。本人の言葉を借りれば、さっさと遠くへ行ってしまったんです。道義的な問題よりも大事なことがいろいろあるし――あとは歳月《とき》の流れにまかせるのがいちばんだわ。これが正しい決断なのかは永遠にわからないでしょうけど、わたしは心を決めました」

「そういうことなら、こちらはみなあなたに拍手を送るはずですよ」ロビンズウッド卿は言った。

25

その会合はなごやかに、というより、安堵《あんど》のうちにお開きとなった。ロビンズウッド卿とその婚約者は、誰にも長居をすすめたりはしなかった。

歩道に出ると、ティム・ランダムは最初に通りかかったタクシーをつかまえ、ルーシアともども別れも告げずに立ち去った。イモージェンはランダムが今後もトラブルに見舞われそうなことを思い出し、彼には当然の報いだと容赦なく考えた。

アンドルーと腕を組んだロウィーナが、「じゃあこちらは三人で公園を散歩しない？」と言い出した。

朝のうちはうっすら霞《かすみ》がかかっていたが、今ではよく晴れた上々の天気になっていた。なかなか気持ちのいい一日になりそうだ。とはいえ、木の葉がちらほら散りはじめ、夏の終わりを告げる最初の兆《きざ》しが窺《うかが》える。

ロウィーナが言った。「ねえイモージェン、さっきからおかしな顔をしてるけど、何を考えてるの？」

イモージェンは深々と息を吸い込んだ。「じつはね……ほかの人たちには言う必要がなかったけど、あなたとアンドルーには話しておかなきゃならないことがあるの。お父様が亡くなったわ」

ロウィーナはつと歩みをとめた。

「亡くなった？　父が？　どうしてわかるの？　いつの話？　いったいどんなふうに？」

イモージェンは話した。

話が終わるころにはロウィーナは両目に涙を浮かべていたが、泣き出すことはなかった。

「そんなふうに死ぬのって、どんな感じなのかしら？」彼女は言った。

「それは誰にもわからない」とイモージェン。「でも百フィートも下の岩場にまっすぐ落ちたのなら、即死だったはずだわ。悪くはない命の絶ちかたよ」

ロウィーナはしばし無言だった。やがて公園のベンチのまえを通りかかると、アンドルーがロウィーナの手を引いてそこにすわらせた。イモージェンも反対側に腰をおろした。

ロウィーナは言った。「きっとあなたの言うとおりね。最後に会ったときの父はひどく具合が悪そうだったけど、自分のしようとしてることはちゃんとわかっていたはずよ。それに、イモージェン、わたしはあまり驚いてはいないの。何となく父はもう生きていないような気がしてたから、ある意味、はっきりわかってよかったわ」

アンドルーがロウィーナに腕をまわした。「もしそうしたければ、大声で泣けばいい」

「いいのよ」とロウィーナ。「わたしはもう父の死を悼《いた》んだ――ずっと以前に、ウェルバン・セント・メアリの教会でね。あれをまたくり返す必要はないわ」

けれど、彼女は今ではアンドルーの肩に頭をあずけて泣きじゃくっていた。二人なら心強い仲間、だが三人は……こんな場合は、気まずいだけだろう。

イモージェンは言った。「わたしったら、すっかり忘れてた。もうすぐ人と会う約束があるの。急いで飛んでいかなきゃ」

二人は彼女を引き留めようとはしなかった。彼らは口々に別れの挨拶をして、いずれまた会おうと約束した。そしてキスが交わされた。

イモージェンは足早にその場を離れ、ふり向きもせずにずんずん小路を進みはじめた。プラタナスの並木が投げかけるまだら模様の影の中を地下鉄の駅へと向かい、そこからキングス・クロス駅、さらにはケンブリッジへと、一人ぼっちでもどってゆくために。

解説

若林　踏

ジル・ペイトン・ウォルシュの〈イモージェン・クワイ〉シリーズ、待望の第三弾だ。

『カササギ殺人事件』などのアンソニー・ホロヴィッツ作品のヒットを皮切りに近年、日本の翻訳ミステリ界では現代英国の本格謎解き作品への注目が高まっている。それは古典探偵小説の趣向と風格を備えつつ、現代に相応しい形へと謎解きを発展させた作品群への関心が強まっている、と言い換えても良いだろう。そのような状況下でジル・ペイトン・ウォルシュのミステリ作品が紹介されるというのは、英国謎解き小説を愛好する読者にとっては願ってもないことだった。何せウォルシュはドロシー・L・セイヤーズの〈ピーター・ウィムジイ卿〉シリーズの公式続編を書いた作家である。セイヤーズ作品の熱心な読者で続編の執筆を託され、セイヤーズ・ソサエティの理事も務めた作家が、果たしてどのような現代英国ミステリを書いたのか。翻訳謎解き小説ファンの興味は尽きなかっただろう。

結論から言うとセイヤーズをはじめとした過去の英国探偵小説の香りを漂わせつつ、キャラクター造形や物語展開に独自の要素も加えたのが〈イモージェン・クワイ〉シリーズだった。探偵役を務めるのは、ケンブリッジ大学の貧乏学寮であるセント・アガサ・カレッジで学寮《カレッジ》付き保健師《ジ・ナース》として働くイモージェン・クワイだ。一九九三年に発表された第一作『ウィンダム図書館の奇妙な事件』でクワイは、キャンパス内にある図書館で学生の死体が見つかった事件に首を突っ込むことになる。セイヤーズの『学寮祭の夜』やマイケル・イネスの『学長の死』といった大学が舞台の探偵小説の雰囲気を受け継ぎながら、素人探偵が奮闘する現代的なコージー・ミステリの楽しさも備えた作品だ。続く一九九五年発表の『ケンブリッジ大学の途切れた原稿の謎』では著名な数学者の伝記にまつわる不可解な点を、クワイは自分の家に下宿する学生のフランと追っていくことになる。ある人物に秘められた謎を追う肖像小説の形式を取っているが、序盤から謎解きのヒントが大胆に提示されている点が秀逸だった。

このような具合に大学を舞台にした古き良き英国探偵小説の形を踏まえつつ、一作ごとに異なる趣向にも挑んでいる〈イモージェン・クワイ〉シリーズだが、第三作に当たる『貧乏カレッジの困った遺産』とはどのようなお話なのか。

物語はサー・ジュリアス・ファランという大規模な金融グループの会長が、セント・アガサ・カレッジが開くハイテーブルのディナーに招かれるところから始まる。ジュリアスはセント・アガサ・カレッジの卒業生なのだが、あちこちの会社を買収しては売り払い、巨万の富を得ていたことから〝乗っ取り王〟と呼ばれている辣腕《らつわん》経営者であった。だがディナーの席に招かれたジュリアスは、カレッジのフェローから会社の経営に対し辛辣《しんらつ》な批判を浴びせられ、おまけに酔った勢いで階段から落ちるという散々な目に遭うのだ。学寮長からの誘いを受けてディナーに出席していたイモージェン・クワイは、怪我をしたジュリアスの手当てを行い、彼と会話を交わすことになる。そこでジュリアスはイモージェンに対し「わたしの命は安全とは言えない。敵はみな狡猾《こうかつ》だ。いずれそのうちにわたしがバスに轢《ひ》かれたという記事を読んだら、この言葉を思い出してくれ!」と、自身が誰かに命を狙われているようなことを匂わせる発言をするのだ。

ジュリアスと出会ってから数か月が経ったある朝、イモージェンが新聞を取り上げると、そこに彼が死亡したという記事が載っていた。記事によると、ジュリアスはイーストハムにある断崖から転落死したらしい。イモージェンの元恋人で、ジュリアスの会社で役員を務めているアンドルー・ダンカムによると、ジュリアスはアルコール依存症の治療施設に入っていたという。検死の結果、遺体からは大量のアルコールが検出されており、どうやらジュリアスはこっそり酒を飲んだ上で誤って崖から転落したのではないか、という見立てがされていた。だがジュリアスのあの発言からして、イモージェンには彼の死が事故によるものだとは思えなかった。かくしてイモージェンはアンドルーと共にジュリアスの転落死の真相を追う。

これまでシリーズを読んできた人からすると、『貧乏カレッジの困った遺産』は前二作と少し毛色が違う物語になっていることが分かるだろう。これまでシリーズの特徴であった大学の風景やアカデミズムの世界の模様などの描写がやや抑え気味になっている。また、前作『ケンブリッジ大学の途切れた原稿の謎』では準主役級の活躍を見せたフランやその恋人のジョシュ、セント・アガサ・カレッジの学寮長であるサー・ウィリアム・バックモートやその妻のレディ・Bといった大学関係の登場人物達の出番も、前二作に比べると控え目になっている印象だ。代わりに描かれるのはジュリアスが経営していた〈ファラン・グループ〉のドロドロとした内幕である。経営者として辣腕を振るったジュリアスはその反面、人間関係に様々な亀裂を走らせることもあった。愛憎の渦中に飛び込んだイモージェンは、複雑な人間模様をひも解いていく。と、そのように書けば、〝大学を舞台にした伝統的な英国ミステリ〟の影が薄いように見えるかもしれない。

しかし、物語はカレッジという題材から完全に離れたわけではないことは付け加えておく。例えば本作の主要登場人物であるアンドルー・ダンカムの造形だ。彼はセント・アガサ・カレッジで将来を嘱望された経済学者だったが、フェローの座を放り出してジュリアスの仲間に加わったという。小説内ではアカデミズムの世界を飛び出したアンドルーに対するカレッジ関係者側の視線や、カレッジではパッとしない成績だったものの阿漕《あこぎ》な商売で財を成したジュリアスに対するフェローたちの批判的な態度など、カレッジの〝内〟と〝外〟の境界を感じさせる描写があって興味深い。さらに物語後半にはジュリアスの転落死がセント・アガサ・カレッジにも思わぬ波紋を起こしていることが示される。カレッジから舞台が離れたような印象を与える『貧乏カレッジの困った遺産』だが、実は本作もまた、れっきとした〝大学を舞台にした伝統的な英国ミステリ〟なのだ。

シリーズの読者が「前二作と雰囲気が違う」と感じるであろう二つ目の大きな理由は、アンドルー・ダンカムの存在である。当初はジュリアスの転落死に疑問を呈するイモージェンの説に賛成しかねるアンドルーだったが、次第にイモージェンの素人探偵活動を手伝うようになる。二人で関係者を訪ねながら協力して手がかりを摑もうとする様子は、もはや探偵コンビといって差し支えない光景だ。シリーズではイモージェンの行動をサポートする役割として旧友のマイケル・パーソンズ巡査部長が登場していたが、あくまでも友達として出来る範疇《はんちゅう》の援護を行っていた印象だった。それに対しアンドルーとは、イモージェンは複雑な思いを抱きながらもコンビを組む形で行動を共にするのだ。「彼はもうこちらの人生にはかかわりのない、過去の人なのだ」と思いつつ、アンドルーに親しい女性がいることについてイモージェンはちょっぴり嫉妬を感じてしまう。恋愛面でなかなか幸福を摑めない主人公の感情を描いたロマンスの側面も本作は強いのだ。

謎解き小説としての側面に触れておかねばなるまい。本作ではシンプルだが大胆なトリックが使われており、真相当ての点では前二作を上回る出来栄えになっている。探偵役であるイモージェンが真相に到達する場面の演出も冴えており、さらにその後の展開にもひと工夫が加えられている。

なお、『貧乏カレッジの困った遺産』が本国イギリスで出版されたのは二〇〇六年のこと。第二作の『ケンブリッジ大学の途切れた原稿の謎』から十年以上のブランクがあって続編が書かれたことになる。その間《かん》にジル・ペイトン・ウォルシュは先述の〈ピーター・ウィムジイ卿〉シリーズの公式続編 *Thrones, Dominations* と *A Presumption of Death* を発表している。

この二作はセイヤーズの『大忙しの蜜月旅行』以後のピーター卿とハリエットの姿を描いたものである。恋愛小説の要素もあるウィムジイ夫妻の物語を書き継ぐ大役を果たしたことと、その後にウォルシュが自作でもロマンスの要素を取り入れた謎解き小説を書いたことは少なからず繋がっているのではないだろうか。

ジル・ペイトン・ウォルシュの経歴などについては『ウィンダム図書館の奇妙な事件』の三橋曉氏の解説に詳しいので、そちらを参照いただきたい。ウォルシュは二〇二〇年に亡くなるまで〈イモージェン・クワイ〉シリーズと〈ピーター卿とハリエット〉シリーズを四冊ずつ刊行している。〈イモージェン・クワイ〉シリーズの残る一冊である *The Bad Quarto* も創元推理文庫より刊行予定だ。シリーズ最終作となる *The Bad Quarto* では再び舞台の中心が大学となり、第一作に見られたような文学にまつわる蘊蓄《うんちく》も込められたミステリになるという。いっぽうでイモージェンの恋愛模様にも大きな転機が訪れるらしい。ドロシー・L・セイヤーズを愛し、児童文学作家からミステリ作家へと執筆の領域を広げたウォルシュが手掛けた謎解き小説シリーズを、どうか最後まで見届けてほしい。

訳者紹介　慶應義塾大学文学部卒。英米文学翻訳家。ウォルシュ『ウィンダム図書館の奇妙な事件』、アリンガム《キャンピオン氏の事件簿》、セイヤーズ『大忙しの蜜月旅行』、ピーターズ『雪と毒杯』、ブランド『薔薇の輪』など訳書多数。

検　印
廃　止

貧乏カレッジの困った遺産

2024年10月31日　初版

著　者　ジル・
ペイトン・ウォルシュ

訳　者　猪《いの》俣《また》美《み》江《え》子《こ》

発行所　(株)東京創元社
代表者　渋谷健太郎

162-0814 東京都新宿区新小川町1-5
電　話　03・3268・8231-営業部
03・3268・8201-代　表
URL　https://www.tsogen.co.jp
DTP　工　友　会　印　刷
暁印刷・本間製本

乱丁・落丁本は、ご面倒ですが小社までご送付ください。送料小社負担にてお取替えいたします。

ISBN978-4-488-20010-7　C0197

創元推理文庫

ある数学者の伝記の執筆をめぐるおかしな謎

A PIECE OF JUSTICE◆Jill Paton Walsh

ケンブリッジ大学の途切れた原稿の謎

ジル・ペイトン・ウォルシュ 猪俣美江子 訳

◆

ケンブリッジ大学の貧乏学寮セント・アガサ・カレッジ。その学寮付き保健師《カレッジ・ナース》イモージェン・クワイの家に下宿する学生が、著名な数学者の伝記を執筆することになった。これまでなぜか伝記の原稿の執筆は途切れてきたのだが、どうやらその原因は、数学者の経歴でどうしても詳細が不明な、ある夏の数日間にありそうで……。『ウィンダム図書館の奇妙な事件』に続く、好評シリーズ第二弾！

シリーズ最後の名作が、創元推理文庫に初登場！

BUSMAN'S HONEYMOON◆Dorothy L. Sayers

大忙しの蜜月旅行

ドロシー・L・セイヤーズ

猪俣美江子 訳 創元推理文庫

◆

とうとう結婚へと至ったピーター・ウィムジイ卿と
探偵小説作家のハリエット。
披露宴会場から首尾よく新聞記者たちを撒いて、
従僕のバンターと三人で向かった蜜月旅行《ハネムーン》先は、
〈トールボーイズ〉という古い農家。
ハリエットが近くで子供時代を
過ごしたこの家を買い取っており、
ハネムーンをすごせるようにしたのだ。
しかし、前の所有者が待っているはずなのに、
家は真っ暗で誰もいない。
訝《いぶか》りながらも滞在していると、
地下室で死体が発見されて……。
後日譚の短編「〈トールボーイズ〉余話」も収録。